陶瓷艺术品经济学

TAOCI YISHUPIN JINGJIXUE

吴昊 ◎ 著

江西高校出版社

图书在版编目（CIP）数据

陶瓷艺术品经济学/吴昊著.—南昌：江西高校出版社，2017.6（2024.9重印）
ISBN 978-7-5493-4341-6

Ⅰ.①陶… Ⅱ.①吴… Ⅲ.①陶瓷艺术—艺术经济学 Ⅳ.①1527

中国版本图书馆CIP数据核字（2016）第132976号

出 版 发 行	江西高校出版社
社　　　址	江西省南昌市洪都北大道96号
总编室电话	(0791)88504319
销 售 电 话	(0791)88592590
网　　　址	www.juacp.com
印　　　刷	固安兰星球彩色印刷有限公司
经　　　销	全国新华书店
开　　　本	787mm×1092mm　1/16
印　　　张	14.5
字　　　数	235千字
版　　　次	2017年6月第1版 2024年9月第2次印刷
书　　　号	ISBN 978-7-5493-4341-6
定　　　价	78.00元

赣版权登字-07-2016-337

版权所有　侵权必究

图书若有印装问题,请随时向本社印制部(0791-88513257)退换

前　言

陶瓷是人类发展史上从野蛮走向文明的标志物之一，它历经一个漫长的过程，分为陶与瓷。在陶业史上，我国最早出现陶器的地方在黄河流域，即今河南三门峡市渑池县仰韶村，距今约七千年。最新实物考古证实，在江西境内万年县大源乡万年仙人洞，发现距今两万年的陶片。但是，这仍与距今约两万九千年，世界上最早出现陶器的国家——捷克，相差近一万年。

陶瓷是人与大自然共同创造的产物，是美的代表，是人类艺术的结晶。但今天，我们对陶瓷的认识，从大体来说，仍然是肤浅的，很多人仅限于日常生活用瓷。

对于陶瓷中的瓷，我国劳动人民早于西方国家和世界上其他国家及地区一千年，就用自己特有的精巧双手，在美学的指导下，一步一步，无论在材料上、造型上，还是在烧造上、装饰上，把瓷器做得美轮美奂，成了世界文化符号。西方人一直把它视同白色的金子，与黄金、宝石等价，成为他们财富和身份的象征。当代世界大拍卖行，每次春拍、秋拍，有中国瓷器的地方，就有故事，有经济热点，有成群的人追捧，这就是一个最好的例证。

新中国成立以后，特别是近二十年，中国已经形成了一支约八千万人的陶瓷艺术品生产、投资、收藏大军。不过，经过十年的大发展，现在似乎又正处在一个拐点上，热点多，兴奋点少，产品大量积压，有价无市，陶瓷艺术品市场进入第一个

"寒冬"。

为什么会出现这种情况？

市场给出的答案很多，集中起来，可以归纳为以下两点：1.陶瓷生产七十二道工序，能读懂的人不多，特别是古瓷市场，真假难辨，上当的不少，很多人因此远离这一行业；2.陶瓷艺术品市场价格与陶瓷艺术品艺术价值含量，名不副实，消费者在消费后，有一种上当受骗的感觉。不过，陶瓷艺术品市场上，艺术品精品价格依然坚挺、走高，这也是事实。同时，社会对陶瓷的热爱有增无减，还是事实。这说明，陶瓷艺术品市场仍然存在巨大的生存空间，特别是中端陶瓷艺术品消费市场，更有待我们开发。

对于当前市场上出现的畸形情况，笔者认为，原因是多方面的，但是，真正追究起来，主要原因有三：一是在于消费者和投资者自身。他们把国家提倡的文化产业、文化大发展过于格式化，认为投资文化产品就一定能给自己的财富做到保值和增值。其实，这个观点是错误的。陶瓷艺术家不是神，陶瓷艺术品也不是神品，它们同样是劳动产品，只不过是脱离了产品的实用性，能给人们带来精神上享受的劳动产品。二是艺术品市场不规范，长期缺乏严格的监管，导致陶瓷艺术品生产制作者及经营者缺乏对消费者的敬畏之心，产品质量与价格不相符。三是由于艺术品、艺术品市场、艺术品拍卖这一系列概念，在我国出现时间并不长，引进西方艺术品的运营方式，当前仅局限在概念上，一系列实质性的内容，如艺术品市场规范的行为、市场准入和监管的法则、价值评价的体系、审美标准、定价原则、金融担保制度等并没有建立起来，导致我国艺术品交易过程较为混乱，产品交易价格反映不了市场真实的需求。目前，要使我国艺术品市场，特别是陶瓷艺术品市场，走出眼前困境，进入一个健康、有序、快速的发展轨道，笔者认为，我们的观念要变，要紧扣时代的主题，做到陶瓷艺术品生活化、传统艺术时尚化，同时，生产和经营者对市场、对消费者要心怀敬畏之心，按陶瓷艺术品内在的经济规律办事。消费者要改变消费观念，变投资收藏为消费收藏。另外，还要发挥行业的管理功能，加强对市场的监管。

今天，《陶瓷艺术品经济学》只是对以上情况做一大胆的探索，书中一改过去就陶瓷艺术谈艺术的观念,站在市场经济学的角度,针对"艺术无价"这一传统命题,结合我国古代市场消费学中的"公平论",借用西方经济学"功效论"中的有用成分,站在马克思经济观点的立场上,利用"劳动力价值论"对我国艺术市场上陶瓷艺术品的走向、陶瓷艺术品市场的细分、艺术品价格的定价、艺术价值的评估、陶瓷艺术品消费投资理念、收藏规律和陶瓷艺术品审美等方面做出探讨。书中自然有许多不足之处,敬请广大读者指正。

吴 昊
2015年5月18日夜
于江西景德镇

目 录　MULU

上篇　陶瓷艺术品经济价值论

第一章　中国陶瓷经济文明史论　/003
　　第一节　中国古代陶业文明　/004
　　第二节　瓷器时代　/011

第二章　近代中国瓷业复兴与艺术品市场崛起　/026
　　第一节　近代中国瓷业面临的困境及其对策　/026
　　第二节　新中国陶瓷产业的恢复与发展　/030
　　第三节　陶瓷艺术品市场的迅速崛起　/034

第三章　对陶瓷日用产品功效的论述　/041
　　第一节　我国陶瓷日用产品功能的演变　/042
　　第二节　历史上典型的陶瓷器物　/049

第四章　陶瓷产品定价中的普世原则　/066

　　第一节　陶瓷产品定价的理论基础　/066

　　第二节　陶瓷产品结构　/072

　　第三节　我国已形成的不同定价机制　/079

第五章　陶瓷艺术价值的评估体系、测算方式　/087

　　第一节　我国传统艺术价值论　/088

　　第二节　陶瓷艺术、陶瓷艺术价值的定义　/091

　　第三节　陶瓷艺术价值的内涵与外延　/101

　　第四节　相关数学计算公式的提出与具体运用　/107

第六章　建立陶瓷艺术品市场新型的阶梯性定价模式　/110

　　第一节　陶瓷艺术品是劳动产品　/110

　　第二节　西方艺术品市场值得我们思考　/119

　　第三节　陶瓷艺术品市场阶梯性定价模式的提出　/124

下篇　陶瓷艺术品经济学实践论

第七章　对今后我国陶瓷艺术品市场的展望　/131

　　第一节　影响陶瓷艺术品市场发展的各种因素　/131

　　第二节　如何做好陶瓷艺术品市场的工作　/148

第八章　正确处理消费与投资的关系　/157

　　第一节　正确处理消费收藏与投资收藏的关系　/157

　　第二节　陶瓷艺术品消费五大原则　/165

　　第三节　坚持古品、名品、真品、精品、稀品收藏五大原则　/175

第九章　如何买到自己满意的陶瓷艺术品　/181

　　第一节　价格扭曲给市场带来的误导　/181

　　第二节　功利主义在陶瓷艺术品投资消费中的具体表现　/185

第十章　如何判断所购的陶瓷艺术品是否保值和升值　/199

　　第一节　推算作品的社会基本价值　/200

　　第二节　测量作品自身的艺术价值　/203

　　第三节　市场艺术品价格的测定　/205

　　第四节　评估作品在行业中的艺术水准　/206

　　第五节　评估作品及其作者所处的行业地位　/211

　　第六节　作者自身的影响力　/213

　　第七节　社会经济环境对艺术品市场的影响力　/215

后记　/217

上篇

**陶瓷艺术品
经济价值论**

第一章 中国陶瓷经济文明史论

日常生活中人们说的陶瓷，通常指瓷器，其实，它是一个综合名词，既包含陶也包含瓷。不过，瓷和陶虽出自同一家族，物理性能却有本质的差别。陶器，是用黏土或陶土经捏制成形后烧制而成的器具。它历史悠久，在新石器时代就已出现。据考古发现，世界上最早出现陶器的国家和地区在欧洲大陆，即今日的捷克境内，格拉维特文化时期，代表作品是一件裸露的女性雕塑——学界称为维斯特尼采爱神，距今已有两万九千年。中国发现的最早的出土陶罐碎片，是江西万年仙人洞文化时期，距今约两万年。在南美地区，距今一万年，已有陶的足迹。非洲大陆，如北非，则相对较晚，只有七千年的历史。

在陶瓷家族中，陶不是中国人的发明，但是，三千多年前，中国祖先却在制陶基础上向前迈出一大步——率先发明了瓷，这与其他国家和地区相比，早了两千多年。瓷器是一种由瓷石、高岭土、石英石、莫来石等烧制而成的物质，外表施有玻璃质釉或彩绘。瓷器的成形在窑火内要经过1280℃~1400℃的高温，瓷器表面的釉色也会因为温度的不同而发生各种化学变化。

今天，我们一改过去的传统，更多的是从社会学、哲学、文化、经济、艺术的角度来分析、研读陶瓷。书中讲述的陶瓷文化、经济、艺术，与日常生活中人们所理解的物理、化学属性有一定的区别。我们说的陶瓷文化，指的是在陶瓷物体上透出的人文信息和体现的人文特质，它是具体的，如材料技术、造型艺术、烧炼工艺、装饰技艺、宗教、审美、社会学，以及生产组织形式、消费方式等。这些元素，其中任何一项的变化或变革，都会引领陶瓷界一场新的革命，把人类的陶瓷生产及其相关生产产品推向一个新的高度。一部陶瓷发展史也就是一部人类文明发展史的缩影。陶瓷作为人类社会生产的第一个劳动手工艺术杰作，它自诞生那一刻起，便伴随着人类自身的发展而发展，并见证了人类文明发展的全部。由于陶瓷文化所含的信息太多，书中篇幅有限，今天，本篇只重点讲述艺术与经济等相关的部分，透过它们，展现我国陶瓷从无到有，从古到今，陶瓷发展史诗般的全过程。

第一节　中国古代陶业文明

一、陶器文明的形成

陶瓷，在我国西周以前，曾历经一个漫长的发展过程。当我们的祖先能够熟练地利用火的时候，陶也就出现了。

不过，在我国陶器文明到来之前，却经历一个从初级走向高级和成熟的过程，它依赖于以下几个方面的因素改变。

1. 生产工艺技术的不断改善与提高

如，在器物的成型工艺上，我国古代劳动人民先后采用了以下几种办法：(1)手工捏制法；(2)将陶土搓成粗细一样的泥条，再把泥条盘筑成一定器形，将其内外用手抹平的方法；(3)轮制法；(4)模制法，即将陶泥填入模中，脱出器物的全形。

2. 与之相适应的烧炼工艺的不断革命

在远古时期，有最原始的堆烧法，即把晒干的陶坯放在露天柴草中烧。这种烧成法，主要体现在仰韶文化时期，他们掘地而成，柴草烧成温度可达1000℃。在5000年前的龙山文化后期，我国古代，陶器烧炼方法便出现大的改进，他们普遍采用竖穴窑。这种窑由火膛、火道、窑室三部分组成，窑内直径大到1米左右,燃烧时空气供应较足,柴草充分燃烧,火焰可沿窑底均匀进入窑室,窑内温度可达1050℃高温,生产弱氧化焰,从此把陶器家族从原始的红陶发展到灰陶、黑陶、白陶、彩陶、釉陶等大家族。竖穴窑的产生,带动了后来馒头窑、龙窑等其他窑炉的出现,同时为瓷器在中国烧造成功提供了物质基础。

3. 陶瓷美学的形成与发展

我国古代劳动人民在早期制陶过程中,对其原料的探寻和使用缺乏经验,对火的使用也不够成熟,他们制造出来的陶器,在品质上质地相对疏松,密度不高。最初时期,陶土呈红色,烧成后陶器也以红陶居多,且集中在我国黄河流域中下游。在这一时期,河北武安的磁山文化是代表。

红陶,处在新石器早期,其代表作品有以下两种:《红陶盂及支座》(图1-1),平底,底径略大于口径,口两侧有圆形饰物,属夹砂红陶,表面粗糙;其支座由三个独立的支架组成,支架上有类似四边形支托,下为圆形圈足。盂可以用来盛放食物与水,当它放到支座上时,就可以被加热。陶土里夹砂能够提高陶器的耐急热、急冷性能。在磁山文化陶器中,支撑炊器的支架颇具特色。

《红陶深腹双系罐》(图1-2),新石器时代磁山文化代表物,高14.4cm,口径9.5cm,底径6cm。罐撇口,深腹,平底,肩部置双系。罐上的双系是为了悬挂或携带方便而设置的。它与红陶盂及支座同出土于河北武安的磁山文化,但时间不同,一个是早期, 个是中早期。从该罐通体刻画的纹饰看,颈部纹饰为正反三角纹,肩、腹部装饰简单的麦穗样纹饰。这种纹饰既明显体现了我国新石

图1-1 红陶盂及支座
现存于北京故宫陶瓷馆

图1-2 红陶深腹双系罐
现存于北京故宫陶瓷馆

器时代早、中期陶器装饰纹样简单的特点,同时也反映了这一区域半农半牧的生活状况,体现出生产方式的转变,人们生活水平的提高。

物质的丰富,生活水平的提高,人类社会由此产生了对美的简单追求,平衡、对称、重心向下、稳定均衡。有了美的意识,人类的生活方式就有了大的转变和提高,它体现在陶器上,则表现在陶瓷为适应自己新的需求,在造型和装饰的技艺上的改进,出现了陶瓷产品实用性与生活、文化的结合,推动了陶瓷产品的多样化。

《夏代灰陶盉》(图1-3),我国夏代制品,酒器,形式上开始摆脱实用的束缚,鼓腹下三个丰满的乳状袋足,这种处理既增加了容量,又可以使受热均匀;高耸的嘴,注水方便,一侧有一柄,使其整个造型上显得均衡和自然,重心得到很好的控制,兼备实用与审美价值。

图1-3 夏代灰陶盉

河南偃师二里头出土,河南博物馆收藏

二、我国陶器文明的几种表现形式及其特点

1. 马家窑彩陶

在我国陶瓷历史上,以黄河上游甘肃秦安县马家窑为代表的彩陶出现,标志着我国先人在旧石器时期摆脱野蛮,进入文明时代。它也表明我国制陶水平发展到一个新阶段。它的出现,说明当时人们对赭、黑、白等矿物着色材料的认识和运用已进入了成熟期。彩陶花纹中的丰富变化,绘画线条的运用,色块的产生,透出这一时期人类的美学审美原则已经形成。此外,陶器器形的相对规整,也标致这一时期已出现陶轮技术,制陶术已成为一种专门技术。

马家窑类型《旋纹尖底瓶》(图1-4),

图1-4 旋纹尖底瓶

出土于甘肃省陇西吕家坪,此瓶高25.5厘米,现藏于中国历史博物馆

图1-5 人头形器口彩陶壶
1973年出土于甘肃秦安那店大地湾

图1-6 黑陶高柄杯
现藏于北京故宫博物院

为装水的容器,其造型匀称,流畅,设计巧妙实用。瓶腹两侧有可穿绳的耳,汲水时能自然下沉,注满水后可用绳提出水面。尖底可直接插入松软的土中,以防倾斜使水外溢。小口,搬动时水不易溢出。此瓶为红褐色,周身绘有黑色的旋涡纹图案。以旋涡中心为点,再画一组组弧线组成涡纹。点、线、面搭配得当而有节奏,黑、白、灰层次鲜明,具有明朗、热烈、奔放的美感。

甘肃秦安县焦家沟出土的马家窑类型晚期的《人头形器口彩陶壶》(图1-5),彩陶壶盘口、直颈、丰肩、鼓腹、束腰,腹部饰二方连续旋纹,壶颈一面有突出的扁片状双耳,面部上方雕塑出隆起的鼻梁,用黑色绘出呈八字形的双眉、中有横线的双眼、倒三角形的大嘴,将彩陶器形的各部分与人体的各部分相对应地进行艺术处理,其器型的实用性与审美性相得益彰,表现出极具想象力和抽象思维的动物纹,使整件物体器型神秘而又庄严沉重。

2. 黑陶

黑陶,出现于新石器时代晚期的滇藏文化、大汶口文化、龙山文化、屈家岭文化和良渚文化等遗址中,其陶土经过淘洗、轮制,胎壁厚仅0.5~1毫米,再经打磨,1000度左右温度烧成,漆黑光亮,有"黑如漆,声如磬,薄如纸,亮如镜,硬如瓷"的美誉,整个工艺呈现出惊人的技巧。这种早于瓷器产生约2000年之前的中国黑陶陶器,完全达到与当代瓷器相媲美的程度,它是中国陶瓷工艺史上创造的首个传奇。

3. 秦俑

1974年我国考古界于陕西骊山脚下秦始皇帝陵园外的地下建筑中发现的秦俑,总面积25 380平方米,其中武士俑身高1.78~1.87米,头梳各种发髻,身披形制不一的铠甲。陶俑(图1-7)陶马如同真人、真马,排列有序,造型生动,比例适当,一些部分刻画尤为精致,小到头发、眉毛,一丝不苟。这些不同的陶俑有将军、武官、士兵,千人千面,情态各异,互不雷同,喜怒哀乐各有其情,其完美的艺术形式,生动逼真的神态,至今征服着每一个人。

今天我们谈论雕塑时,说得多的是现收藏在法国罗浮宫的维纳斯雕像,而不是我国的秦俑。它们处于同一时期,制作技术难度后者自然更高,但是,为什么在我国人心中会认同外国人的作品,而对本民族的艺术品不置可否?如果秦俑遇到维纳斯,它们同时出现在法国人面前,法国人又会怎样做?

图1-7　陶俑
陕西历史博物馆

4. 秦砖汉瓦

"秦砖汉瓦",以其颜色青灰、质地坚硬、制作规整、形象浑厚朴实、形制多样而著称于世,在我国陶瓷史上有"敲之有声,断之无孔"的评价。

秦代瓦当,有文字的绝少,以莲纹、葵纹、云纹最多。它们的大量出现反映了秦人祈福求祥的心理。如"鹿"音谐禄,"獾"音谐欢,"鱼"音谐余,等等。图片以《瓦当王》(图1-8)上的纹饰以神

图1-8　瓦当王
1977年出土于秦始皇陵北面的建筑遗址

异的夔凤纹组成，图案左右对称，回转得体，线条遒劲，大有风卷流云之感，既表现秦帝国不可一世的国威，又体现了它的艺术之绝妙和雄伟的气魄。

四神是四种被神化了的动物，分别指青龙、白虎、朱雀和玄武。在古代，它们各为一方之神，代表东、西、南、北四个方向。四神瓦当，即青龙、白虎、朱雀、玄武图案，分别置于建筑物东西南北四个方位，既有沉稳丰满之感，又呈空灵飘逸之势，同时又有驱邪除恶，镇宅吉祥的含义。

汉代的瓦当纹饰更为精细，除以上青龙、白虎、朱雀、玄武以外，出现各种动物和植物纹样。另外，汉代还出现大量的文字瓦当，文字数目不定，如"羽阳千秋""长乐未央""千秋万岁""万寿无疆""富贵寿乐"等。

瓦当文字，即秦汉宫殿楼台屋顶瓦片上的模印文字，多作篆书，字体结构多变，用笔抑扬顿挫，粗犷纵逸，常为历代书法家珍藏，篆刻家也常模拟瓦当风格入印。

至于秦汉的陶砖，秦时就有"铅砖"之美誉，纹饰主要有米格纹、太阳纹、平行线纹、小方格纹等图案以及游猎和宴客等画面。

到了西汉，汉砖的纹饰图案题材更加广泛，内容丰富，有各种人物、乐舞、车马、狩猎、驯兽、击刺、禽兽、神话故事等，构图简练生动，线条遒劲。

"秦砖汉瓦"是没有色彩的灰暗陶制品，外观古朴，质地粗糙。虽然没有金银器的华丽富贵，玉石器的晶莹剔透，但是，砖瓦上的各种纹饰与文字蕴含了大量历史文化信息，正是当时人们生活、理想、愿望与追求的真实写照。如，汉"日入百金米千石瓦当"和汉"画像砖"（图1-9），等。

图1-9 西汉《上林苑斗兽图》彩绘画像砖

5. 唐三彩

在唐代，此器色彩亮丽，有黄、绿、青三色铅釉，故名唐三彩。唐代的唐三彩，在当时不是每件器物色彩都三色俱全。当年窑工利用这三种色铅釉，根据器物的需要，交叉混合，随心所欲，用上釉技术来制造出变化无穷、彩色斑斓的美丽图案。它们生产主要分布在长安和洛阳两地。今天，我们看到的较为人喜爱的是马俑。马俑，有的扬足飞奔，有的徘徊伫立，有的引颈嘶鸣，均表现出栩栩如生的姿态。至于人物造型，有宫女、文官、武将、胡俑、天王，根据人物的社会地位和等级，刻画出不

图1-10　三彩陶
收藏于陕西历史博物馆

同的性格和特征。贵妇面部丰润，梳着各式发髻，穿着色彩鲜艳的服装，文官彬彬有礼，武士刚烈勇猛，胡俑高大目深，天王怒目威武、气概雄壮，足为我国古代雕塑精品的典范。

三、我国陶器在唐代处于巅峰时为什么悄然落幕

唐代陶业在我国陶瓷文明史上高度发达的原因，一是因为国家稳定、科技发达、经济繁荣、人们生活富裕、社会需求旺盛这一历史时期所表现的共性。二是因为中西方经济文化的交流，世界出现人类历史上第一次大融合，外来文化对我国的冲击，新的思想、新的审美意识产生，这对陶瓷的生产和制造提出了更高的要求。三是，盛唐文化发达，诗词歌舞、音乐书法、绘画文艺活动十分繁荣，人们渴望把这一切能够很好地记录下来，而石雕、铜雕、泥塑都难以满足他们的心愿。他们把目光自然而然地投向了可塑性极强的陶瓷。四是对外的文化输出。我国唐代强经济时代必然会带来强文化的输出。据考古界证实，在中国通行世界各地的丝绸之路、地中海沿岸和西亚一些国家，这些地方都曾经挖掘出唐代三彩的器物碎片。日本奈良时期曾经仿制中国的三彩制作，生产过三彩

器物,当时被称为奈良三彩。朝鲜的新罗时期也仿造中国的三彩制作,生产出新罗三彩。

在陶瓷文化史上,唐代的三彩釉陶几乎是我国盛唐文明的代名词。但是,我们也应看到铅釉陶熔点低,生活中实用性较差等缺点。唐代的唐三彩好看,当时却主要用于随葬,即冥器。

"安史之乱"后,唐代政治经济很快出现严重衰退,盛世时期盛行的典章制度和厚葬之风,随之一去不复返。唐三彩的制作也因缺乏整个社会强有力的经济支撑,社会对陶业缺乏投入,百姓支付能力不足等原因而减少,整个陶业随之进入衰退期。随着唐政权的衰亡,唐三彩也结束了它的历史使命。

我国盛唐陶业的发展,前后不过百年,然而,为这百年的到来,陶业在我国却历经了一两万年漫长的筹备过程。唐王朝结束以后,陶业在我国迅速衰落,取代它的是家族中的新兴瓷业。一度辉煌的陶业文明从此消失在历史的长河中。

第二节　瓷器时代

一、从西周到宋,我国第一个瓷业高峰用了 2300 余年

当下,不少人都在谈论中国瓷业发展缓慢,特别是瓷业中心景德镇的产品,其花面、造型过于守旧、老化,创新能力严重不足。不过,在中国瓷业第一个高峰到来时,我们的祖先从无到有,前后其实用了 2300 多年,甚至更长的时间。

瓷业生产,与其他产业不同,72 道工序中涉及采矿业、造型设计专业、烧造冶炼行业、化工釉料专业、彩绘装饰业,以及文化审美,宗教哲学等多个领域,它集科技、文化、哲学、宗教于一身,任何一环的缺席,都将直接或间接地阻碍着这一产业的进一步发展。瓷器行业中任何一小点进步,都要经历很长的孕养过程。

1. 西周原始瓷

原始瓷,从西周早期开始,是一种用含铁量在2%左右的黏土成型,经过人工施釉,在1200℃左右的高温下烧制而成的青釉制品。我国的原始瓷通过制陶技术发展而来。不过,对于它的认识,目前外国一些学者仍把它称为炻器,国内也有一些学者把它划入"釉陶"系列。

图 1-11 原始青瓷双系罐
此罐出土于河南省洛阳地区,现收藏于北京故宫博物院

《原始青瓷双系罐》(图 1-11)的胎质一般比较疏松,存有大量气孔,吸水率高,其釉层普遍较厚,色调偏深,多呈青绿或黄褐等色。装饰纹样则有弦纹、水波纹、云气纹及划刻花纹等,壶、罐等多饰双系或堆贴铺首。

《青釉划花双系壶》(图 1-12),器型敦厚古朴,纹饰精练,釉厚而色深,是我国西汉原始青瓷向东汉青瓷演变过程中的典型器物。

2. 我国最早的瓷器,主要表现在东汉至魏晋南北朝时期

东汉《青瓷双系壶》(图 1-13),胎体较薄,釉层匀净光洁,属于刚从我国原始瓷器中脱离出来的质量更高一层的青釉器,堪称人类历史上最早烧造成功的瓷器。

图 1-12 青釉划花双系壶
北京故宫博物院藏

图 1-13 青瓷双系壶
现收藏于北京故宫博物院

3. 隋唐五代,是我国瓷业生产走向成熟的时期

这一时期,瓷器生产工艺技术日趋完善,胎、釉等生产技术指标均已达到现代瓷业的标准。

4. 中国瓷业高峰在宋代出现,并非偶然

产生的原因主要有:①国家统一,社会出现长期安定;②宋推行农桑政策,鼓励手工业,激励商贸,经济繁荣,对外交易发达,陶瓷作为宋时的大宗商品,国内国外需求旺盛;③科技发达,人文思想活跃;④从君臣到民间里坊百姓,书画技艺之风盛行,在宋代宫中,甚至出现以瓷为主体的设计画院,陶瓷的发展,提升到当时的国家战略。

宋瓷的繁荣,还有另一个重要原因就是,陶瓷行业内,生产组织进一步分工明确,即这一时期,出现了许多手工业作坊和手工业城镇,并且产生了行会组织,这些都为我国宋瓷的生产提供了内在的组织保证。

宋代瓷业中,闻名中外的名窑在当时除耀州窑、磁州窑、景德镇窑、龙泉窑、建窑、吉州窑、德化窑等外,还有我国著名的五大名瓷,汝、官、哥、钧、定,它们各有风格,各领风骚。

在我国,宋瓷的历史渊源、工艺特征、审美情趣,它们都可追溯到唐,甚至更远的时期,但是,与往日的唐代瓷业又有很大不同。宋瓷的进步与发展不仅是我国唐代瓷业望尘莫及的,而且使得唐时一些著名的窑业,如邢窑、越窑渐渐淡出社会,成为历史。据相关数字统计,现已发现的中国古代陶瓷遗址中,全国170个县市均有分布,其中宋代窑址就占总数的75%,据有130个县市分布量。

宋代"汝、官、哥、钧、定"五大名窑,在我国陶瓷文明史上树立了一个标杆。它们之所以在当代有巨大的表现,不断有人重复去仿制,其中原因很多,其中重要一点是,五大名窑体现了我国人民的审美,并把陶瓷材质美、造型美、釉色之美提高到一个新的高度,体现中国人的简约美、自然美、和谐美,以及浴火重生的儒释道观念,满足了程朱理学中的具象与意象间的审美要求。

二、宋代为什么没有彩瓷

宋瓷在陶瓷史上的定位是,集大成者,也可以说,是中国制瓷史上的第一个高峰期。我国瓷业,从西周发端,到东汉高温硬质瓷创烧成功,唐代,瓷业生

图1-14 唐 越窑青釉花瓣口碗
现收藏北京故宫博物院

图1-15 唐 邢窑白釉碗
现收藏北京故宫博物院

产初成规模,并形成"南青北白"的局面。

"南青"是以南方越州境内越窑为代表的青瓷体系,"北白"是以北方河北邢窑为代表的白瓷体系。

到了宋代,越窑和邢窑均衰落,代替它们有汝、官、钧、哥、定"五大名窑"。色釉也一改青、白局面,出现变化万千的钧瓷。

读者会问,唐代釉上彩陶如此丰富,到我国宋代瓷业,为什么不再出现?其实,研究宋瓷的人知道,我国宋代有彩瓷,如磁州窑的白地黑花窑变黑釉,就非常成熟,而且种类繁多,在当时就非常有特色。

公元2004年,一件北宋的磁州窑刻花褐彩梅瓶在佳士得成交价是1444万元。应当说,宋代上好的磁州窑瓷在当时便与定窑瓷同价,它生产的素瓷因为没有泪痕,价值比定窑瓷器还高。不过,以磁州窑为代表的白地黑色彩瓷,得不到推广,引不起大家的关注,这与当时宋代的陶瓷工艺不过关有关,宋时瓷器为软瓷,加彩后高温烧制釉面容易炸裂,效果相对较差外,宋代社会审美情趣则起到决定性作用。宋人崇尚自然、追求颜色自然,讲究人文关怀,相比之

图1-16 钧窑鼓钉三足洗
北京故宫博物院藏

图 1-17　磁州窑黑剔花折枝牡丹纹梅瓶
现收藏于北京故宫博物院

一，磁州窑白的黑色彩瓷在他们眼中就显得做作，多此一举，远不如汝窑、钧窑、哥窑等真实。

三、青元瓷在元代，并没有得到主流社会的认同

我国青花瓷，国内存量不多，墓葬发掘与野外考古量也远低于国外。目前元件青花瓷大件主要分布在西亚一带，其中，土耳其存世量最大；小件瓷器则集中在菲律宾、印尼等东南沿海各国，主要用于当时陪葬。

青花瓷在元代复烧成功，在当时瓷业界吹起一股新风，但是起初推广有限。这主要是元统治者尚白，他们力推在景德镇创始的"枢府釉"卵白瓷，中原汉人带着宋时的遗风，崇尚自然，追求简朴、自我的思想境界，对元初粗糙的釉下青花瓷也不感兴趣，甚至认为装饰中的蓝不吉利，有一种天然的抵触心理。不过，在元统治下的西亚各民族，特别是信奉伊斯兰教的波斯地区，人们对蓝却到了痴迷程度。因此，它在这一地区意外赢得大量订单，景德镇元青花瓷一度几乎为他们而造。

为了追求更大利润，一些波斯商人直接到景德镇投资设厂，同时带来自己的蓝色矿料（苏麻离青）。苏麻离青在高温下呈鲜丽的靛青色，有浓淡色阶，青料积聚处有蓝黑色或蓝褐色斑点，釉面下凹处有哑光。这一工艺艺术特性，与中原水墨人物绘画中呈现的效果有异曲同工之妙，深得中原文人的喜欢。在他们当时的大力推动下，元代景德镇青花瓷这才得以快速发展，取代北方的白瓷、南方的青瓷，到了明代初期，成了中国瓷业的主流。

四、被低估的中国元代制瓷水平

1206年成吉思汗建立蒙古汗国,1271年忽必烈改国号为"大元"。宋后,统治中原的蒙古族,他们落后的生产方式,给当时中国社会经济、文化活动带来一度逆转。因此,对于这一时期的瓷器生产,后人鲜有研究,以致有人一度把元代青花瓷列入明初产品系列。

20世纪初,鉴于国外学者对有关元代青花瓷研究的学术成就,国内一些学者才开始注意这一话题。2005年7月12日,一件《元青花鬼谷子下山图罐》在英国伦敦佳士得拍卖行拍得1568.8万英镑(不含佣金),约合2.2807亿元人民币,刷新历年来世界工艺艺术品交易最高纪录,全国上下刮起一股"元青花风",我国学术界才开始重新审视、重新认识元代这段瓷业史。

历史告诉我们,我国元代瓷业在当时不仅没有受到抑制,相反,得到更加重视。政府免除官匠其他一切差役,准其职业世袭,开设了"瓷课"一税,在元宫外南方重要产瓷区景德镇首开官窑——枢府窑,并设立瓷局,监烧并管理全国制瓷行业。磁州窑、钧窑、龙泉窑等传统产瓷区得到进一步发展,景德镇产瓷区创烧了卵白色"枢府"釉瓷、青花瓷、釉里红瓷器,整个制瓷工艺获得新突破。

五、明代御窑厂的建立与景德镇制瓷中心的形成

明代瓷业在管理体制上,继续沿用了元代的体制,在景德镇开设官窑,直接建立为大明皇家制瓷的御器厂和督陶机构,代理国家管理瓷业事务。明洪武二年(1369),朝廷在景德镇设"御窑厂",专门为大明王朝烧造宫廷用瓷。御器

图 1-18
明代正统青花赶珠龙纹大缸
景德镇陶瓷考古研究所修复,
景德镇官窑遗址博物馆收藏

厂利用国家的力量,控制了当时最熟练的工匠,垄断优质瓷土和釉料,对制瓷工艺过程制定统一、精细的分工,规定了各道工序的规格,它的建立,使我国的制瓷水平和产品的质量在当时得到空前的提高。

明代御器厂的瓷器产品虽然精美,但是,并非社会上一些人所描绘的那样,件件精妙绝伦,它在元代瓷业基础上,适应社会新要求,不断改进和创新。如早期的洪武瓷,受元影响较大,器型粗大,胎体厚重,青花色泽偏灰,图案装饰线条粗疏豪放。但是,也呈现当朝的特点,图案层次减少,趋向多留白。

到了永乐宣德时,青花瓷器经历一百余年的烧造才走向成熟。产品端庄秀美,器物线条柔美流畅,釉面肥厚、细腻、莹润,在我国陶瓷史上,有"永宣青花成化彩"之称。这一时期,画工、窑工们利用青料烧后呈现出散晕的特点,作没骨花卉的笔法,产生水墨的趣味;有的利用线条上不同浓淡,产生活泼的变化,显得更加生动有力。

这也是明以来,在瓷业领域对中国陶瓷史上的第一大贡献。2011年10月5日,香港苏富比秋季拍卖会上,《明永乐青花如意垂肩折枝花果纹梅瓶》(图1-19)以1.68亿港元成交,刷新了明清官窑青花瓷器拍卖世界纪录。这就是我国永宣青花瓷价值不菲的一种最好佐证。

明代瓷业第二大贡献是釉上彩瓷的出现,为瓷器与文化的结合开辟了更广阔的空间,使瓷器从手工实用产品演变为脱离日用,成为人类的精神产品。

明成化、正德时期,进口的苏麻离青的青料已用完,改用国产料平等青。平等青的色淡,比不上苏青的浓郁,更无散晕水墨效果,御器厂的窑工为弥补当时国内青花料带来的审美缺陷,更朝着加彩或细致的表现方面发展,并总结出一种"青花斗彩"新工艺。

图1-19　明永乐青花如意垂肩折枝花果纹梅瓶
北京故宫博物院藏

成化斗彩,绘画手法精练,细描匀染,加上白瓷型小胎薄,瓷器完工制作

017

后,常达到一种少有的精致效果。成化"青花斗彩"工艺的形成,丰富了青花瓷品种系列,除弥补国产青花料审美的缺陷外,最大的成效是开创了瓷器釉上、釉下相结合的综合装饰工艺,在我国陶瓷装饰行业具有划时代的效果。我国陶瓷装饰行业在此基础上,产生了斗彩、五彩、古彩、素三彩,以及后来的珐琅彩、粉彩、墨彩、广彩、新彩等彩绘行业大家族。成化青花斗彩工艺的出现,为瓷器与中国文化绘画的结合创造了条件,改变了瓷器绘画上色彩单一的局面,使中国文人画从绢纸移植到洁白的瓷器上,并产生了与绢纸绘画不一样的效果,开创了中国文人瓷画的先河,使瓷器从手工实用产品,演变为脱离日常实用价值,成为人类精神享用的陶瓷艺术产品,陶瓷的功能进一步得到拓展,使用价值得到更大的延伸。

这一时期,成化斗彩最具代表性的作品,是明成化《斗彩鸡缸杯》(图1-20)。1980~1999年,在拍卖市场上,它均刷新当时中国瓷器世界拍卖纪录;2014年4月8日,在香港苏富比中国瓷器及工艺品春拍上,以2.8124亿港元成交价刷新中国瓷器世界拍卖纪录,买家为上海收藏家刘益谦。

明代瓷业第三大贡献是把宗教文化与审美直接融合到瓷业中,开拓了瓷器的适应空间,把瓷器的审美标准提高到更深、更广的境地。

明中嘉靖年间,景德镇御器厂窑工在成化斗彩工艺基础上,创烧了著名的青花五彩瓷器,史上也称嘉靖五彩。嘉靖五彩浓艳热烈,填笔简朴自然,曾盛极一时。嘉靖五彩在生产时,以红、绿、黄、紫、孔雀蓝、黑彩描画图案,其中红、绿、黄为主色,亦有辅以金彩等多种色彩的五彩器。

明嘉靖五彩装饰内容常以龙凤为主体,并配以水波、祥云纹的图案,也有

图 1-20 明成化 斗彩鸡缸杯
北京故宫博物院收藏

以花卉、禽鸟为主题的图案，还有以婴戏或人物故事为题材的图案。如，《五彩天马纹盖罐》，造型端庄，胎坚釉润，主体纹饰绘四匹天马，形象夸张简练，极富动态。

具有典型宗教文化色彩的嘉靖五彩，它的盛行，极可能与嘉靖皇帝本人尊崇道教五行说、深信五彩辟邪有关，出于对道教学说的理解和参悟，作为宫中的主人，他的思想和行为自然体现到宫中生活用器，即瓷器的装饰上。

嘉靖皇帝朱厚熜这一行为，从他的爷爷宪宗成化。皇帝继承过来，只不过他的爷爷是生活中的感受，而嘉靖皇帝是道家五行学说。嘉靖皇帝的行为，无形中创烧的嘉靖五彩，同时也把我国彩瓷生产推向一个繁荣时期。更为重要的是，嘉靖皇帝把宗教思想和文化带进了中国的瓷业，把瓷文化与宗教文化进行了一次完美的结合，拓展了瓷器的应用空间，把瓷器的审美提高到更深、更广的境界，无意中对推动中国瓷业的发展做出了极大的贡献。2000年香港苏富比拍卖会上，一件《明嘉靖五彩鱼藻纹盖罐》以高达4404.475万港元成交，成为当时成交价中最高的中国瓷器，这就是对它最好的诠释。

由于明代皇家官窑在景德镇的设立，当地瓷业在其影响下得到快速发展。然而此时，全国南北10余省开设的40多处青瓷窑场中，除浙江龙泉窑外，国内其他青瓷窑场多因技艺停滞而萧条，或因战祸困扰而沉没。景德镇产瓷区，这时以白瓷为基础，在元创烧的青花瓷、釉里红瓷产品基础上，吸引全国制瓷工匠，产品品种得到进一步开发，逐渐形成青花、彩瓷系列，取代传统的青、白瓷，成为明代瓷业的主产区，加上明王朝的重视和支持，中国南方景德镇也迅速成为当时全国的瓷业中心。

面对这一情况，也有一些地区的白瓷窑场，如福建德化窑，瞄准市场，把传统白瓷生产继续作为自己的主业，在原有制瓷基础

图1-21　明嘉靖　五彩云鹤纹罐
北京故宫博物院收藏

上不断革新,烧出的白瓷,其胎、釉达到浑然一体、光润如白玉的效果,被业界称为"象牙白""猪油白""葱根白""建白""中国白",把当时中国的白瓷做出一个新的高度。产品以人物塑像最为突出,如观音、达摩等。其他如梅花杯、八仙杯、仿青铜香炉、花瓶、文具等,均名传于世,创出同一时代与景德镇青花一样可圈可点、为后世推崇的业绩。

2012年5月,伦敦邦瀚斯一尊定为明代的"何朝宗印"印章观音像,估价3万~5万英镑,以52.925万英镑(约合人民币534.58万元)创德化白瓷拍卖新纪录。2013年6月,一件《明德化窑观音像》以478.8万港币在香港泰珑拍卖行成交。以上拍卖市场的交易纪录,足可证明德化瓷器的历史价值。

图 1-22 明何朝宗印观音像

明代瓷业第四大贡献是把中国瓷文化输送到世界,带动世界各国瓷业的兴起。在明代,当时的中国瓷器,所到之处,当地人争相视为奇珍异宝。不过,昂贵的长途运输,对他国的民众来说,购买一件瓷器是十分困难的事,因此,不断有外国人专程到中国学习制瓷技术。宋元以来,龙泉青瓷、定窑白瓷、景德镇青白瓷、磁州窑的彩瓷,都是他们学习的对象,这些外国人中不少来自东北邻邦朝鲜(高丽)、日本,南方的越南(安南)和泰国(暹罗)。据史料记载:公元918年(梁贞明四年),朝鲜便学会了中国造瓷器的方法;15世纪,朝鲜能用回青料仿制景德镇的青花瓷。

中国的瓷文化传至日本,初期是以朝鲜作为桥梁。到了唐贞元十年(794),日本桓武天皇直接派人到中国学习制瓷。但是,他们能独立烧造出瓷器,却在我国南宋时期。据记载,日本山城人加藤四郎左卫门景正,随道元禅师到中国浙江和福建学习象山窑和建窑的制瓷方法,前后5年,归国后以福建德化窑为样板,设计出日本式的瓷窑,在山田群的濑户村烧造黑釉瓷成功。后来,日本人称之为"濑户物",称加藤氏为"陶器之祖"。明正德元年(1506),日本了庵、桂梧来到中国,日本伊势松板五郎大夫与祥瑞随来,祥瑞在景德镇住了5年后,将青花瓷制作方法带回了日本。自此以后,日本便不断派人到景德镇学习。

在东南亚越南、泰国、菲律宾等国,越南北宁的陶瓷突现中国景德镇的制瓷风格,藩郎被誉为"越南的景德镇"。相传北宁的主要瓷窑是由老街来北宁的中国陶工于公元1465年建的;藩郎,则是16世纪前半期采用景德镇的制瓷技术而振兴起来的。

欧洲人仿造景德镇瓷器,是先由阿拉伯人传去的。阿拉伯国家在十一二世纪从中国学得制瓷技术后,于1470年传播到意大利。意大利威尼斯炼金工人安托尼珂接触后首先学会,开始造出轻薄透明的瓷器。三百年后,即1759年,西班牙国王查理士三世从意大利芒特角带回来了瓷土和造瓷工人,在布恩来提罗设立了瓷厂,做出了瓷器,为了有别于意大利瓷,也出于对中国瓷业的敬意,他把自己的瓷厂,命名为"中国瓷厂"。

可以说,世界瓷业的兴起离不开中国,是中国把制瓷工艺和瓷业文化输送到世界各地,大力地带动世界其他国家瓷业的发展。

六、以清"康雍乾"为代表的中国瓷业顶峰期

在清代,我国瓷器制造仍以景德镇为中心。不过,明末连年混战,景德镇瓷业同样破坏严重,直到清顺治十一年才恢复生产。景德镇在大明御器厂的基础上,设御窑厂。这一时期产品也有明显的过渡时期特征,胎体比较厚重,制作略显粗糙。康熙时期,景德镇的御窑厂才走上正轨。在大清朝十二帝268年中,康熙、雍正、乾隆三代是清代鼎盛时期,也是瓷器制造最好时期,同时,也是我国手工陶瓷发展到巅峰时期。这一时期,瓷器品种繁多,千姿百态,造型古拙,风格轻巧俊秀,技术上集几千年之大成,高超卓越,精细华美,创新不断,出现我国制瓷史上以督陶官臧应选、郎廷极、年希尧、唐英等个人命名的"臧窑""郎窑""年窑""唐窑"等。

我国清代瓷业对中国陶瓷历史上的贡献可以概括为:在继承上发展,在传统上创新,在平凡中追求自己的卓越。

1. 在复烧、仿制的基础上创新

对历代名窑的复烧、仿制,并创造出具有本朝特色的陶瓷新品,典型器物

图 1-23　郎窑红釉观音尊
北京故宫博物院藏

图 1-24　青花山水人物纹盖罐
北京故宫博物院藏

有钧红、祭红、郎窑红等。

清代康熙、雍正、乾隆时期,由于帝王对瓷器的奢求,景德镇大清皇家御窑厂在仿制和复烧古代名窑瓷器上,都获得相当大的成功,特别是烧造难度大,最具神秘色彩的宋代钧窑瓷,他们不但复烧成功,还利用古人原有的技术,在模拟宋代氧气焰窑炉气氛下,创新出具有本朝特色的新产品——钧红。在此基础上,他们再接再厉,在还原焰窑炉气氛下,创烧出祭红和郎窑红。

对于郎窑红,民间有一句谚语:若要穷,烧郎红。在当时条件下,他们的用料,大量渗入黄金和玛瑙,而且烧制成功率非常低下。因此,除了当时清政府有这个能力制造这一陶瓷界珍稀瓷、昂贵品种外,民间各民窑只能是"望瓷兴叹"。

2. 对陶瓷青花的贡献

在这一时期,他们跨界融合,把中国国画中的传统水墨画晕染法运用到瓷画中,把我国传统的青花瓷艺术效果推向一个新的高度。

清代青花瓷,在中国古陶瓷史上,占有重要一席。康熙时期的青花,受明代"永宣青花"的影响,在当时已有的青花用料发色情况下,为达到青料水墨韵味的效果,窑工们将中国传统的水墨画晕染法运用到瓷画中,使青花器清新明快,晶莹透彻。如,采用中国水墨画的"分水法",可使同一青花呈现浓中有浓、淡中有淡的多种层次,使瓷画中的山川景致富有层次,花鸟树木栩栩如生,具有丰满的立体感。针对这一贡献,陶瓷史上,把这一时期青花工艺画法,叫作

"青花分水法"。康熙时期的青花,也被后人誉为五彩青花瓷,或青花五彩瓷。

3. 在大明五彩的基础上进一步发展

经过不断改进,形成了具有本朝特色的康熙五彩、古彩,极大地丰富了我国陶瓷界彩瓷家族的队伍,并在此基础上创烧了粉彩、珐琅彩、墨彩、浅绛彩以及各种颜色釉上加彩等一系列品种。

中国传统的釉上彩瓷器极为丰富。清代在明代釉上彩的基础上进一步发展,创造了古彩、粉彩、珐琅彩、墨彩、广彩、金地万花彩、浅绛彩以及各种颜色釉上加彩等,其中康熙素三彩、雍正的粉彩、乾隆的珐琅彩三者最著名。

素三彩是指景德镇烧制的一种低温彩釉瓷器,主要特征是器表纹饰不施红彩、显得素净幽雅。从传世品看,明代成化、正德、嘉靖、万历皆有出品。清代康熙时,把这一彩绘工艺发扬光大,做得非常出名。

清康熙时期,在彩绘制作上,除以上的素三彩外,对传统的五彩工艺也有重大突破,发明了釉上蓝彩取代明代所用的釉下青花,并将黑彩也用在釉上装饰上,成为一种纯粹用釉上彩料绘制的彩瓷,基本上改变了明代青花五彩占主流地位的局面。

康熙五彩是清代彩瓷中的名品,享有极高的声誉,它与后来具有柔和感的粉彩迥然不同。由于五彩采用单线平涂法施彩,彩料浓艳深厚,透彻莹亮,彩烧温度较粉彩略高,画面给人以艳丽、坚硬的感觉,因而又有"硬彩"之称。康熙以后,随着粉彩瓷器的盛行,五彩瓷器少有生产,由于康熙五彩往往被作为摹古的对象,故康熙五彩又被称作"古彩"。

粉彩主要特征是色调柔和淡雅,比例精细工整,故又称"软彩",采用白粉扑底成立体状再加色彩,并染成浓淡明暗层次,清新透彻,温润平实,深具工笔花鸟之意味及浓厚的装饰性。

粉彩,在清朝康熙后期已问世,雍正时期则得到空前的发展,乾隆时朝又有新的突破。层次分明的色泽,石、木及各种动植物的色调和质感

图 1-25　五彩蝴蝶纹瓶
北京故宫博物院收藏

023

都能够准确细致地加以表现。2010年11月11日，伦敦博罗区域的拍卖行拍卖中，一个估价在80万英镑至120万英镑之间的清乾隆粉彩镂空瓷瓶以5160万英镑（约5.5亿人民币）的价格成交，它刷新了中国陶瓷的历史拍卖纪录，成为至今为止最新的中国最贵的陶瓷艺术品。

珐琅彩瓷器从创烧到衰落都只局限于宫廷之中供皇室使用，是"庶民弗得一窥"的御用品。珐琅彩是我国陶瓷装饰艺术中的一朵奇葩，在中国陶瓷发展史上占有重要地位，是极为名贵的御用瓷器。其诞生后的两百年内都是皇家御用瓷器，它用景德镇御窑厂生产的半成品运到宫中，再进行二次烧造，民间几乎不知道，至民国三年（1914年）故宫第一次展览后才被社会所知。

珐琅彩瓷器的前身是景泰蓝，它兴起于明代，是在铜胎上以蓝为背景色，掐以铜丝，再填上红、黄、蓝、绿、白等色釉烧制而成的工艺品。清代康熙年间这种"画珐琅"的方法被用在瓷胎上，其吸取了铜胎画珐琅的技法，在瓷质的胎上，用各种珐琅彩料描绘而成的一种新的釉上彩瓷。雍容华贵的珐琅彩瓷问世，虽与"康熙盛世"有关，但与雍正的关系更为密切。乾隆一朝早期的珐琅彩瓷制作精美，与雍正时期制品难分高下，但后期制品略粗，晚期造办处基本停烧。

珐琅彩瓷制作技艺奇绝，时代特色鲜明，因传世极少，至为珍贵，备受世界收藏界推崇。

2002年，香港佳士得秋拍以3252.41万港币成交的题诗过墙梅竹纹盘，就是雍正珐琅彩瓷中最为名贵的品种。2007年，北京匡时国际秋拍中，一件《雍正珐琅彩蓝地缠枝牡丹纹"万寿长春"碗》以728万元成交；同年，在香港苏富比以1.1548亿港元拍出《清朝乾隆皇帝御制珐琅彩古月轩题诗花石锦鸡图双耳瓶》。2013年，香港苏富比春拍上，一件《清康熙御制胭脂红地珐琅彩莲花图碗》（图1-26）经11次叫价以7400万港元成交，约合950万美元，刷新清康熙瓷器拍卖纪录。

以上是拍卖市场上少见的几次珐琅彩瓷拍卖纪录。

可以说，清代陶瓷生产，在全国的制瓷中心景德镇，除以皇家景德镇御窑厂为中心外，民窑也极快发展，取得很大成就。其他陶瓷产区，如，福建德化白瓷、由外销陶瓷发展起来的广彩瓷、宜兴紫砂、广西石湾人物雕塑，它们当时都深得大家的喜爱。

图 1–26　清康熙御制胭脂红地珐琅彩莲花图碗

七、向世界进一步输出中国的陶瓷文化，促进了世界陶瓷产业全面提升和快速发展

清代前期，国外对于中国瓷器的需求量十分巨大，特别是欧洲人对中国瓷器的喜爱，不亚于奇珍异宝，中国瓷器不仅作为日用品受到他们的喜爱，而且在贵族上流社会，高品质的中国瓷器成为他们财富炫耀的象征。当时中国瓷器的输出，主要通过清政府对各国外交使节的"赐赠"和民间的对外贸易这两条途径。

到了 18 世纪下半叶，瓷业中的巨大利润，驱使欧洲内陆一些国家纷纷仿造中国瓷器，中国的外销瓷一度出现下降。但是，当时欧洲瓷器制造成本高，价格十分昂贵，且质量过不了关。中国外销瓷器不仅价格较低，而且在造型、装饰上都能按照欧洲人的需要及时调整生产，因此清代初期，欧洲始终是中国外销瓷的主要市场。据 1774 年英国《伦敦指南》记载，在当时仅伦敦一地就有 52 家专营瓷器的商号。这足够说明当时中国外销瓷在欧洲销售的盛况。

不过，这期间，欧洲人对中国瓷器的仿制也没有停止。康熙年间，法国传教士昂特雷科儿斯（汉名殷弘绪）来到中国景德镇，通过七年的传教，一面收集景德镇的制瓷技术，写出了两份共三万余字的报告信，把景德镇瓷器制造技术系统而完整地、秘密地介绍给欧洲。回国后，殷弘绪又把在中国耳濡目染不断学到的景德镇制瓷技术反复研究、试验，终于烧制出类似景德镇式的硬质瓷器。欧洲的制瓷技术在他的带领下，终于迎来了一次质的飞跃。

第二章　近代中国瓷业复兴与艺术品市场崛起

第一节　近代中国瓷业面临的困境及其对策

　　大清乾隆以后,我国经济出现了衰退,这时,西方资本主义伴随着工业化的进程加大对世界的殖民扩张,清朝经历两次鸦片战争后,国门被打开,国家被沦为半殖民地半封建社会,国力更加衰微。在西方列强的侵略下,生产力遭到极大的破坏,人们流离失所,对陶瓷的需求下降。在这种情况下,中国的瓷器也从乾隆鼎盛时期一步步走向衰落。而欧洲人自 18 世纪制成真正的硬质瓷后,至 19 世纪,工业技术的进步使其陶瓷生产逐步由机器代替了手工业劳动,新型陶瓷材料技术代替了原始的人工合成技术。此外,烧成、装饰工艺的提高,商业品牌意识的树立,促进了陶瓷业的迅速发展,特别是英、德、法等国的陶瓷产业,在短短几十年间,国际市场占有的比重快速提高。与中国瓷业相反,形成鲜明对照,并出现后来居上之势。

　　在东方,日本的制瓷业自 20 世纪初才崭露头角,第二次世界大战后,已可与英、德、法等国相抗衡,并快速打入中国市场。

面对以上情况,清末,一些民族工商业者在清政府洋务运动中提倡的"实业救国"口号下,对中国陶瓷手工业进行革新,创办新式瓷厂。他们积极应对,发展自己。

1. 江西瓷业公司

清朝末年,江西瓷业公司在瓷都景德镇建立,据《景德镇市志略》和《景德镇陶瓷史稿》记载,光绪二十九年(1903),江西巡抚柯逢时向清廷上奏开办景德镇瓷业公司,建议"官方筹银10万两,余由该道自行集股"。光绪三十三年(1907),两江总督端方奏改商办:"江西景德镇瓷业公司,原拟官商合办,至今未有切实办法,该公司不如改归商办较有把握。"宣统元年(1909),江西景德镇瓷业公司经核准立案。宣统二年(1910),江西瓷业公司在景德镇正式成立,性质依然定为官商合办。除张季直、袁秋舫、瑞华君等社会名流私人集资认股外,官方由河北、湖北、江苏、安徽、江西五省协筹,总投资20余万大洋,并把清御窑厂划归瓷业公司,聘请祁门贡生康特璋主持公司业务。

江西瓷业公司成立初期,业务蒸蒸日上,生产规模逐步扩大,技术不断提高。作为取代原御窑厂的新式窑业,如聘请从日本窑业学校毕业归国的张浩采用机械制瓷、试验用煤烧造等。为了提高生产效率,不同程度地采用了机械化或半机械化的加工程序,出现了脚踏辘轳车、手摇碎釉机、石膏模型铸坯、雾吹器施釉等,从采料、练泥、制坯、晾晒、成型等各个环节均基本上采取流水作业,因此制作出来的坯体整齐划一,厚薄均匀,旋削切割精准,干净利索。它是景德镇第一家官商合办的新型企业,在清末是陶瓷业先进生产力的代表公司创办瓷校,培养人才,聘用名家,打破师徒相授,以图案画瓷的传统,以画入瓷,为古老的陶瓷界吹进了一股新鲜的空气,标志着中国陶瓷业开始进入企业化时代,陶瓷界称之为"中国瓷业史中仅有的一朵复兴之花"。据考证,程门、王少维、金品卿等浅绛大师和"珠山八友"等绘瓷名家当时均有落款"江西瓷业公司"的作品。

在清代灭亡,御窑厂消失后,江西瓷业公司在中国民国时期对本国的陶瓷工业起到了稳定器的作用。

1945年,江西瓷业公司由制瓷名人汤有光、刘雨岑等设计监制,不计工本,唯求拔尖,为民国政府制造了一批礼宾用瓷和蒋介石夫妇祝寿用瓷,它们毫不逊色清康乾时期的产品。后因内战频繁,江西瓷业公司被迫停止生产,直至

图 2-1　民国　刘雨岑粉彩花鸟纹挂盘
江西博物馆藏

1949 年新中国成立后，收归国有。

不过，在我国陶瓷史上，由于种种原因，江西瓷业公司一直未得到应有的重视。近几年，随着民间收藏的蓬勃兴起，清末时期建立的江西瓷业公司才再次走进人们的视野。

2. 景德镇文人瓷画的出现

民国时期，粉彩瓷异军突起。经过瓷业改良，当时的景德镇彩绘艺人在传统的基础上又有了创新，他们书、画、诗、文并茂，工写兼备。代表有：程门、金品卿、潘陶宇、汪晓棠、周小松，以及以王琦为代表的"珠山八友"。这些人创作的作品，具有鲜明的时代特点，已经从传统的打图、升图、作图、拍图、画线、彩料、填色、洗染等工序中脱离出来，凸显创作者自己的个性，旗帜鲜明地标上自己的印记，落上个人的姓名或名号，并在瓷业界开辟一个崭新的领域——瓷画行。

瓷画，是民国时期以景德镇为中心的瓷业，自明清官窑消失后，出现的一个新的亮点，甚至可以说瓷业符号，它的出现，影响中国瓷业界近百年。当今我国景德镇陶瓷界一些代表人物，无不出自他们门下；陶瓷艺术品市场上绝大部分作品，或多或少地延续了他们的创作思想和创作风格。

目前，民国时期文人瓷画，特别是"珠山八友"的作品在拍卖行成交价直追明清官窑器。2012 年北京宝利春拍中，何许人的作品《粉彩四季山水长条瓷板挂屏》（四屏）以 2242.5 万元成交，刷新纪录。此前，"珠山八友"另一画家王琦的四条屏瓷板画以 1780 万元落槌。

3. 中国雕塑瓷在景德镇的兴起

景德镇陶瓷雕塑的历史很长,但是明清时,品质较粗。明代,福建德化何朝宗利用当地质地纯良的高岭土为原料,制作出精美的德化瓷塑,登上了一个艺术高峰,形成了自己独特的艺术风格。以"瓷质温润细腻、晶莹剔透,瓷塑精致典雅、巧夺天工"等特点著称于世,被誉为"中国白""东方艺术珍宝",为中外人士所瞩目,享有世界艺术瑰宝的崇高地位。

明末清初,德化瓷雕塑进入鼎盛时期。晚清以后,景德镇瓷雕在德化何派传人游长子的帮助下,形成了自己的风格。由于它多彩饰性的效果,取代了德化在瓷雕的中心地位。在民国时期,涌现出以曾龙升、徐顺元、蔡寿生、杨海生、杨秦川、蔡金台为代表的雕塑名家。其中,徐顺元创无刀具镂空工艺。1932年,以《龙船》参展美国芝加哥国际博览会,获金奖。

4. 醴陵釉下五彩瓷的诞生

1906年,设在醴陵姜湾的"湖南瓷业公司",在张晓耕、彭筱琴等人引领下,创烧出釉下五彩瓷。1909年~1915年,醴陵釉下五彩瓷先后参加了湖北武汉劝业奖进会,南洋劝业会,以及意大利、巴拿马世界博览会,均分别获得了第一等奖、最优奖和金牌奖。

醴陵的"湖南瓷业公司"在成立初期,由于不惜工本制造上等瓷器,达到了很高的艺术水平。可是在旧中国,醴陵釉下彩瓷只是风行一时,却没有得到应有的发展。1918年间湖南瓷业公司遭到北洋军阀的破坏,厂房和机器设备几乎全部被捣毁,生产曾一度停顿。到1930年前后,随着湖南瓷业公司和湖南模范窑业工场以及一些商办瓷厂的相继倒闭,釉下五彩瓷器也就基本上停止生产,技艺一度濒于失传。

第二节 新中国陶瓷产业的恢复与发展

一、以景德镇"7501"为代表的新中国"五六七"瓷

新中国成立后,我国迅速结束了自1848年鸦片战争以来近百年的屈辱历史,中国人民从此站立起来。为了医治百年创伤,中国共产党领导中国人民把改善人们生活、发展经济作为第一要务。随着外国资本退出中国市场,一度遍布中国的洋瓷也销声匿迹。面对人们对瓷器的巨大需求,我国适时地把振兴和发展中国传统瓷业作为国家经济发展战略的高度提了出来。

1. 恢复历史上传统的制瓷产业

1952年,周恩来总理指示"发展祖国文化遗产、恢复汝窑生产"。经过上百次实验和研究,1958年,河南汝州烧制出第一批豆绿釉工艺品。1983年8月,汝窑天蓝釉经过专家鉴定,均达到和超过宋代汝窑水平。

1955年,河南禹县陶瓷厂开始研制、探索湮没已久的钧瓷胎釉的基本配方与烧成技术,不仅烧制出玫瑰紫海棠红、天青、月白等传统色釉,还发展了十多种花釉,并增加了现代日用器皿、艺术陈设瓷等新品种。

1956年,浙江龙泉瓷厂恢复生产。

1956年5月,毛主席在广州听取中南各省的汇报时,湖南汇报团提到成立瓷业公司统管醴陵瓷业

图2-2 黑陶

图 2-3　汝窑杯

之事,毛主席当即表示试办,并详细询问了醴陵瓷业的具体情况。之后,国家马上投入了 800 万元,轻工部派出专家组改进醴陵窑,醴陵五彩瓷得以重放异彩。

20 世纪 70 年代,河北定瓷在沉寂了多年之后又进入了复苏期。

20 世纪 70 年代,在李国桢等专家的帮助下,恢复了陕西耀州窑的传统技艺,生产出耀州青瓷、黑釉剔花瓷、白釉及剔花瓷、兰花瓷、铁锈花瓷、花釉等六大系列陶瓷。

此外,得到恢复的还有山东等地的黑陶、广东佛山的石湾雕塑。

我国传统而古老的制瓷工艺技术,享誉海内外的名窑名瓷,历经几千年后,在新的历史时期,作为一种国家复兴战略,在中央领导的亲自过问下,从此重新得到整理、挖掘,并以崭新面目进入大众的视野。由于领导的重视,在这一时期,我国传统的手工制瓷技艺得到了全面恢复,并在历史的基础上得到新的发展。

2. "7501"瓷,成为这一时期的新标杆

新中国成立之初,我国的瓷器生产虽然仍保留手工为主,但是,由于组织得力,管理得当,所产瓷器质量普遍偏高,有的直追历史最好时期。目前,它们已成为我国陶瓷界收藏的宠儿,人们习惯称之为"五六七"瓷。其中代表作品有醴陵釉陶瓷研究所为中南海毛泽东主席生产的主席用瓷和江西景德镇轻工业部陶瓷工业科学研究所生产的丰泽园用瓷。

湖南醴陵主席用瓷,主要是釉下双面五彩花卉薄胎碗,晶莹剔透,似玉、泥嫩肌般温润可人,红月季、红芙蓉、红秋菊、红梅四种纹饰分别代表

了春、夏、秋、冬。

　　江西景德镇轻工业部陶瓷工业科学研究所生产的丰泽园用瓷，又称"7501"瓷，它线条流畅优雅，器形饱满，古朴大方，达到了艺术与实用的完美统一。

二、1978年以后，我国陶瓷业再次进入了一个崭新的发展时期

　　到1978年以后，我国陶瓷业在历史上再次进入了一个崭新的发展时期。这一发展时期的重要标志是制瓷技术的创新和革命，如，以机器制瓷设备的广泛推广和运用，窑炉技术的改造，煤油气代替松烧为着力点，这些都推动了我国瓷业由传统手工制瓷向现代化制瓷工艺的转变，大力提高了制瓷中材料、釉料、成型、烧造工艺的水平。它是我国几千年制瓷工艺上最伟大的历史变革。自此，我国陶瓷脱离传统手工，走入现代工厂，由机器代替手工和全手工的新时代。

　　这种成果，我们可以从以下一组数据中得到证明。"六五"期间，中国陶瓷产品在国际博览会上先后荣获5枚金质奖章；在国内荣获国家金质奖的有7个产品，荣获国家银质奖的有15个产品，获全国轻工业优质产品奖的有31个，还有一批产品获国家经委优秀新产品金龙奖和全国轻工业优秀新产品奖。

　　如：我国主要产瓷区江西省景德镇，在十大瓷厂中，人民瓷厂的"青

图2-4　景德镇人民瓷厂生产的青花梧桐餐具
在国际博览会上荣获金质奖章

花梧桐餐具"获国优、部优、省优奖35项。光明瓷厂在1986年德国莱比锡国际博览会上荣获国际金奖之后，又连续两次荣获北京国际博览会质量金奖，光明瓷厂生产的青花玲珑瓷有80%出口到东南亚、欧美等世界100多个国家和地区，每年出口创汇300多万美元。

建国瓷厂生产的高温色釉，品种繁多，不仅继承了传统的名贵色釉，如钧红、祭红、郎窑红等，还创造了火焰红、灯芯红、桃红、粉红、李子红、玉青、茶青、竹叶青、豆绿、乌金花釉、虎斑釉、象牙黄、结晶釉等百余种色釉及釉上堆花的工艺品种，尤以"三阳开泰"产品最受人们喜爱；1979年"珠光"高温颜色釉陈设瓷荣获国家产品银质奖，建国瓷厂被定为国家生产传统高温颜色釉瓷的唯一企业，名贵色釉瓷还是国家领导人出访和外国元首访华赠送的国家礼品瓷，行销世界120多个国家和地区，分别获尤里卡国际发明奖。

红旗瓷厂1980~1985年生产的缠枝莲54头、92头中餐具，连续被评为国家、轻工业部、省市优质产品和消费者满意产品称号，1984年，新工艺釉下彩薄胎碗荣获全国优秀新产品金龙奖。

新华瓷厂生产的"彩云"牌民族用瓷，1985年荣获国家经委、轻工业部优质产品证书，1990年获轻工业部"全国陶瓷艺术展评会设计二等奖"，1991年荣获北京国际博览会银质奖。

艺术瓷厂"福寿"牌粉彩瓷在1980年获国家金奖，景德镇高白釉薄胎瓷在1983年荣获国家银奖，产品畅销世界56个国家和地区。

其他产瓷区，如醴陵，1976年，醴陵陶研所首创钯金水获全国科学大会奖。1978年，醴陵为邓小平制作赠送日本天皇裕仁的松鹤文具。1979年，醴陵群力瓷厂生产的釉下彩瓷餐具获国家金质奖。醴陵国光瓷厂的厚胎餐具获国家银质奖。1983年，醴陵釉下五彩瓷获国家优秀新产品奖。1984年，国光瓷厂生产的白玉西餐具获国家银质奖，永胜瓷厂生产的醴陵牌餐具获国家银质奖。

对于这一时期，我国各地国有瓷厂所产的瓷器，特别是景德镇的瓷器，目前市场上习惯称之为"厂货"，它们尤以各大瓷厂美研室出品的瓷器为最，也备受当前陶瓷爱好者、陶瓷收藏家的力捧，价格也一路走高。

第三节 陶瓷艺术品市场的迅速崛起

当前,我国各陶瓷产区对发展本地区的陶瓷产业,一改以往生产、销售、再生产的传统生产模式,把文化注入产业中,提出"日用陶瓷消费品艺术化""陶瓷艺术品日用化"的新型生产消费观念,把文化艺术放在优先的位置,大力发展陶瓷文化创意产业,带动整个产业的发展。

在发展陶瓷文化创意产业中,我国有的产瓷区把人放在第一位,给陶瓷生产者评职称放在重中之重。人,永远是生产力第一要素。但是,我们生产决策者们如果把对陶瓷生产者的评职走向行政化,那么这就背离了马克思劳动价值论的核心观念,其行为就值得我们商榷。

在市场经济条件下,生产固然重要,消费更是市场走向的决定因素。曾有人说:社会需求才是最伟大的学校、最伟大的老师,才是促进我们产业发展的催化剂。我们认为这一论述一点不假,非常有道理。

如何开发陶瓷文化艺术品在社会市场上的消费能力,提升陶瓷艺术品创作时产品内在的艺术价值,向社会普及陶瓷艺术品知识,提高陶瓷消费者、爱好者陶瓷艺术品的审美知识、审美情趣,规范陶瓷艺术品市场,引导消费者正确消费,促使我国陶瓷艺术品市场有序、合理、科学地发展,避免大起大落、大波大折,我们想,这才是提升我国陶瓷文化产业品牌,提高我国陶瓷产业在国际陶瓷市场上整体竞争力的关键或重中之重。

在世界陶瓷历史上,我国三千多年前便生产出"薄如纸、声如磬"的黑陶,一千年以前的唐代生产出铅釉陶。唐代的"唐三彩",曾影响全世界,一度成为我国盛唐的代名词。在人类历史上,我国不是最早产陶的国家,却最早发明了瓷器,瓷在我国有着光辉灿烂的历史:早在商代就出现了原始瓷器;东汉时,中国的青瓷技术走向成熟;从魏晋南北朝到隋唐五代,瓷器逐步取代金银器、漆器等成为人们生活中的重要器物。千余年来,瓷器成了东方人文化的符号,也成为中国人的骄傲,它通过"海上丝绸"之路,传播到世界各地,成了世界各国人们共同拥有的精神财富。

对于瓷器,人们曾把它作为中国人继"造纸术、指南针、火药、活字印刷术"四大发明后的第五大发明,把中国称为瓷器之国。还有人说,认识中国得从认识瓷器开始。以上这些说法是否准确,虽值得商榷,但的确道出瓷器在世界各国人们心中的历史地位,更道出瓷器包含着国人对它的特殊情感。千百年间,它在我国艺术品收藏市场上,与青铜、书画一道,一直是"三足鼎立"中的重要一环。

远在我国唐、宋时期,北方汝州一带民间就有"纵有家产万贯,不如汝瓷一片"的说法。明清时人们更把追慕宋以前的高古陶瓷视为一生的至高境界。至清末,皇室宫中所藏官窑御器被纷纷盗出,或流落民间,或流向海外,百姓从此得以一睹它的芳容,陶瓷古玩收藏市场也因它的加入从此开始空前活跃,以致当时的北京琉璃厂人潮涌动、热闹非凡。

新中国成立后,我国政府出于对国家优秀文化遗产的认识,考虑到近百年战争对祖国文物带来的破坏。为了保护有限的民族文化资源,自20世纪50年代起,私人陶瓷收藏和交易一度在民间被政府严厉禁止,普通大众手中的陶瓷古物被博物馆、文管所、文物商店等国家机构强行征走。海外虽偶有交易,但整体总量小,对大陆影响也极小。到了70年代,随着东亚经济的迅速崛起,我国海外华人经济实力的上升,中国瓷器开始在纽约、香港、伦敦等交易拍卖市场频繁出现,东方最有特色的艺术品陶瓷再次吸引全球人的眼光,很快显示它的国际文化品牌价值。在这一背景下,国内交易暗流汹涌,陶瓷交易中的"鬼市"一度成为中国陶瓷收藏人嘴中的口头禅。改革开放后,文物收藏与买卖也开始慢慢放开,人们对历史文化保护的概念也发生变化,甚至有人提出,民间收藏是对国家文物保护系统的重要补充。

从20世纪90年代初北京潘家园和古玩城两家的挂牌开业,到现在全国数十家大型古玩市场和无数中小型古玩交易场所,古陶瓷市场已经点面结合,覆盖了中国的绝大部分地区,不仅一线城市有,二线城市有,三线、四线城市也有。有的城市还不止一家,甚至多家。如北京城,除北京潘家园路潘家园旧货市场、北京东三环南路华威桥北京古玩城外,还有北京琉璃厂东街琉璃厂海王村、北京亮马路59号亮马收藏市场、北京琉璃厂西街北京荣兴画廊、北京西城区报国寺报国寺市场、东城区天坛东路京红桥市场。广州城内,除荔湾区带河路古玩市场外,还有荔湾湖古玩街、深圳市鸿基文玩中心、珠海收藏品广场等七家。中国陶瓷主产区——江西景德镇,除我们大家熟知的樊家井、筲箕坞外,还有华阳古瓷一条街、国贸广场古玩市场、曙光路古玩市场。

不过,新中国成立后,我国陶瓷艺术品投资与收藏的"春天"到来,是2002年新《文物保护法》颁布。它正式将民间收藏纳入国家许可的收藏轨道中,中国的陶瓷收藏市场从此"吃了一粒定心丸",初具实力的内地陶瓷投资收藏者从此结伴在国内外竞拍市场。由此,有人惊呼,这才是中国继两宋、康乾、清末、民国初期之后的第四次收藏热潮。

据有关史料记载,1992年北京首开国际拍卖会,从此我国为受到层层遮挡的中国艺术品拍卖拉开了序幕。1995年,中国已有作品零星出现拍场。同年,中国嘉德秋拍,瓷杂专场中:编号726的雕瓷彩塑白毛女故事,估价9万元至11万元;编号727的白釉乒乓外交中美女运动员瓷雕像估价3500元至4500元;编号728的荣县窑褐釉刻菊花纹罐估价3000元至4000元(当时仅此件以3300元拍出)。次年北京翰海秋拍瓷杂专场上拍出的两件一组新中国成立初期彩绘工农共修水渠的人物瓶,以6.6万元成交。

对我国刚复苏不久的拍卖业来说,高端市场是属于明代皇家官窑重器。因为存世稀少,其市场价格一直处于较高的水平,特别是永乐、宣德、成化三朝最受青睐。

元青花在20世纪90年代中后期也形成了一股市场热风。散见海外的精品元青花不多,内地馆藏也是凤毛麟角,在拍场流通的不过百余件,它的市场价值就被空前抬高,不断创出天价。

进入21世纪以来,中国内地拍卖行业这块"蛋糕"越做越大,虽然许多高端价位是在香港、纽约取得,但市场的冷暖变化已经必须要看内地拍卖公司的成交报告。瓷器市场上真正在舞台大唱主角的陶瓷收藏品已从明官窑瓷、元青花转到康熙、雍正、乾隆三个时期的官窑器上。

以下是1999年至今历年陶瓷拍卖交易市场的最高纪录:

1999年香港苏富比曾推出一件1860年被英法联军抢掠的《清乾隆酱地描金粉彩镂空六方套瓶》,经过几十个回合的激烈竞争,最终以2095万港元成交。

2000年,一件《清乾隆粉彩蝶纹如意耳尊》在香港佳士得拍卖会上以

陶 瓷

艺术品

经济学

3304.5万港元拍出,再度令全世界为之惊讶。

2002年,香港苏富比拍卖会上《清雍正粉彩蝠桃"福寿"纹橄榄瓶》以4399万元人民币的成交天价创下了当时中国瓷器拍卖的新纪录。

继2003年、2004年之后,2005年中国古陶瓷拍卖市场呈继续走强的趋势。2005年5月2日,香港苏富比以4492万港元拍出《清乾隆粉青釉浮雕芭蕉叶镂空缠枝花卉纹青花六方套瓶》(高40厘米);7月12日,伦敦时间上午10时58分,佳士得以1568.8万英镑的天价拍出《元青花鬼谷出山图罐》,创下历年来亚洲艺术品拍卖的最高成交价世界纪录,同时也刷新中国瓷器及中国工艺品拍卖的世界纪录。

2007年,香港苏富比以1.1548亿港元拍出《清朝乾隆皇帝御制珐琅彩古月轩题诗花石锦鸡图双耳瓶》。

2010年7月,一只《清乾隆浅黄地洋彩锦上添花"万寿延年"图长颈葫芦瓶》,在香港拍出2.5266亿港元;11月,一件《清乾隆粉彩镂空瓷瓶》(图2-5),在伦敦以5.5亿元人民币的天价,刷新了中国瓷器及工艺品拍卖世界纪录。

2011年,香港苏富比秋季拍卖会上,《明永乐青花如意垂肩折枝花果纹梅瓶》以1.68亿港元高价成交。

2012年4月,在香港苏富比举行"中国瓷器及工艺品"拍卖会上,《北宋汝窑天青釉葵花洗》以2.08亿港元(2670万美元)成交。

2013年,香港苏富比春拍上一件《清康熙

图2-5 清乾隆粉彩镂空瓷瓶
2010-11-11,伦敦博罗(Borough)区域的Bainbridge拍卖

图 2-6 黄山肆千仞 王锡良

御制胭脂红地珐琅彩莲花图碗》经 11 次叫价以 7400 万港元成交,约合 950 万美元,刷新清康熙瓷器拍卖纪录。

2014 年,香港苏富比春拍上,玫茵堂珍藏的《明成化斗彩鸡缸杯》以 2.5 亿港币拍出;一件《北宋定窑划花八棱大碗》以约合人民币 1.16 亿元成交。

2015 年 6 月 6 日,中国舍得拍卖国际(澳门)有限公司主办的首届艺术品专场拍卖会赢得开门红,一件《宋代定窑美人枕》以 3.5 亿港元的高价落槌,加上 13% 的佣金,最终成交价高达 3.9555 亿港元(约合人民币 3.1644 亿元),再创中国高古瓷拍卖的最高纪录。

在古代瓷器拍卖价格不断攀高的同时,近现代及当代陶瓷收藏也是如火如荼。十几年前,景德镇国家级工艺美术大师王锡良的作品最高才卖到几千元。而 2006 年,他的一件挂盘的价格是 20 多万元,在景德镇 2009 秋季国际艺术陶瓷拍卖会上,其粉彩瓷板画《黄山肆千仞》以 680 万元人民币的天价落槌,加上佣金,成交价为 782 万元。2010 年嘉德春拍,一把创作于 1948 年的由顾景舟制、吴湖帆书画的《相明石瓢壶》,以 1232 万元成交。在 2011 北京保利秋季拍卖会上,顾景舟的《提壁组壶》(共 11 件)再次以 1782.5 万元的价格成交,创当代陶瓷工艺品的最高价格。十几年时间里,当代中国陶瓷艺术作品也实现了几十倍甚至几百倍的增长。

在陶瓷艺术品市场上,各大拍卖机构的春拍、秋拍交易总量和拍卖产品、单价价格,往往是这一年或这一时期产业发展的风向标。我国自放开对民间古陶瓷艺术品交易的限制,更鼓励富裕起来的民众,积极参与陶瓷文化收藏,以弥补国家经济投入的不足。在这一政策鼓励下,我国改革开放后,先一步富裕起来的老百姓,积极参与其中。我国古陶瓷艺术品交易市场自1992年北京首开国际拍卖会以来,至2015年,拍卖市场上交易之广,产品数量之多,涉及的年代之长,历朝历代窑口之众,参与人员的身份和层次的差别也是少有的。

从1992年北京首开国际拍卖会,至1995年,中国便有作品零星出现在拍场。在几件拍品中,仅有编号728的荣县窑《褐釉刻菊花纹罐》拍得3300元。不过,到了2002年,香港苏富比春拍上,187件拍品中,瓷器占10%,一件《清雍正粉彩蝠桃"福寿"纹橄榄瓶》最终以4399万元人民币成交;至2012年,在香港苏富比举行"中国瓷器及工艺品"拍卖会上,《北宋汝窑天青釉葵花洗》以2.08亿港元(2670万美元)成交。以后2013年、2014年、2015年,不断创出各窑口不同时期不同产品的最新纪录。这二十年,中国陶瓷艺术品拍卖市场上,产品单价从千至万、千万、亿,价格翻了数万倍,甚至数十万倍。

陶瓷艺术品市场巨额的利润空间,极大地吸引了投资者的热情,加上各种专家对陶瓷艺术品市场的点评,传媒机构推出的人物专访、鉴宝、砸瓷栏目,以及电视剧、专题片,陶瓷艺术品市场顿时成了投资者投资的乐园。这时,各级政府行政部门配合这一形势,适时推出"评职"活动,在全国产瓷区内推出"中国工艺美术大师、中国陶瓷艺术大师";各产瓷区所在的省、地市推出省大师、市大师荣誉称号;在职称上推出市初级、中级、高级、省初级、省中级、省高级。从市到省,从初级到中级再到高级,两年一级,一步步往上评。他们把评职后的职称与作品价格挂钩,每个级别的标准,在行业内规定得一清二楚。

陶瓷艺术品投资者在购买陶瓷产品时,不用做任何市场分析,只要从产品创作者初级职称时买入,高职称时卖出,便可以获利。在这一利好政策下,社会资本一时纷纷投入陶瓷艺术品市场,名家作

图2-7 北宋汝窑天青釉葵花洗
2012年4月5日,香港苏富比4日举行"中国瓷器及工艺品"拍卖

品,特别是中青年陶瓷艺术家,一时成为投资者眼中的宠儿,他们的作品,既是投资者投入资金的避风港,又是达到自己资本保值和增值的重要工具。按艺术家级别职称划分,截至2012年,景德镇2007年已公示的制瓷名家已超过3300位,陶都宜兴2015年向外公示的制瓷名家已过4840人。我国陶瓷界巨大的人才库存,为中国社会资本的活动提供了巨大的发展空间。

中国民生银行发布的《艺术品银行业务发展研究报告》中指出:"国内高收入阶层中有超过20%的人群有收藏习惯,他们大约可将超过其财产1%的部分投入到艺术品收藏。假设全国个人储蓄总额为16万亿元,其中有50%属于高收入阶层,则意味着,至少每年800亿元资金在理论上是可以用于艺术品的投资。"在全球股市哀鸿遍野的时候,中国文化艺术品市场却是风景这边独好。

总之,乱世黄金盛世典藏。跟随着改革开放的大潮,人民生活水平的提高以及对精神文明追求的日益增强,在我国陶瓷艺术品市场各种利好因素的催促下,短短的二十年,获得全面复苏并走向繁荣。特别是近十年来,更获得超常规发展。全国各地区的各大博物馆、美术馆纷纷不惜花重金吸纳珍品,各类民间收藏团体、民间收藏馆、展览馆如雨后春笋般大批涌现,艺术品投资已成为继股票、房地产之后的第三大投资热点。

根据英国艺术市场联合会(BAMF)发布的报告,2010年中国的艺术品交易额达到了1694亿元,其中艺术原创作品和古董艺术品交易总额为989亿元,占全球市场的23%,仅次于美国的34%,高于英国的22%。居世界第二位。2012年文化部发布的《2011中国艺术品市场年度报告》显示,2011年我国艺术品市场交易总额达到2108亿元,年增长率达24%,位列世界第一。作为艺术品交易市场的主要产品,陶瓷艺术品,其交易量占我国艺术品交易总量的三成以上。我国陶瓷艺术品交易数量和在世界陶瓷艺术品交易市场份额,占用绝对的地位。中国瓷都景德镇、陶都宜兴,它们无疑成为我国及世界当代陶瓷艺术品生产和交易的中心。据相关部门初步统计,全国从事陶瓷艺术品生产、经营、配套服务等人员已达百万、千万计,陶瓷艺术品爱好者和收藏者已过亿。中国不仅是名副其实的陶瓷艺术品生产大国,也是世界陶瓷艺术品市场消费大国。

第三章　对陶瓷日用产品功效的论述

陶瓷作为人类历史上最早的劳动产品，它作用于人的意志，在满足人类自身追求下，有目的地通过泥土加上成型，经高温烧制而成。因此，在它身上包含着人类的情感，寄托了人们对它的期待，并成为生活和生产中不可或缺的产品。

陶瓷依靠人类的发展而发展，它是冰冷的，没有思想，也没有灵魂，它始终只是一个物，人类劳动下的产物，但是，一旦泥做火烧，化土成瓷，凤凰涅槃后，又成为一个独立的个体，长久存在于人类赖以生存的地球上，一万年，甚至更远，它是人类探寻自己生存轨迹的重要依据，也是破解人类自身文明的重要密码。

对于陶瓷，人们太过熟悉，又太过陌生，它通过泥土、矿石，一步步净化、成型、装饰、烧炼，不断越过道道工序，最后才化土成陶、成瓷，有人把它喻为人类历史上早期最伟大的创举，也有人把它喻为人类与上苍共同劳动的杰作。我们人类自从有了它，生活才有了质的改变，才真正从野蛮走向文明。

喜爱陶瓷、珍藏陶瓷，这是人类自身共同的爱好。但是，有黏土的地方，就有陶；有高岭土的地方，就有瓷；有人类足迹的地方，就有陶瓷。人类制陶、制瓷几千年、几万年，生产一直没有中断，因此，一个人不可能，也永远不可能了解我们今天和我们的祖先到底生产了多少陶瓷；也不可能，且永远不可能收藏尽我们今天和我们祖先生产过的陶瓷。

我们对陶瓷的爱,是广泛的,而我们日常收藏的陶瓷也只能是其中最有代表的,甚至是我们最了解的那一部分。

2005年7月12日伦敦时间上午10时58分,佳士得以1568.8万英镑的天价拍出《元青花鬼谷子下山图罐》,创下历年来亚洲艺术品拍卖的最高成交价世界纪录,同时也刷新中国瓷器及中国工艺品拍卖的世界纪录。至于为什么拍出如此高价,藏家和有关媒体,都拿瓷罐画面中的人物故事说事,却很少有人提及此物在竞拍行之前,佳士得拍卖师找到它时,此《元青花鬼谷子下山图罐》在荷兰男爵后人家中放DVD光盘。在元代,它的作用主要用作装酒用的盛具。这一点,在20世纪80年代,江西高安发现的一批窖藏元青花云龙纹兽耳盖罐可以得到证实。

2010年11月,再次在伦敦拍出5.5亿元人民币的《清乾隆粉彩镂空瓷瓶》,也只是大清乾隆皇帝庭前的一个装饰品。2014年在我们的香港苏富比春拍上,一只由玫茵堂珍藏的明成化斗彩鸡缸杯以2.5亿港币拍出,其实此杯也就是大明成化皇帝御前使用的一只酒杯。

今天,我们在书中对近年来陶瓷界拍出的天价物品进行品头论足,也许是对古人的不敬,或是对收藏者的一种嘲弄,对陶瓷收藏爱好者的一种打击,但是,事实就是如此。瓷器就是个物件,它是为人类生活所需而造,并不是一些古董商人嘴中描述的那种神之又神的东西。如果说,在蒸汽机以前时代,我们对它们的烧制还有不可控性,那么到了今天计算机时代,烧造一件瓷器变成了简单的事情,没有什么神秘可言。

第一节　我国陶瓷日用产品功能的演变

日常摆在我们面前的陶瓷,不论是古代制造还是现代制造,无论出自名窑还是制瓷某名家之手,无论藏家和文人把它说得如何神圣,其实,简单一句话,它就是一种实用器。如果说它是艺术,那么只能说是艺术加工后的生活用品。

为了说明这个问题,我们现在以大家悉知的梅瓶为例。梅瓶如下图,它在

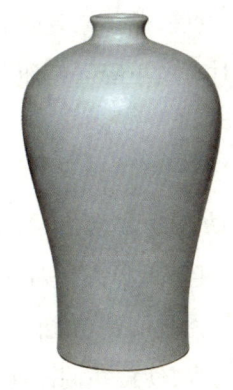

图 3-2 明永乐甜白釉划花缠枝莲纹梅瓶

图 3-1 宋代黑剔花缠枝牡丹纹梅瓶
现藏中国磁州窑博物馆

宋代就十分盛行。在宋朝,梅瓶也叫"经瓶",一般在大小酒铺里都能见到,明朝以后被称为梅瓶。但是,时代不同,形态也有变化。北宋、金代、南宋梅瓶,多为窄肩、瘦长的鸡腿式。

元代梅瓶,继承宋代形制,只是肩部更加丰满,带盖,盖成钟形,中有管柱形子口,盖可倒过来当酒杯用。元代除圆形梅瓶外,还有平口梅瓶、八方形梅瓶、八方棱角梅瓶,色调上有青花、青花釉里红、釉里红等。

明清梅瓶,功能已出现变化,多用于陈设。此时的器形由修长秀丽变为肥矮丰硕,多抬肩,最大腹径上移至肩以下,腹部瘦,多有盖,形体笨拙,上大下小,不如宋代梅瓶造型轻盈秀美。

明清梅瓶在器形上又略有区别。明代梅瓶,肩部较丰,颈部肥硕。清代梅瓶,肩丰硕而挺阔,颈部内收,至近底处又微撇。以景德镇窑制品最佳,有各色釉和彩绘装饰。其中,肩部有墨书或青花楷书"内府"二字者,是宫内用器。

清人因其瓶口小,仅能插入梅花枝而叫"梅瓶"。清乾隆的梅瓶肩部特别丰满,几乎成一条直线,腰部以下收得较直。梅瓶讲究图案化,清梅瓶中龙纹较死板。嘉庆年间的梅瓶造型多样,有的向宽短型

043

发展，有的向瘦长型发展，胎体与乾隆时期区别不大，釉色的白度较乾隆时高，而釉的质地较乾隆时有所下降。梅瓶花纹比较多样，但品质普遍比乾隆时期差。

一、陶瓷是个动态的集合名，所含内容过于丰富

今天，我国人民甚至世界人民对陶瓷的爱，是缘于窑火，出于人类对自然的崇拜，但是，我更认为是陶瓷功能的变化。人类在生产和生活的伟大实践中不断给它注入新的内容，使得我们面前的陶瓷永远不是一个静止的东西，而是一个不断能适应时代的需求，不断能更新、改造自己的常新物体。它随人类文明的脚步前进而前进，几千、几万年来，永远不停留在一个点上，而是年年、月月，甚至天天能给人带来惊喜，不断满足人类对它提出的新需求。从人们身边用的碗盘、卫生洁具、建筑装饰材料，到医学、电子、航空、航天，我们到处都能看到陶瓷。它的功效，按用途分，具体体现在以下几个方面。

1. 日用陶瓷：如餐具、茶具、缸、坛、盆、罐、盘、碟、碗等。

2. 艺术（工艺）陶瓷：如花瓶、雕塑品、园林陶瓷陈设品等。

3. 工业陶瓷：应用于各种工业的陶瓷制品。又分以下4个方面：

①建筑-卫生陶瓷：如砖瓦、排水管、面砖、外墙砖、卫生洁器等；

②化工（化学）陶瓷：用于各种化学工业的耐酸容器、管道、塔、泵、阀以及搪砌反应锅的耐酸砖、灰等；

③电瓷：用于电力工业高低压输电线路上的绝缘子。电机用套管，支柱绝缘子、低压电器和照明用绝缘子，以及电信用绝缘子，无线电用绝缘子等；

④特种陶瓷：用于各种现代工业和尖端科学技术的特种陶瓷制品，有高铝氧质瓷、镁石质瓷、钛镁石质瓷、锆英石质瓷、锂质瓷、磁性瓷、金属陶瓷等。

对于陶瓷这一特殊产品，今天，我们发现，它日益突破传统的使用范围，随着科技的进步，材料的革新，其功能性正呈现出无限发展的趋势。

陶瓷，从陶到瓷，再到今天的特种陶瓷、医学陶瓷、航天航空陶瓷，它是一个动态、集合化的名词，随着人类的发展而发展，进步而进步，存在着无限的发展空间。不过，我们今天研究的陶瓷，与上面阐述的陶瓷有一定的区别，我们探讨的不是它的全部内容，而只是其中一部分，即日常生活中使用的日用瓷。

二、陶瓷日用功能的演化

生活中的日用瓷,其功能也不是一成不变,它也经历过不断的变化过程。

1. 在中国,陶瓷最早以生活日用品方式出现

它的出现,是对人类早期文明的一大贡献,包含着炊、饮、蒸、煮、装饰等方方面面。人类也因陶瓷的发明,彻底改变了自身茹毛饮血的野蛮生活方式,把自己带入文明社会。如下图,磁山文化时期的《红陶三足钵》(图3-3)。

《红陶三足钵》,是新石器时代磁山文化产物,可以用来盛放食物与水,也可用来加热、炊煮。此钵制作方法比较原始,系采用泥条盘筑和捏塑法成型,器形欠规整,器壁凹凸不平。此种三足钵是磁山文化陶器中的典型器物。

在宋以前,陶瓷产品家族中,陶占主体,瓷次之。由于彩陶、釉陶,特别是铅釉陶含铅性,对人体有巨大的伤害,因此,那个时代,陶在日用生活中的运用性存在着很大的局限,构不成生活中的主体。在宋代,各地设有"柴、汝、官、哥、钧、定"等为皇家专造瓷器的窑口,但是仍不能占据宫中日用生活的主体。只是到了我国大明王朝时,这一情况才发生了根本的变化。

在明初,开国之君朱元璋,考虑到国家刚定,人民生活贫困,出自底层社会的朱元璋,为不增加百姓负担,遂下令江西景德镇建立陶瓷御器厂,专门烧造皇宫日常生活用具,以替代金银器物件。

这一时期的瓷器,在皇上的示范下,不仅成为皇宫贵族餐饮上的主角,甚至影响到全国整个百姓生活方式的改变。他们这一生活习俗,不仅延伸到中国整个封建王朝的结束,就是到了今天,瓷器仍旧摆在日用生活中的主要位置。

2. 以陪葬品的形式一度风行在人们的生活中

在奴隶社会,王侯将相为显示自己的权力和富有,通常用奴隶来陪葬。随

图 3-3　红陶三足钵
现存国家故宫博物院

着社会的进步,文明程度的提高,这种恶习渐渐得到纠正。不过,这种长期积淀下来的陪葬陋习却没有得到根治。到了封建社会,这时他们不再用人进行陪葬,而是改用牲口,再到后来,他们觉得用牲口也是一种浪费,便用陶瓷所塑的人物和动物形态来替代。

我们说,用陶瓷来陪葬在当时的生产条件下似乎是一种奢华,但是,它在人类的文明进程中不仅是一种大进步,

图 3-4　明嘉靖　青花卷草双龙赶珠纹直颈梅瓶

而且为后人对历史文化的发掘和研究客观上提供了大量的完整的实物资料。

在我国唐代,陶瓷的陪葬之风到达了顶点。当时最著名的陶瓷器物有"唐三彩",但到了唐的后期,随着经济的衰退,这种陪葬之风才出现减弱。

宋时,经济文化发达,盛唐留下的陶瓷陪葬之风在民间又有所抬头,不过,宋瓷陪葬品与唐已有所不同,宗教、民俗的元素增加。

明嘉靖《青花卷草双龙赶珠纹直颈梅瓶》,为桂林靖江王陵出土陪葬物。此瓶造型古朴,胎体坚实,釉色略灰,青花深沉淡雅。

图 3-5　彩绘陶方壶
汉,用于殉葬的明器
现存国家故宫博物院

图 3-6 唐　三彩杯
日本静嘉堂所藏鸭形杯,高 24.5 厘米,精雕细刻,釉色浓郁,是旷世奇珍

图 3-7 明 永乐 鲜红釉高足碗
国家故宫博物院藏

图 3-8 明嘉靖霁蓝釉梅瓶
故宫博物院藏

3. 瓷器的另一功能就是祭器

我们通常说的祭红,就是因明宣德皇帝要用一套鲜红色的瓷器祭奠日神,便诏令设在景德镇的督窑官加紧烧制生产。因其烧制难度极大,成品率很低,所以身价特高。古人在制作祭红瓷时,用很名贵的原料,如珊瑚、玛瑙、玉石、珍珠、黄金等都在所不惜。

下图《明嘉靖霁蓝釉梅瓶》(图 3-8),现存于故宫博物院。这种祭蓝釉瓷器,主要功能用作祭奠月神,它也是因祭器而得名。

此外,我们常看到的陶瓷祭祀品,还有香炉、烛台、瓷雕中的三星、财神、关公、罗汉、观音、菩萨等。

4. 生活中的装饰物,也就是我们通常说的陈设品

中国陶瓷陈设品,是从它们的功能性产品中分裂出来的,成为人们日常生活中的装饰点缀物。它是陶瓷功效的一种演进,也是人类从物质转向精神,追求幸福和美的一种标志。通常,专供陈列观赏用的陶瓷工艺艺术制品,它范围广泛,主要包括瓶、樽、屏、瓷板画、薄胎碗、雕塑制品和属于日用陶瓷范围的某些高级精细品种。

5. 脱离实用功效,成为一种精神产品

我们常说的艺术陶瓷,就属于这一范畴。最典型的器物有《清乾隆珐琅彩

图 3-9　清雍正粉彩桃花纹直颈瓶
桂林靖江王陵博物院藏

图 3-10　清乾隆珐琅彩御制题诗花
　　　　　石锦鸡图双耳瓶
香港著名古董商翟健民藏

御制题诗花石锦鸡图双耳瓶》(图 3-10)等。

《清雍正粉彩桃花纹直颈瓶》，通体白釉，粉彩装饰。外壁绘桃树一株，蔓遍器身，花蕾欲放，鲜花婀娜，绿叶青翠，彩蝶飞舞其间。胭脂红彩描绘的花朵颜色深浅不同，花心部分色料最厚，从花心到花瓣边沿红色渐趋浅淡，此瓶造型优美，色彩绚丽，绘画精细入微，图案逼真，艺术感染力强。

《清乾隆珐琅彩御制题诗花石锦鸡图双耳瓶》，曾是大清乾隆皇帝的赏玩之物，也是乾隆时期的代表作品。此物造型小巧秀丽，颈部饰以卷草纹，双耳垂肩处的如意纹饰雅致婉丽。瓶身主题图案为"花石锦鸡"，寓意锦上添花。锦鸡栖立于树干之上，侧旁以粉红花卉、玲珑洞石相衬，"新枝含浅绿，晓萼散轻红"，两句题诗与画面相得益彰。

第二节　历史上典型的陶瓷器物

艺术陶瓷虽然比陈设瓷进了一步，个性化突出，但是它又有很强的装饰功能，有时，艺术也寓于生活陶瓷中，体现生活艺术化，艺术生活化的特性。我们强调实用性，往往掩盖其个性，强化其个性又掩盖产品功能性。这就是艺术陶瓷，它与我国其他艺术形式，如书画作品，有巨大的不同。

几千年来，中华民族在科学技术上的成果以及对美的追求与塑造，在许多方面都是通过日用陶瓷制品来体现的，并形成各时期非常典型的技艺特质和文化美术特征。因此，我们对瓷器的欣赏和品鉴，就应抓住技艺和文化这两大特质，这样，才能全面认识陶瓷艺术的价值，给我们身心带来精神的享受。

一、人面鱼彩陶盘（图 3-11）

类型：细泥红陶

规格：高 16.5cm，口径 39.5cm

生产时间：5000~7000 年前

制造单位：不详。1955 年陕西西安半坡遗址出土物件，经专家论证，为我国 5000 年前~7000 年前仰韶文化典型器物

产品的功能：儿童瓮棺的棺盖，一种特制的葬具

收藏单位：中国国家博物馆

图 3-11　人面鱼彩陶盘
中国国家博物馆收藏

（一）品鉴

1. 材质：细泥红陶

2. 造型：敞口，卷沿，浅腰，圈底近平

3. 装饰：绘黑色彩料，口沿上施以黑色，八等分的间隔处饰以条形或三角

形,简洁明了。器身为赭红色,器型内壁绘对称的人面纹和鱼纹各两幅,构成奇特的人鱼合体图。

人面为圆形,额头左半部涂成黑色,右半部呈黑色半弧形,可能是当时的纹面习俗。人物眼睛细长,鼻梁挺直,神态安详,嘴旁分置两个变形鱼纹,鱼头与人嘴外廓重合,配上两耳旁相对的两条小鱼,构成形象奇特的人鱼合体,表现出制作者丰富的想象力。人像头顶的尖状角形物,配以鱼鳍形的装饰,更显得威武华丽。

(二)产品体现出来的文化特质及信息

人面鱼彩陶盘,是半坡人在河谷阶地营建村落,过着以农业生产为主的定居生活,兼营采集和渔猎时期。这种鱼纹装饰是他们生活的写照,体现了半坡人对鱼的崇拜,但是作为葬具,人面鱼彩陶盘又似某种原始的巫术,深藏奇妙之历史奥秘。

(三)专家点评

人面鱼彩陶盘,从工艺来看,说明这时的彩陶工艺已达到了相当完美的程度,不愧为我国南方仰韶文化时期半坡类型彩陶的代表作品。作品工艺水平、装饰纹样和表达的内容,都展现出 5000~7000 年前我国劳动人民的杰出智慧和精神追求,以及对大自然馈赠的感激之情。人面鱼彩陶盘再次充分见证了几千年前新石器时代,我国古代劳动人民就已经具有"人与自然相互依存、和谐相处"的精神。

二、三彩女立俑(图 3-12)

类型:唐代三彩陶俑

规格:高 32cm

生产时间:唐代

制造单位:不详

产品的功能:陪葬物

产品来源:1959 年出土于陕西省西安市西郊中堡村唐墓

收藏单位:北京故宫博物院

(一)品鉴

此俑站姿挺拔,神态端庄。俑头发绾至前额上部,扎系成花形。内穿襦衫,外披帛带,齐腰长裙下垂至地,鞋尖微露。

1. 材料:白色的黏土

2. 造型:比例匀称,体型丰满,体现唐代盛行"以肥为美"的审美标准

3. 装饰:釉色以绿、黄、白为主。装饰上,吸取了中国国画雕塑等工艺美术的特点,采用堆贴、刻画等形式的装饰图案,线条粗犷有力。

4. 工艺技术:唐三彩的制作工艺复杂。首先要将开采来的矿土经过挑选、舂捣、淘洗、沉淀、晾干后,用模具做成胎入窑烧制。

唐三彩的烧制采用的是二次烧成法。从原料上来看,它的胎体是用白色的黏土制成,在窑内经过了1000℃~1100℃高温的素烧,将焙烧过的素胎经过冷却,再施以配制好的各种釉料入窑釉烧,其烧成温度为850℃~950℃。在釉色上,利用各种氧化金属为呈色剂,经煅烧后呈现出各种色彩。

釉烧出来以后,有的人物需要再开脸。开脸就是人物头相不上釉,但要经过画眉、点唇、画头发这样一个过程。这样,一件唐三彩的产品才算完成。

图3-12　三彩女立俑
北京故宫博物院藏

(二)产品体现出来的文化特质及信息

此俑头梳鬟发垂髻,秀颊丰颐,体态雍容华贵,端庄大方,洋溢着生命活力和青春之美。整个造型比例匀称,形神兼备,刻画入微,在人物塑造上表现出"丰肌秀骨"的艺术风格,也反映出立俑作者观察的细腻和技艺的高超。此作品呈现了盛唐仕女的典型形象,是唐三彩艺术品中的杰作。

(三)对后世的影响

唐三彩这种杰出的艺术作品,不但受到中国人民的喜爱,而且也受到世界各国人民的喜爱。唐代广泛的经济文化交流,使盛极一时的唐三彩奇迹般地迅速传播到世界各地。据考古界野外考古发现,在丝绸之路、地中海沿岸和西亚

的一些国家都曾挖掘出唐代三彩的器物碎片。受它的影响,西亚的波斯烧出了"波斯三彩",朝鲜的新罗烧出了"新罗三彩",日本的奈良烧出了"奈良三彩"。

由于唐三彩的影响深远,唐帝国灭亡之后并没有绝迹,宋、辽、金继续生产。与唐三彩同属一个体系的琉璃和法华,也具有强大的艺术生命力。到了明、清两代,唐三彩的釉上彩技术,经过景德镇能工巧匠的革新改造,推出了素三彩这个新品种。

(四)专家点评

唐代处在我国封建社会的鼎盛时期,唐三彩在中国文化中占有重要的历史地位,在中国的陶瓷史上也留下了浓墨重彩的一笔。唐三彩诞生于唐代是有其文化渊源的。首先,成熟的陶瓷技术是唐三彩诞生的物质基础;其次,唐代盛极一时的厚葬之风是促成其诞生的直接导向;最后,唐代各个领域的历史文化是孕育其最好的艺术养料。唐三彩的诞生也是三彩釉装饰工艺的诞生,是釉彩装饰和胎体装饰结合的过程。

唐三彩的造型丰富多彩,一般可以分为动物、生活用具和人物三大类,而其中尤以动物居多。人物一般以宫廷侍女比较多。这种多色铅釉陶器以它斑斓釉彩、鲜丽明亮的光泽、优美精湛的造型著称于世。三彩女立俑,则是其中一颗璀璨的明珠。女俑则高髻广袖、亭亭立玉、悠然娴雅、十分丰满。大唐时期雕塑精美、造型生动的艺术效果得以在她身上完美地发挥和淋漓尽致地展现。

三、宋钧窑月白釉单柄洗(图3-13)

类型:钧瓷

规格:高7.3cm,口径20cm,底径6.7cm

生产时间:北宋

制造单位:河南钧窑

产品的功能:笔洗

收藏单位:北京故宫博物院

(一)品鉴

宋钧窑月白釉单柄洗,洗长圆形,口沿的局部为伸出的花瓣形折沿,沿下有一环形柄,通体施天蓝釉,釉质凝厚滋润,造型简约,线条流畅,撇口,鼓腹,

图 3-13 宋钧窑月白釉单柄洗
现藏故宫博物院

颈部与胫部像喇叭,为皇帝御书房专供笔洗。

1. 材质:胎色较深,呈浅灰色或褐紫色
2. 造型:撇口,鼓腹,颈部与胫部像喇叭
3. 装饰:窑变铜红釉,通体月白色,器外底刷一层芝麻酱色釉
4. 工艺技术:"钧瓷无对,窑变无双",钧瓷以氧化铜作为着色剂,在还原气氛下,1300℃烧成。胎体先在900℃中素烧,然后进行釉烧。釉烧最关键,决定产品外观质量。由于钧瓷呈色对窑内气氛敏感性强,工艺上难以控制,不过,也容易使窑内不同区域的产品形成不同的艺术效果。

(二)产品体现出来的文化特质及信息

宋钧窑月白釉单柄洗规整对称,高雅大气,宫廷气势,一丝不苟。其势沉重古朴,明亮而深沉,精湛的工艺、复杂的配釉,在宋代五大名窑中,以"釉具五色,艳丽绝伦"而独树一帜。它创造性地使用铜的氧化物作为着色剂,在还原焰中烧出窑变铜红釉,并衍生出茄皮紫、海棠红、丁香紫、朱砂红、玫瑰紫、鸡血红等多种窑变色彩,宛如蔚蓝色的天空出现一片彩霞,五彩变化,交相辉映。

钧窑瓷器釉色丰富多彩,彻底改变了以往青釉类瓷器的单调格局,具有划时代的意义,"入窑一色,出窑万彩"的天然效果,恰似"月夜望星空,晕自然成",这种丰富多彩的特点,为后来陶瓷装饰艺术的发展,开辟了广阔的前景。尤其是钧红釉的烧制,为南方地区的许多名窑成功,如元代的釉里红,明清时期著名的宝石红、祭红、郎窑红以及美人醉等新品种的烧成,奠定了良好的技术基础。

钧瓷的烧制是一种复杂的高难技术,还原程度很难控制,加上过去由于使用的是松木窑,窑温难以达到均衡,从而影响到钧瓷釉彩的成色,在烧制过程

中有70%的报废率,而其中的上品则更为罕见,再加上至今已有1300多年历史的钧瓷,自古就有"黄金有价钧无价"的尊贵名声,唐玄宗曾立令"钧不随葬";宋徽宗时又成为御用珍品,诰封"神钧宝瓷",每年钦定生产36件,禁止民间收藏,所以现在墓葬出土的钧瓷文物也甚为稀少。目前世界著名的博物馆虽有收藏,为数也寥寥无几。

(三)对后世的影响

钧窑利用铁、铜呈色的不同特点烧出蓝中带红、紫斑或纯天青、纯月白等多种釉色以蛋白石光泽的青色为基调,具有乳浊而不透明的效果。钧瓷的又一特征是釉面上常出现不规则的流动状的细线,这种细线被称为"蚯蚓走泥纹"。

钧窑瓷器是中国历史上的名窑产品,品种繁多、造型独特,以瑰丽异常的钧釉名闻天下。其成就在于釉中加入铜金属经高温产生窑变,使釉色呈青、蓝、白为主兼有玫瑰紫、海棠红等,被誉为"国之瑰宝",在宋代就享有"黄金有价钧无价""纵有家财万贯不如钧瓷一件"的盛誉。

钧窑是中国宋代五大名窑之一,与汝、官、哥、定诸窑并驾齐驱。钧瓷造型端庄,窑变美妙,色彩艳丽,五彩缤纷,又为诸窑之冠。它创烧于唐,兴盛于宋,复烧于金元,延至明清仍继续仿制,历经千年而不衰,形成了一个庞大的钧窑系。民国年间,因战乱、灾荒频繁,钧瓷生产举步维艰。

至民国三十一年(1942)后,因大旱和政局混乱,艺人外流,钧瓷生产趋于停产状态。

新中国成立后,在周恩来总理的直接关怀下,恢复钧瓷烧制,钧瓷得到了快速发展。特别是改革开放以来,钧瓷的生产工艺与水平都得到了划时代的提升,被做为国礼,达到了一个新的高度。

(四)专家点评

钧窑器物以天蓝、月白釉居多。蓝色较淡的称天青,较深的称为天蓝,比天青更淡的称为月白,都具有荧光一般幽雅的蓝色光泽。明张应文撰《清秘藏》曰:"均州窑,红若胭脂者为最,青若葱翠色、紫若墨色者次之。"宋钧窑月白釉单柄洗,在众钧窑产品中,釉色不为最佳,质量不为上乘,而且在皇上御书房各器物中,只是文房四宝中不起眼的笔洗。但是,宋钧窑月白釉单柄洗作用不大,产品仍规整对称,沉重古朴,明亮而深沉,做工一丝不苟,显明皇家之气。钧窑在宋代,每年钦定生产36件,禁止民间收藏,在当时就有"黄金有价钧无价"之说。千百年后,宋钧窑月白釉单柄洗能保存如此完整,已是难能可贵。我们自然不可低估它的价值。

四、元青花鬼谷子下山图罐(图 3-14)

类型:瓷器青花罐

规格:高 27.5cm,径宽 33cm

生产时间:元代

制造单位:景德镇

产品的功能:存放书画长卷等

收藏单位:英国古董商埃斯肯纳兹先生收藏

(一)品鉴

此罐高 27.5cm,径宽 33cm,素底圈足,直口短颈,唇口稍厚,溜肩圆腹,肩以下渐广,至腹部下渐收,至底微撇。

一层颈部饰水波纹;二层肩部饰缠枝牡丹;三层腹部为"鬼谷子下山"主题纹饰;四层下部为变形莲瓣纹内绘琛宝,俗称"八大码"。主题画面描述了孙膑的师傅鬼谷子在齐国使节苏代的再三请求下,答应下山搭救被燕国陷阵的齐国名将孙膑和独孤陈的故事。

图 3-14　元青花鬼谷子下山图罐
现为英国古董商埃斯肯纳兹先生收藏

整个青花纹饰呈色浓艳,画面饱满,疏密有致,主次分明,浑然一体。人物刻画流畅自然,神韵十足,山石皴染酣畅淋漓,笔笔精到,十分完美。

1. 材料:由瓷土加高岭土"二元配方"合成,胎骨较白,稍含灰,手感沉重,致密坚硬;

2. 造型:直口短颈,溜肩圆腹,腹部下渐收,至底微撇,此采用分段制胎,然后再用胎泥黏合而成,黏接处器表往往突起,给人以不平之感,外壁接痕经打磨,但内壁接痕仍清晰可见,器物颈部内侧略加切削,内壁均不修削,所以在器里的底、腹、口等处胎体接痕表现明显;

3. 装饰:青花纹饰,分四层,一层颈部饰水波纹,二层肩部饰缠枝牡丹,三层腹部为"鬼谷子下山"主题纹饰,四层下部为变形莲瓣纹内绘琛宝;

4. 采用垫砂支烧方法,烧成后即形成所谓的砂底。砂底的边缘常出现黏砂或铁质斑点,少量器物由于胎土内含有铁质,在器物露胎部位经烧结呈氧化铁红色,俗称"火石红"。

(二)制造背景

1. 人文背景

元代在我国历史上时间较短,加上当时统治者是我国的少数民族——蒙古族,因此,对于这一时期的瓷器生产,由于心存偏见,鲜有研究。一些专家、学者常把这时期所产元青花列入明初产品系列,用洪武初期的产品眼光看待。20世纪初,受国外学者对有关元青花瓷学术成就的触动,我国国内一些学者才开始注意这一研究方向。其实,我国元代,随着疆域的不断扩展以及对外交往的需要,对外输出的数量较之宋朝更有所扩大,瓷器在这一时期不仅没有受到抑制,相反,更加得到重视。由于战争破坏,北方瓷业的衰落,元政府把监烧并管理全国的制瓷的管理机构——瓷局,设在南方景德镇产瓷区。

景德镇一时成为当时全国瓷业的中心和对外交往的中心,国内外制瓷人才汇集到此。景德镇瓷在北方定窑技术人员的帮助下,在宋创烧了白瓷、青白瓷,一改南方青瓷风格,在全国各大窑口中异军突起。在元代,我们适应外销的要求,注入西亚波斯等地区的文化元素,在仿制当时波斯金银器的基础上,根据西亚干旱,器型追求大的特点,在唐、宋釉下彩料的工艺基础上,利用进口的波斯料,烧制了釉下青花瓷。

釉下青花瓷,在元代产瓷区景德镇的烧造成功,不是偶然,它是中西文化交流和碰撞的产物。元青花的出现，使我国传统的陶瓷行业一改含蓄内敛风格，以鲜明的视觉效果，给人以简洁明亮的快感，它一经推出，很快改变了当时瓷业界的尚白之风，在全国瓷业界树立起新的坐标。《元青花鬼谷子下山图罐》就是这一时期的产物，而且是代表物。

2. 元青花的成功，离不开当时从西亚波斯国家进口的钴料

元代波斯进口钴料的成分是低锰、高铁、含硫和砷，无铜和镍，所绘青花纹饰呈色浓艳深沉，并带有紫褐色或黑褐色斑点，有的黑褐色斑点显现出"锡光"。与明清青花不同，与当时国产料也有巨大差别，呈色有如下特征：

（1）呈鲜丽的靛青色，略含程度不同的紫色，有些呈非常幽雅的紫罗兰色；

（2）有浓淡色阶，勾勒线条较深，填色青料较浅。青料积聚处有蓝黑色或蓝褐色斑点，釉面下凹并带有哑光；

（3）青料都较细匀，线条边缘稍有晕化。有些呈色浓重，有放射状流散，现蓝黑色结晶或结晶线。

（三）主题纹饰"鬼谷子下山"

《元青花鬼谷子下山图罐》主体装饰描述了一幅山水画卷，画面讲述了这样一个故事：春秋战国时期，孙膑的师傅鬼谷子在齐国使节苏代的再三请求下，下山搭救被燕国陷阵的齐国名将孙膑和独孤陈。鬼谷子端坐在一虎一豹拉的车中，身体微微前倾，神态自若，超凡如仙，表现出运筹帷幄之中、决胜千里之外的神态。车前两个步卒手持长矛开道，一位青年将军英姿勃发，纵马而行，手擎战旗，上书"鬼谷"二字，苏代骑马殿后。一行人与山色树石构成了一幅壮观而又优美的山水人物画卷。人物刻画流畅自然，神韵十足，山石皴染酣畅淋漓，十分完美。

（四）专家点评

元青花是我国青花瓷历经唐、宋后复烧的釉下彩瓷，人物故事都绘于体型较大的器物上，诸如盖罐、梅瓶、玉壶春瓶等器物中段的主体部位，视觉突出，给人以强烈的冲击力。绘有此类纹饰的青花瓷器质地细腻，釉色白而匀称，着色所用的氧化钴料，无论是国产的青料，还是进口的苏泥勃青料，都很纯正。画工的绘画技艺高超。在当时，同时具备这些条件的民间瓷窑甚少，这也是元代人物故事青花瓷器较少的原因，若有，多数出于当时瓷艺水平最高的景德镇窑。

目前,传世元青花作品很少,《元代青花鬼谷子下山图罐》更是被学术界视为元时的青花典型器物,被誉为我国元代青花代表物件。

(五)相关信息链接

《元青花鬼谷子下山图罐》的前收藏者是一位荷兰人,其曾祖父在北京任荷兰使节护卫军司令时,购下此罐。这只青花罐在这个家族中已经流传了4代。多年来,那户人家用这只大罐盛放DVD光盘。佳士得专家几年前曾去他家中看到,当时仅认为价值2000美元左右。后佳士得专家再次拜访,才发现这件瓷器珍稀无比。

和此罐一样绘以人物故事的同类青花古董传世者仅有8件。即东京出光美术馆藏《昭君出塞罐》(高28.4cm)、裴格瑟斯基金会藏《三顾茅庐罐》(高27.6cm)、安宅美术馆旧藏《周亚夫屯细柳营罐》(高27.7cm)、美国波士顿馆藏《尉迟恭救主罐》(高27.8cm)、亚洲一私人收藏家藏《西厢记焚香罐》(高28cm)、万野美术馆藏《百花亭罐》(高26.7cm),外加台湾王定乾先生拍得的《元青花锦香亭图罐》。

《元代青花鬼谷子下山图罐》于2005年7月12日伦敦佳士德举行的"中国陶瓷、工艺精品及外销工艺品"拍卖会上,以1400万英镑拍出,加佣金后为1568.8万英镑,折合人民币约2.3亿元,被英国古董商埃斯肯纳兹先生替一位海外私人收藏者收入囊中,创下了当时中国艺术品在世界上的最高拍卖纪录。

五、明成化斗彩鸡缸杯(图3-15)

类型:瓷器、斗彩瓷

规格:高3.8cm,口径8.1cm,足径4.1cm

生产时间:明成化

制造单位:大明景德镇御器厂

产品的功能:酒器

收藏单位:国家故宫博物院收藏

(一)品鉴

此杯敞口微撇,口下渐敛,平底,卧足。杯体小巧,轮廓线柔韧,直中隐曲,曲中显直,呈现出端庄婉丽、清雅隽秀的风韵。

图3-15 明成化斗彩鸡缸杯
故宫博物院收藏

杯外壁饰子母鸡两群,间以湖石、月季与幽兰,一派初春景象。足底边一周无釉。杯内纯白无纹饰,底以青花书"大明成化年制"六字楷款,款识之外并加画双方圈。

在直径约8cm的撇口卧足杯外壁上,先用青花细线淡描出纹饰的轮廓,上釉后入窑经1300℃左右的高温烧成胎体,再用红、绿、黄等色填满预留的青花纹饰,最后二次入窑低温焙烧。外壁用牡丹、湖石和兰草、湖石将画面分成两组,一组绘雄鸡昂首傲视,一雌鸡与一小鸡在啄食一蜈蚣,另有两小鸡在追逐。另一组绘一雄鸡引颈啼鸣,雌鸡与三小鸡啄食一蜈蚣。画面形象生动,情趣盎然,色彩清新、明快。整体展现出明时成化瓷的最高成就。

1. 胎质:洁白细腻,薄轻透体
2. 造型:端庄婉丽,直中隐曲,曲中显直,口微撇,口下渐敛,平底,卧足,杯体小巧
3. 装饰:一幅初春物景图,子母鸡两群,间以湖石、月季与幽兰
4. 技艺:釉下青花及釉上鲜红、叶绿、水绿、鹅黄、姜黄、黑等彩,运用了填彩、覆彩、染彩、点彩等技法,以青花勾线并平染湖石,以鲜红覆花朵,水绿覆叶片,鹅黄、姜黄填涂小鸡,又以红彩点鸡冠和羽翅,绿彩染坡地。整个画面栩栩如生,是明成化创烧的"斗彩"工艺中最具代表性作品。

(二)成化鸡缸杯制作背景

1. 人文背景

历史相关记载,明代宪宗皇帝朱见深,正统十二年(丁卯,1447年)十一月

阴历初二生，明英宗朱祁镇长子。朱见深原名朱见浚，"土木之变"后，立为皇太子。景泰三年（1452），为叔父代宗皇帝所废，改封沂王。"夺门之变"后，英宗在大臣的帮助下再复位，朱见浚重新立为皇太子，并改名见深。

相传，宪宗为太子时，非常胆小。父亲宫中有个叫万贞的宫女，比他大19岁。万氏见巴结皇帝无望，转而讨好比自己小19岁的太子，后来终于被派去侍候太子。宪宗有宫女万贞在时，心理就恢复正常。他16岁即位，万氏已35岁，但心理上长期形成对万氏的依赖，宪宗离不开对方，最终不顾身边大臣的反对，封万氏为贵妃。

万贵妃专宠一时，生了儿子却不能成活，于是天天盯着别的女人，怕别人生下儿子夺了宠。有一个姓纪的宫女怀了孕，万贵妃知道后大怒，派自己心腹宫女去给纪女堕胎。宫女心中不忍，回来告诉万贵妃说不是怀孕，是那女孩生病肚中长了硬块。万贵妃仍不放心，鼓动宪宗将纪女赶到安乐堂（在今中南海）冷宫去。纪女不久生下一子，秘密地不敢张扬，但还是被万贵妃知道了，派太监张敏去杀害此子。张敏知道宪宗年已四十，尚无皇子，心想若此子留下，也算保住宪宗一条龙脉。于是偷偷地把此子藏了起来，并时时拿了吃的来喂他，住在附近的已废的吴皇后也不时来照料。6年后的一天，宪宗让张敏给他梳头，宪宗看到镜中白发，不禁叹道："老将至而无子！"张敏见机会已到，忙匍匐地上，奏道："万岁早已有子了。"宪宗诧异地问："在何处？"张敏忙将前后经过说了一遍，并说皇子今已6岁。宫中很多人已知晓，只背着皇上和万贵妃二人。宪宗喜出望外，忙下令接皇子，不久，此子被立为太子，他就是后来的明孝宗。儿子被立为太子后，纪氏也被立为淑妃，可不过几日，就被万贵妃害死，太监张敏也被害。为了保护这位小太子，宪宗的母亲孝肃皇太后将他留在身边。万贵妃曾召太子吃饭，太子照太后嘱咐说已吃饱；又让他喝汤，也不喝，说怕有毒。万贵妃至此才感到自己末日来临，不久便忧愁病死，机关算尽丢了性命。

《明成化斗彩鸡缸杯》，杯中图系宪宗所绘。绘好后，大明景德镇御器厂按图制成此器后，深受他的喜爱，一直放在他身边把玩。借物寓情，向万贵妃表达了护子心切的心境，同时也向她显示自己对美好家庭生活的向往，告诉万贵妃一家人生活在一起，相互关爱，其乐融融，这才叫作十全十美的生活。

2. 技术背景

成化、正德为青花瓷的中期，此时苏泥渤青已用完，改用国产料平等青。平等青的色淡,比不上苏青的浓郁,更无散晕水墨效果,御器厂的窑工为弥补当时国内青花料带来的审美缺陷,更朝着加彩或细致的表现方面发展,并总结出一种"青花斗彩"新工艺。

成化斗彩,绘画手法精练,细描匀染,加上白瓷型小胎薄,瓷器完工制作后,常达到一种少有的精致效果。成化"青花斗彩"工艺的形成,丰富了青花瓷品种系列,除弥补国产青花料审美的缺陷外,最大的成效是开创了瓷器釉上釉下相结合的综合装饰工艺,在我国陶瓷装饰行业具有划时代的效果。我国陶瓷装饰行业在此基础上,产生了斗彩、五彩、古彩、素三彩,以及后来的珐琅彩、粉彩、墨彩、广彩、新彩等彩绘行业大家族。

成化青花斗彩工艺的出现,为瓷器与中国文化绘画的结合创造了条件,改变了瓷器绘画上色彩单一的局面,使中国文人画从绢纸移植到洁白的瓷器上变成了可能,并产生了与绢纸绘画不一样的效果,开创中国文人瓷画的先河,使瓷器从手工实用产品演变为脱离实用价值,并为人类精神享用的陶瓷艺术产品具有了可能,陶瓷的使用功能进一步得到拓展。

(三)对后世的影响

《明成化斗彩鸡缸杯》上传达享受"天伦"意义的子母鸡图,为明成化景德镇御器厂烧制的宫廷用器。此物明清文献多有记载,颇为名贵。明万历年间《神宗实录》载:"神宗时尚食,御前有成化彩鸡缸杯一双,值钱十万。"由于鸡缸杯的名贵,引来仿制不息。清康熙、雍正、乾隆、嘉庆、道光各代无不仿烧。

《明成化斗彩鸡缸杯》曾于1980年及1999年参加拍卖会,均刷新中国瓷器拍卖纪录。2014年4月,在苏富比春拍上,再次以2.8亿港元成交,引起世人注目。

(四)相关信息链接

据相关部门介绍,存世的明成化斗彩鸡缸杯仅19只,其中4个为个人收藏所有,15个分别收藏在各大博物馆。

六、清雍正粉彩蝠桃"福寿"纹橄榄瓶(图 3-16)

类型:瓷器、粉彩

规格:高 39.5cm

生产时间:清代雍正时期

制造单位:大清景德镇御窑厂

产品的功能:寿礼

收藏单位:上海博物馆

(一)品鉴

此瓶,长短适度,口、颈及腹部的比例匀称。瓷瓶撇口,长颈,溜肩,鼓腹,圈足,造型好似橄榄,故称"橄榄瓶"。

瓶体以粉彩做装饰,瓶身绘制有硕壮的桃枝,枝上有盛开的桃花与花蕾,并挂着 8 只寿桃。枝干施黑褐彩,寿桃施粉红彩,桃花施白彩,桃子分布得体,色彩淡雅华丽,桃枝古朴苍劲,浓密的枝叶随风舞动,8 个嫣红的硕桃缀满枝头,两只蝙蝠

图 3-16 清雍正粉彩蝠桃"福寿"纹橄榄瓶
上海博物馆收藏

飞舞其间,既饱满又富有节律变化。瓶底部有"大清雍正年制"两行六字楷书款。该宝瓶的瓶体绘制了粉彩八桃两蝠,因桃子象征"长寿",蝠是"福"的谐音,寓意福寿双全。据考证,此瓶是清雍正九年宫中在万寿节为皇帝祝寿而专门烧造。

胎质:胎土坚硬洁白,结构细密。

造型:整个器型轻重适度,上下匀称一致,不显厚重,修胎规整,造型好似橄榄。器物底足极为光滑滚圆,俗称"泥鳅背"。

装饰:胎体釉面装饰光洁,匀净,纯白,釉质莹润。瓶体以粉彩做装饰,瓶身通体绘制了一幅精心构思的"福、禄"图。

技艺:《清雍正粉彩蝠桃"福寿"纹橄榄瓶》,釉色秀丽温润。具体表现在:(1)色彩上,丰富多变,同一种色又有浓淡、深浅之分;(2)纹饰上,采用中国传

统绘画中的没骨法渲染,突出画面的阴阳、浓淡,富有立体感;(3)彩绘工艺技巧上,多采用写实手法,纹饰工整、细腻,层次清晰,运笔自然、流畅,整个画面给人一种清雅宜人、千姿百态、出神入化的艺术感觉。

青花双圈六字楷书款"大清雍正年制",青花色调纯净,字体非常工整,笔法清秀有力,结构严谨,多为宋椠体正宗小楷,时代特征明显。

(二)专家点评

雍正时期,雍正皇帝对国学和中国传统瓷器的热爱,一度到了痴迷的程度。大清皇家御窑厂在雍正的影响下,窑厂工匠对每件作品无论在造型还是在色彩、线条的制作上,都非常认真和讲究,这样,粉彩瓷虽说创烧于康熙时期,但在雍正王朝把它做到了极致,每件作品都素以精巧细腻著称于世,具有高贵、华丽、艳而不俗、细而不繁的美感。

《清雍正粉彩蝠桃"福寿"纹橄榄瓶》,乃清雍正九年万寿节为皇帝祝寿而专门烧造,全球存世的只有这件,堪称绝世。

(三)相关信息链接

《清雍正粉彩蝠桃"福寿"纹橄榄瓶》被当年八国联军从中国抢走。20世纪上半叶,由美国外交大使理事会现任主席奥格登·里德家族收藏,因没有人知道它的价值,长期在其母亲家的客厅里被作为灯座使用。为加强器物的稳定性,他们还在瓶内放入了后花园里夹杂着狗粪的泥沙。后来,拍卖行的专家无意中发现了这个沾满尘埃的稀世珍宝。2002年5月,在香港苏富比拍卖行以4150万港币竞拍出,在当时,创下了有史以来清代瓷器拍卖的最高纪录。现在,"宝瓶"已捐给上海博物馆收藏。

七、清乾隆各色釉彩大瓶(图3-17)

类型:瓷器综合装饰

规格:高86.4cm,口径27.4cm,足径33cm

生产时间:清代乾隆时期

制造单位:大清景德镇御窑厂

产品的功能:庆典用瓷

收藏单位:北京故宫博物院

(一)品鉴

《清乾隆各色釉彩大瓶》高 86.4cm，口径 27.4cm，足径 33cm，敞口，束颈，颈下渐广，瓜楞腹，圈足外撇。颈部两侧为贴金彩夔形耳。全瓶从上到下共分 16 段釉彩，各种彩釉间以金彩圈线相隔。

口部饰金彩、紫地珐琅、绿地珐琅各一周。

颈部饰仿哥釉、青花、松石绿釉各一周。

肩部饰祭红、斗彩。

腹上部饰粉彩。腹部饰 12 个霁蓝地描金开光，内中彩绘吉祥图，代表一年 12 个月，月月吉祥，年年如意。其中 6 幅为写实图画，分别为"三阳开泰""吉庆有余""丹凤朝阳""太平景象""仙山琼阁""博古九鼎"。另 6 幅为锦地"卍"字、蝙蝠、如意、蟠螭、灵芝、花卉，分别以"万""福""如意""辟邪""长寿""富贵"等组成的寓意"福寿万代"的图案。

腹下及足部依次饰哥釉、青花、绿地粉彩、红地描金、仿官釉、酱釉描金等。瓶身纹饰亦繁复多样，有缠枝花卉、缠枝莲纹、团花、焦叶纹、回字纹、勾菊纹等。底部豆绿地篆书"大清乾隆年制"六字款。

1. 胎质：胎质细腻洁净

2. 造型：厚薄适度，器形规整。敞口，束颈，颈下渐广，瓜楞腹，圈足外撇，器足较前朝宽厚，颈部两侧为贴金彩夔形耳。

3. 装饰：装饰工艺极为丰富，构图及画工严谨，纹饰满密，布满器身，有繁缛感。瓶内及圈足内施松石绿釉，底部中心豆绿地篆

图 3-17　清乾隆各色釉彩大瓶
北京故宫博物院收藏

书"大清乾隆年制"六字款。

4. 技艺：此瓶造型雄浑,纹饰繁缛,色彩绚美,巧夺天工,集历代多种瓷器烧制工艺和技术于一器。如此众多的釉彩,配方及烧成温度都不相同,需按釉下、釉上及高温、低温的不同要求,多次反复入窑烧成,工艺极其复杂。而多样的釉彩、纹饰又安排得主次协调,错落有致,浓淡相间,井然有序,堪称研究中国陶瓷发展史的"活化石"。

(二)专家点评

清乾隆一朝六十年,是清代封建社会发展的鼎盛时期,由于乾隆皇帝嗜古成癖,对瓷器情有所钟,再加之督陶官唐英对景德镇御窑厂的苦心经营,一大批身怀绝技的名工巧匠汇集于景德镇,致使御窑厂的瓷器生产无论在数量上还是质量上都达到前所未有的境界。清代许之衡在《饮流斋说瓷》中形容当时瓷器"至乾隆,精巧之至,几于鬼斧神工"。特别是各种新奇淫巧的制品层出不穷,其工艺技术之高可谓鬼斧神工。

《清乾隆各色釉彩大瓶》集各种高温、低温釉于一器,在它身上集中体现了当时高超的制瓷技艺,因其传世仅此一件,更加显得弥足珍贵。它的成功烧造,标志着中国古代制瓷工艺达到前所未有的顶峰,在中国制瓷史上有"中华瓷王"的美称。

第四章　陶瓷产品定价中的普世原则

陶瓷
艺术品
经济学

| 第一节 | 陶瓷产品定价的理论基础

一、马克思政治经济学价值论与西方经济学产品价值论的本质区别

在我国当前陶瓷产品市场，陶瓷产品作为大众商品，因此它不关乎国计民生，国家对这部分产品的定价权是放开的，允许我国陶瓷商家或生产者根据市场的实行情况，进行自我定价。但是，自行定价也不是盲目定价，它必须依照国家相关政策，根据市场供需关系，在其价值的基础上，上下浮动。

我国价格政策的理论依据，是建立在马克思政治经济学"剩余价值"理论基础上，它与西方社会不承认马克思政治经济学"剩余价值"理论、否定劳动力是商品、建立在功效理论基础上的"边际"价格论有着本质的区别。

1.西方经济学产品价值论

在西方经济学中，陶瓷商品的价值一般理解为实现的商品价格，用以下数学公式来表示：

$$V = f(V, C, Q, I, X);$$

其中，V 表示陶瓷产品的效用；

C 表示陶瓷生产的平均成本；

Q 表示陶瓷商品量（供给或需求）；

I 表示居民收入；

X 表示其他因素。

从上述公司可以看出，他们认为陶瓷的价值和很多因素相关，且各种因素无时无刻不在变化，所以陶瓷价值也是变化的，不存在固定的价值。

一般而言，商品价值与商品效用正相系，与商品平均成本正相系，与商品供给量负相系，与商品需求量正相系，与收入正相系，与竞争负相系，与垄断正相系。

西方经济学说中，价格与价值通常是一个概念，产品的价值通过对比可以发现，它们的价值公式似乎在生活中更具有一般性，通过各要素的量化，似乎更能解释现实生活中的价格变化现象。

在西方经济学中，某一商品的市场价格是该市场上供需双方相互作用的结果。当市场的供需力量达到一种平衡时，价格或价格机制作用处于相对稳定状态，此时，所决定的市场价格就被称为均衡价格，而供需相等的数量被称为均衡数量。（图 4-1）

传统的市场均衡分析通常假定，不过，对于商品的任意一个价格，如果需求大于供给，供给方倾向提高产品价格；反之，供给愿意降低价格。

在一个市场上，一般地，从任意一个既定的价格开始，如果价格机制经过有限或无限的调整以后，市场价格最终趋于均衡价格。（图 4-2）

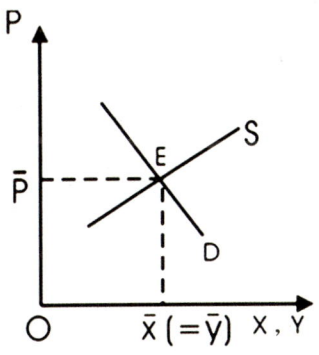

图 4-1 均衡价格和均衡数量

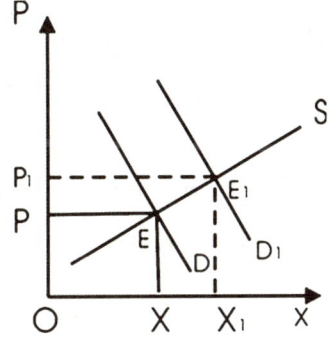

图 4-2 均衡点移动

西方经济学中,它们也讲究陶瓷产品的功效,即马克思政治经济学说中的商品使用价值。这两者之间并没有质的差别,只是提法不同。但是,它们在学说中回避了价值的本质,把商品使用价值与价值等同起来,没有回答陶瓷资本中利润的真正来源问题。

2.马克思政治经济学价值论

在马克思政治经济学中,他指出,在资本社会,陶瓷劳动力商品的这种特殊使用价值能创造出比陶瓷劳动力再生产所必需的生活资料更大的价值。在价值增值过程中,陶瓷工人的劳动时间分为两部分:一部分是再生产劳动力价值的时间,叫作必要劳动时间;另一种劳动时间叫剩余劳动时间。

由于陶瓷工人的劳动力只有作为活着的劳动者,其劳动的能力才能存在,因此,陶瓷工人劳动力的生产要以劳动者的生存为前提,劳动者的生存和维持则需要有一定数量的生活资料。这样,陶瓷生产劳动力所需要的劳动时间,也就是生产这些生活资料所需要的劳动时间。陶瓷劳动力的价值,就由维持陶瓷劳动力所有者的生活资料的价值所构成。

陶瓷工人劳动力价值的货币表现——价格,它通常以工资的形式出现。

这种形式,包括以下三个部分:

①维持陶瓷工人自身正常生活状况所必需的生活资料的价值。劳动者为了维持自身的生活,必须消费一定数量的生活资料,如食物、衣服、燃料、住房,等等,这些生活资料的价值构成劳动力价值的重要组成部分。

②维持陶瓷工人家属、子女,即劳动力的替补者所必需的生活资料的价值。工人总有一天会丧失劳动能力乃至死亡,必须有新的劳动力来补充。因此,生产和再生产劳动力所必需的生活资料中要包括工人的补充者即工人子女的生活资料,这些生活资料的价值也是劳动力价值的组成部分。

③陶瓷劳动者的教育费用。要使劳动者施展自己的劳动力并获得一定的技能和技巧,就需要经过一定的教育、培训,这要花费一定数量的物质资料。陶瓷劳动者的教育费用因劳动力性质的复杂程度不同而因人而异,从事复杂劳动的劳动力所需的教育费用较高。这种教育和训练费用也是陶瓷劳动力价值的一个构成部分。

二、陶瓷商品价值二重论是我国陶瓷定价的理论依据

在我国，传统的陶瓷是指所有以黏土等无机非金属矿物为原料的人工工业产品。作为一种物质产品，它虽然由人工加工制造，但是，一旦形成，便独立于人的手工之外，成为一种独立的客体，独立的物质，不以人的意志为转移，是客观存在的一种物体。

在马克思政治经济学说中，陶瓷与陶瓷商品是两个不同的概念，前者属物质范畴，后者则属商品经济范畴。

陶瓷实物只有在市场上用于交换才能成为陶瓷商品。而由生产者自己生产、自己消费的陶瓷产品，则不属于陶瓷商品之列。在陶瓷商品市场上，陶瓷虽然也是指一件特殊的物体，但是，它与其他产品一样，都是普通的商品，是用来交换的劳动产品。

陶瓷商品作为陶瓷使用价值和价值的统一体，它的使用价值，是由具体的陶瓷工人用七十二道工序创造的；陶瓷商品的价值，则是陶瓷工人凝结在劳动中无差别的人类劳动决定的。

1. 陶瓷商品的使用价值

陶瓷商品的使用价值，是陶瓷商品的自然属性。马克思主义政治经济学认为，使用价值，它是由具体劳动创造的，体现了人与自然的关系，是劳动的自然属性，并且具有不可比较性，比如，陶和瓷哪一个使用价值更多？

陶瓷使用价值是价值的物质基础，和价值一起，构成了商品二重性，它表现在我们社会生活的方方面面，有满足人们日常生活需要的生活用具、陈设装饰、陪葬品、祭祀品、艺术品；也有满足我们生活中居、住、行的医疗、卫生、建筑、航空、科技等生产材料用品。它的质量与性能的高低，日益影响着人类生产和生活的质量和满意程度。

当前，陶瓷商品的使用价值，随着人们对陶瓷功能作用认识的增加，应用范围在不断扩展，而这些使用价值带来的功能大小，又直接由生产和制造陶瓷产品的具体劳动决定。那么，生产和制造陶瓷产品的具体劳动主要表现在哪些方面？

这些劳动实际体现在陶瓷生产的全过程中，如，陶瓷原材料的生产、选矿、采矿、捣碎、掏洗、沉腐、练泥等。陶瓷原材料的生产所花的具体劳动越多，生产出来的原材料也就越精细。陶瓷产品中的粗陶、细陶、炻瓷、软瓷、半瓷、瓷器，

以及后来生产的工业航空生物化工用瓷，都直接与原材料的生产有关。

在陶瓷成型中，有手工的盘条筑瓷，有陶瓷拉胚、按模、压模，也有机械压模，有手工压坯、利坯、修坯、挖足，这些领域的劳动，决定陶瓷器型的工整度、精细度、精确度的大小，而这些又直接决定一件陶瓷产品质量的高低。

吹釉、刷釉、荡釉、沾釉、柴烧、煤烧、油烧、气烧，它们的生产劳动，决定着陶瓷产品的呈色，以及产品的质感。在装饰中，釉上、釉中、釉下、单色釉或白瓷的装饰，陶瓷工人的劳动，直接影响着产品的视觉效果。

由此可得，我们日常生活中的陶瓷是自然具体的，陶瓷商品的使用价值，在陶瓷产品的生产过程中，也是具体的。人们在这一生产过程中，每一项劳动付出的多少、细致的程度，都影响甚至决定每一件陶瓷产品的使用价值，决定着产品使用中的功效。

2. 陶瓷产品的价值

陶瓷商品的价值，在马克思政治经济学说中，是指凝结在陶瓷商品中无差别的人类劳动。它体现商品生产者之间的经济关系，是劳动的社会属性，是商品经济特有的历史范畴。陶瓷商品的价值，没有质的差别，只有量的不同。

陶瓷企业生产出来的商品价值，包括三部分：不变资本价值 c、可变资本价值 v、剩余价值 m。用公式表示是：W（商品价值）=c + v + m

其中的 c 和 v，代表耗费的资本额，对企业来说，就是生产成本，可用 K 来表示。

剩余价值转化为利润。当剩余价值不是看作可变资本产物，而是全部预付资本的增加额时，剩余价值就转化为利润。这时，商品价值的数学公式也就进一步转化为 W=K（生产成本）+ P（利润）。

随着剩余价值转化为利润，剩余价值率也转化为利润率，剩余价值率是可变资本的增值率，利润率是全部预付资本的增值率。马克思政治经济学说认为，这种转变，掩盖了陶瓷领域资本主义的剥削关系。

马克思在其政治经济学说中指出，影响利润率的主要因素有：一是剩余价值率的高低；二是资本有机构成的高低；三是资本周转速度的快慢；四是资本的构成。

随着资本在部门之间的自由转移的竞争结果，利润转化为平均利润或平均利润的形成，进一步掩盖了资本主义剥削的本质。

3. 我国陶瓷产品定价中必须遵循的商品价值规律和市场供求规律

在陶瓷市场上,我国对它的定价是放开的,由生产者自己定价。在交换中,从陶瓷商品生产经营者的角度分析,他们总想提高价格,而消费者站在自己角度,又想降低价格。不过,如果一方总占便宜,另一方总吃亏,这样的交易自然持续不下去的,最终生产停业,社会运转不下去。

陶瓷生产者在市场交换中,价格的制定,必须以陶瓷价值量为基础,实行等价交换;陶瓷商品的价值量是由生产这种商品的社会必要劳动时间决定的。

尽管如此,在实际交易中,我们会发现,陶瓷商品的价格与价值相一致是偶然,不一致则是常态。这是因为,商品的价格虽然以价值为基础,但是,陶瓷生产者在制定出自己产品的价格时,仍然要受到多种因素的影响。一般情况下,影响价格变动的最主要因素是陶瓷市场上商品的供求关系。在市场上,当某种陶瓷商品供不应求时,其价格就可能上涨到价值以上,而当陶瓷商品出现供过于求时,其价格就会下降到价值以下。

在我国陶瓷日用品市场,像陶瓷杯碟之类的普通餐具,需求弹性不大,属于百姓刚性需求系列,价格反应不灵感。但是,像陶瓷陈设品、把玩件、手工艺术品,需求弹性大,价格的变化会反过来调整和改变市场的供求关系。

陶瓷商品在市场上,其价格围绕价值上下波动正是商品价值规律作用的具体表现。陶瓷商品价格虽然时升时降,但其价格的变动总是以其价值为轴心。另外,从长时期看,陶瓷商品价格与价值的偏离有正有负,可彼此抵消,总体上价格与价值还是保持一致的。

今天,我们国家放开陶瓷定价的目的,主要是利用价值规律与市场供求规律的作用,刺激陶瓷生产者技术的改进和劳动生产率的提高,提高陶瓷商品品质,进而促进整个行业水平的提高。特别是在当前陶瓷日用品市场产品出现相对过剩的条件下,陶瓷生产者要赢得市场,必须走技术革新的路子,提高劳动生产率,降低生产成本。我国也正是因为价值规律对陶瓷行业的不断调节,才促进该行业内材料、窑炉烧炼技术的不断提高,过去皇宫才能享有的陶瓷产品,才能在今天进入寻常百姓之家。

第二节 陶瓷产品结构

陶瓷作为人类生产活动中的一个衍生产品,从诞生的第一天起,它便伴随着人类自我发展而发展。从生活用的原始陶到原始瓷,从建筑用的砖瓦到今天航天航空用的特种陶瓷材料,它的发展,从侧面记录了人类发展的全过程。它是一个动态的集合概念,所涵盖的内容非常广泛丰富。仅我国而言,陶瓷市场非常庞大,涉及领域众多,产品品种成千上万,定价非常复杂。在本书中,我们所研究的内容,仅仅是它的一部分,是与人类生活密切相关的手工和半手工日用生活用瓷、工艺艺术瓷。

为了做好这部分产品市场的科学定价,我们有必要认识什么是手工陶瓷,手工陶瓷与机械制瓷的区别,并在手工陶瓷中的纯手工陶瓷,纯手工陶瓷与陶瓷艺术品之间做出精确判断,从陶瓷产品结构上厘清各类陶瓷产品的品质、相互之间的关系,为构建当前陶瓷定价体系中的完整性、合理性、应用性,提供物质保障。

一、陶瓷手工产品与机械产品的鉴别

陶瓷在物化过程中,由于其泥制火烧,产品具有一定的不确定性,历来为文人墨客所推崇。他们把从泥土变为瓷这种"涅槃"过程,称为人类历史上伟大的创举之一。烧窑、出窑都要祭拜陶瓷界中最伟大的神——陶神风火仙师童

图4-3 粉彩菊花纹茶杯

宾,这给本来复杂的陶瓷工艺再添神秘的色彩。

陶瓷,特别是一件精美的陶瓷,历来在文人的描绘下更加显得弥足珍贵。在古代,科学技术不发达,窑炉烧炼技术在人类不可控的条件下,窑工制瓷靠天吃饭,文人的描述,一点也不为过。

不过,随着科学技术的发展,大量的先进技术在陶瓷行业中广泛推广和运用,当今制瓷人已经完全掌握了这一烧练技术,日常烧造瓷器已成为稀松平常的事,再也没有什么神秘可言。过去在窑业界起支配地位的"把桩师傅"已经让位于自动化电控仪表。陶瓷是火的艺术产品,其前者与后者相互间的价值已大为不同。

今天,陶瓷收藏爱好者和陶瓷收藏人员在诟病当代陶瓷的价值不如历史时,它积极的一面却很少有人知道。过去只有王公贵族、皇帝佬儿才能享用的精美的陶瓷产品,现在已经能够自然而然地走进寻常百姓之家。这就是人类文明、科技进步在陶瓷领域给现代社会带来的实惠。

对于百姓来说,当前市场上可选择的陶瓷产品对象多、范围广。由于陶瓷原材料制造技术的创新,在成型上,机压代替了手工;烧炼时,电子速控取代了肉眼的作用。现今的陶瓷,在胎、釉、成型、装饰等方面与过去已大为不同,无论品质、数量,还是制造成本,与历史相比,都有了极大的提高。陶瓷生产及相关的文化知识,得到更广泛的普及。陶瓷在日常生活中的作用和地位,也得到迅速提高,取代铜器、木器、漆器等产品,成为餐桌上的主角。

但是,陶瓷爱好和收藏者对科技文明带来的成果似乎不感兴趣,他们认为机械化或自动化制造出来的陶瓷产品没有个性,更是讨厌流水线下的格式化、大众化。这类瓷器满足不了收藏的独一无二性,因此,人们会把这类产品排除在自己的收藏对象之外,把手工(含手工品与半手工品)陶瓷产品作为自己的首选。

他们的这一选择,是出于以下几个理由:一是手工陶瓷品产量有限,市场永远处于供不应求状态。在市场供求关系的作用下,经营者始终有利润的空间。二是手工产品在制瓷过程中包含制瓷人的感情,每个产品在细节上都有变化,能满足消费者的好奇心及占用欲,适应陶瓷收藏这一群体的心理需求。三是产品制造成本高,消费层次高,能体现收藏人员自身的身份。

陶瓷工业品与陶瓷手工艺品,特别是纯手工艺品,生产成本价格相差巨

图 4-4　景德镇青花玲珑瓷碗

图 4-5　景德镇"7501"主席用瓷,水点桃花

大。但是,在市场上,它们之间的形状差别,对于初次涉足这一领域的人来说,却难以区分。有些不法商人利用这一点,在销售中,常会采取一种偷梁换柱的手法,鱼目混珠,把陶瓷机械制造物充当手工艺产品销售,以获得暴利。区分手工陶瓷制品与陶瓷机械产品,就成了陶瓷爱好者和刚入收藏这一行业者的必备技能。

从《景德镇青花玲珑瓷碗》(图4-4)和《景德镇"7501"主席用瓷,水点桃花》(图4-5)的图片来看,初次步入这一行业的人员似乎分不出它们之间有什么本质的差别。

但是,在市场上,它们的价格却相差甚远。一个《景德镇青花玲珑瓷碗》在目前日用陶瓷品市场上,所售单价是 10 元/个,而《景德镇"7501"主席用瓷,水点桃花》市价在 10 万元左右,两者价格相差一万倍。

机械制瓷产品与手工制瓷产品价格之所以相差较大,在于机械制瓷提高了生产劳动率,单件劳动力成本大为降低。但是,两者在造型上都是由陶瓷工人设计,成型后,外表看不出明显差别。相比之下,机械制瓷规整,每个单件整齐划一,没有任何差别,而手工制瓷或半手工制瓷,规整度不高,每个单件都有不同。

日常机械制瓷广泛适用于日用生活餐桌用具,手工和半手工用瓷则在陈设、装饰、工艺、艺术用瓷上运用广泛。

对陶瓷爱好者和初次步入陶瓷收藏这一领域的人员,如何识别机械制瓷和手工制瓷,是进入收藏的第一课。要学会区分它们之间的不同,通常要从以下几个方面的细节入手:

(1)体量的变化

体量的变化,一是重量,二是体积,三是厚薄度。机械制瓷,这些都没有变化,而手工制瓷,在这些方面都有细微的不同。手工制瓷,由于依靠人力拉坯、压坯、利坯、修坯,因此,即使同一型号的品种,其重量都有差别。手工瓷体型规整度不一,坯体厚薄不一,底厚、沿薄,中间有过渡,有弧线感。

(2)胎脚的变化

机械制瓷,压坯一次成型。手工制瓷则不一样,除以上所说的压坯、利坯、修坯外,还有一道重要工序,即挖足。由于是人工挖足,因此手工陶瓷,底足显得棱角分明。

(3)釉面的变化

机械荡釉设计规范均匀,手工荡釉、吹釉、刷釉、沾釉,在瓷面上有变化,烧制后会感到瓷坯上的厚薄不同。

(4)装饰的变化

机械贴花、印花、堆花、雕刻整齐划一,比较刻板;手工彩绘、雕刻,线条则有明显变化。

(5)声音的变化

机械制瓷敲击时,声音较闷;手工制瓷,声音较脆,且不同部位,发出的音频不同。

陶瓷收藏爱好者以陶瓷手工产品作为自己的首选,机械制瓷排除在自己的视线之外,他们有自己特有的思考。但是,对陶瓷行业来说,我们不能就此否认手工制瓷就不能超越。相反,由于陶瓷机械的改进,先进技术大量运用到日常的陶瓷生产上,机械制瓷已经能够做到与手工制瓷的效果。有的在器型设计、釉面装饰上甚至超越了人类手工的制瓷水平。这方面,我国有不少例证。在国外陶瓷市场上,特别是欧美市场上,情况更为普遍。

陶瓷消费者在进行消费时,不需要迷信手工品,因根据需要,有选择地进行消费。

二、陶瓷手工产品中的半手工和纯手工的差别

手工陶瓷产品,在市场上包含两部分的内容,即纯手工陶瓷产品和半手工陶瓷产品。在陶瓷行业,目前一件陶瓷产品,从材料制造、成型、烧窑到装饰等

环节,全部采用手工制造的陶瓷作品已经很少。这一方面是缘于科技的进步,新技术在陶瓷领域的推广和运用,另一方面,也是由于陶瓷产品制造工艺复杂,在行业内长期形成的专业化分工所致。

在陶瓷行业,我们把陶瓷产品在生产过程中有手工行为的产品都列入手工制瓷产品,简称陶瓷手工品;而把陶瓷制造中,每一道工序都采用人类手工操作的产品,称为纯手工产品。

纯手工在陶瓷行业,是一种特有的制瓷技艺。目前,仍保留这一技艺的行当,主要集中在陶业界的一些特种行业,如仿古瓷、雕塑瓷、色釉瓷、瓷画等少数行业。其他,如生活中日用的餐具、饮具大多为机械产品,少量为半手工产品;纯手工陶瓷产品,已非常稀少,若有,则是一个奢侈品。至于日常的陈设用瓷和装饰品瓷,半手工工艺品居多。为了厘清它们的区别,我们以刘远长《哈哈罗汉》(图4-6)作品为例。

刘远长系中国美术家协会江西分会会员、景德镇雕塑研究会秘书长,享受国务院颁发的"政府特殊津贴"的专家。1988年,他创作的瓷雕《哈哈罗汉》,造型生动、滑稽,整个外形如同一个圆球,简练而又不失神韵。在宽松、简略的艺术氛围中注重局部情态,刻画细致,突出一双细长笑眯眯的眼和一张哈哈大笑的嘴巴,给观众留下一个善良、宽容、开朗、豁达的强烈印象,是一件人见人爱的佳作。2008年秋季拍卖会上,该作品估价在5万~8万元。不过,作为礼品瓷翻模后的作品,在市场销售时,却大大低于原价,只售1580元/件。

由此可见,纯手工陶瓷,单位生产成本高,市场售价也高,普通家庭一般承受不起。因此,其市场占有的份额小,与大宗的机械产品难以形成竞争力,与半手工产品相比,也缺乏价格优势。这一行业,简单、重复的生产和制作没有出路,只有在传统的基础上继承和创新,追求个性化,走高端消费的精品路线才有发展空间,或把原创手工与半手工化结合起来,推向平民化消

图4-6 陶瓷艺术家刘远长作品《哈哈罗汉》

费,这也是一条发展之路。

三、陶瓷纯手工品与陶瓷奢侈品的关系

图4-7　蓝地白花渡金杯　景德镇

在人的思维定式里,有人总把陶瓷纯手工产品与陶瓷工艺奢侈品联系起来,其实,它们是两个不同的概念。纯手工陶瓷产品,我们在书中上一节说到,它是指某消费产品,它的每一道工序由人的手工独立操作完成。陶瓷奢侈品,则主要是消费行业中的高端工艺艺术精品,它是一种美的象征,是身份的象征。

但是,陶瓷工艺奢侈品又与纯手工产品有着天然的联系。陶瓷工艺奢侈品,它不能是机械制品,也不允许是注浆的或机压的陶瓷半手工半机械化产品,它必须是全手工操作的纯手工产品。不过,纯手工陶瓷产品不是陶瓷工艺奢侈品的全部,其中的精品才能列入奢侈品系列。简单的、重复的纯手工品成不了奢侈品。奢侈品始终是纯手工领域内精工细作的少数高端产品。

四、陶瓷奢侈品与陶瓷艺术品的不同

目前,在我国工艺艺术品市场上,只有手工工艺品和艺术品两种,在它们之间没有过渡地带,纯手工工艺品被直接列入陶瓷艺术品的范畴。

在书中的前一节,我们对此已经做过分析,陶瓷手工品中,有半手工品和纯手工品之分,在纯手工品中,又有纯手工陶瓷品和陶瓷奢侈品之间的差别。

今天,我们再推出纯手工陶瓷中奢侈品和陶瓷艺术品的概念,是想进一步规范这一市场行为。纯手工陶瓷工艺品不是陶瓷艺术品,纯手工中的奢侈品,也不是陶瓷艺术品。陶瓷艺术品,对于消费者来说,是一种奢侈行为。陶瓷艺术品也是一种奢侈品,但是,如果就此把陶瓷奢侈品和艺术品混为一谈,则是错误的。这是由于一个是重工艺的制造,一个是重作者自我思想的表达。陶瓷奢侈品给消费者带来的是纯技艺的享受,陶瓷艺术品带来的是心灵沟通、精神的共鸣、思想的振奋。

《大明正德碗孔雀绿釉碗》(图4-8),碗撇口,弧壁,瘦底,圈足,无款。碗内壁及圈足内施青白色釉,外壁施孔雀绿釉,近足处暗划仰莲瓣纹。此碗虽未有

图 4-8 大明正德碗孔雀绿釉碗

图 4-9 陶瓷艺术家任瑞华的作品 《渴》

款识,但其典型的正德宫碗式造型和器足内施淡青白釉的特征表明其为正德官窑器。

《渴》(图 4-9),是江西景德镇陶瓷学院任瑞华教授的陶瓷综合装饰作品。用陶瓷雕塑和色釉的言语,表示蓝天白云及大地之间,仅剩下最后一滴水,作者希望借此唤起人们保护自然,珍惜水资源。

以上虽同是纯手工制作,前者追求其技艺制造的极致效果;后者是一种大写意的手法,器型并出现残缺,但是,作者正是利用这一特有的表现形式来表达自己的思想。

制作者制造的理念不同,结果也就不一样。一个是皇家陶瓷奢侈品,一个是陶瓷家创作的艺术品。前者体现的是一种制作者劳动的付出;后者体现的是一种思想的付出。对于消费者,他们在分别享用以上两款产品之后,得到的心理效果也是完全不同。前者是财富的象征,身份的象征;后者是自己思想境界的一种追求,与财富和身份没有太大的关系。《大明正德碗孔雀绿釉碗》,专家估价 40 万 ~50 万元,《渴》目前市场的标价也在 40 万 ~50 万元。如果我们把《大明正德碗孔雀绿釉碗》当艺术品,把《渴》当奢侈品销售,则达不到以上市场价格的效果。

陶瓷艺术品与陶瓷奢侈品,是陶瓷纯手工作品中的两朵奇葩。相比之下,陶瓷奢侈品生产成本稳定,价格可控,且容易测算;陶瓷艺术品的价格,由于涉及个人的思想创作和知识产权,成本测算相对困难,价格只能是估算,市场交易价格随着时间的推移,消费者对它的了解,价格有升也有降。

总之,陶瓷作为一种普通商品,消费了,就没有保值和增值的空间,随着该产品使用价值或功效的消失,其内在的价值也将随之消失。但是,又由于陶瓷这一产品特有的物理性能,只要日常对它存放得当,它不腐、不烂,光亮如新,因而其使用价值或功效也可以无限地延长。故消费者在消费时,除能满足自己的需求外,还能获得意外的保值作用。因此,陶瓷收藏和爱好者在对待它们时,应根据自己的需要,有选择性地购买和投资,不能混淆概念,投错产品。

第三节 我国已形成的不同定价机制

针对前一节的分析,我们知道,按生产制作工艺来划分,目前我国陶瓷日用品市场已经形成了一个宝塔型的产品结构体系,其中底层是机械制造的日用陶瓷,上面是半机械半手工制造的工艺瓷,再上面的是纯手工陶瓷、纯手工陶瓷奢侈品,塔尖上的则是陶瓷艺术品。

在这一市场上,不同产品,定价方式不一样,价格也不一样。就是同类产品,品质出现的细微差别,价格也相差悬殊,这种形式重点表现在手工产品及陶瓷艺术品身上。

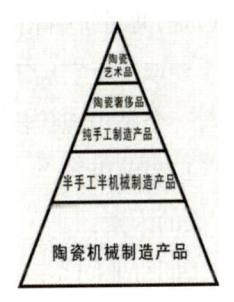

图 4-10 产品结构图

一、陶瓷普通日用品及其计价方法

在日用陶瓷市场上,日用陶瓷英文名称:domestic ceramics,ceramics for dailyuse,定义是供日常生活使用的各类陶瓷制品。在国际上有陶、细瓷、炻瓷三大类。其主要品种有餐具、茶具、咖啡具、酒具、文具、窑具、耐热烹饪具及美术陈设制品等。在我们国家,主要指餐具、茶具、咖啡具、酒具、文具、窑具、耐热烹饪具,不包括美术陈设制品。

陶瓷市场上,我国大商场开设的专卖店,日用陶瓷产品都会清晰地标出它们的单价。如,中餐具56头是多少元一套,36头是多少元一套,茶器是多少元一套,等等。其中,半手工是多少元,全手工是多少元。如果客人出现疑惑,商场的服务员会马上把它们拿到我们面前进行解释,并现场示范给大家看。

《青花马蹄盖碗》(图4-11),它的市场价格是21元,而同一器型中手绘三才盖碗的价值则是98元。

图4-11 青花马蹄盖碗

图4-12 手绘三才盖碗

它们,一个是传统纹饰,一个是现代图案,各有特色,分别有不同的消费群体,但是,此时价格相差过大的原因,销售人员会告诉我们:它们之间价格的差别,主要取决于它们工艺的不同,一个是贴花,一个是手工产品。一个是用人工制作,一个是用现代机械制作,人工和机械的成本不一样,定价就有区别。

(1)当前市场上,商家对普通日用陶瓷定价,即机械制瓷,通常会考虑以下几方面的因素:

①同行业同类产品的市场价格(做参照);

②了解社会平均利润率是多少;

③自身产品的技术特征及质量;

④自己公司的产量;

⑤预测市场销售量(计算出销售利润临界点);

⑥本公司的利润预期。

他们考虑到自己生产和经营的产品大众性,顾客市场选择的充分性,常采用西方企业的成本导向定价法。

成本导向定价法,以营销产品的成本为主要依据制定价格,即按产品单位成本加上一定比例的毛利定出销售价。其计算公式为:$P = c \times (1+r)$

P——商品的单价,c——商品的单位总成本,r——商品的加成率。这种方法计算方便简单,在小企业中,应用相当广泛。

例1：

陶瓷二件套咖啡杯，若厂家的生产成本假定为15元，管理费1元，包装费8元，总成本为24元，厂家商品的加成率为15%，那么，它的价格：24(1+15%) = 27.6(元)，利润：27.6 × 15% = 4.14元。

图4-13　陶瓷二件套咖啡杯

（2）一些行业内大的日用陶瓷企业，他们则有别于小作坊、小企业，采用需求导向定价法。需求导向定价法是指根据市场需求状况和消费者对产品的感觉差异来确定价格的定价方法。这种方法，包括以下三种：

①认知导向定价法，它是根据消费者对企业提供的产品价值的主观评判来制定价格的一种定价方法。

②逆向定价法，它是指依据消费者能够接受的最终销售价格，考虑中间商的成本及正常利润后，逆向推算出中间商的批发价和生产企业的出产价格。可通过公式计算价格：出厂价格 = 市场可零售价格 × (1− 批零差率) × (1− 进销差率)

③习惯定价法，是按照市场长期以来形成的习惯价格定价。

例2：

同样是上文提到的陶瓷二套件咖啡杯，大企业根据市场消费者对自己产品的认同情况，以及市场形成的消费价格，综合上述三种定价方式，最后采用逆向定价法，把市场零售价假定在27元左右，那么出厂价则为23元。

它们的出厂定价，低于小企业、小作坊的价格，主要是因其生产规模大，生产成本、分摊的管理费用、包装成本都大为下降，假定生产成本在15元左右，管理费用为0.1元，包装费为4元，总成本为19.1元。则总利润为7.9元，这在同行中，市场竞争力非常大，加上市场批量大，进销快，形成的批零差率和进销差率都低，所以批发价定在23元，同样能确保自己的利润。

（3）市场上，一些品牌陶瓷企业，他们有别于其他，在行业内采取的却是竞争导向定价。竞争导向定价法是企业通过研究竞争对手的生产条件、服务状况、价格水平等因素，依据自身的竞争实力、参考成本和供求状况来确定商品价格。这是一种以市场上竞争者的类似产品的价格，作为本企业产品定价参照

图 4-14　仿清雍正粉彩蝠桃"福寿"纹橄榄瓶

的一种定价方法。

竞争导向定价主要包括：①随行就市定价法。在垄断竞争和完全竞争的市场结构条件下，任何一家企业都无法凭借自己的实力而在市场上取得绝对的优势，为了避免竞争特别是价格竞争带来的损失，大多数企业都采用随行就市定价法，即将本企业某产品价格保持在市场平均价格水平上，利用这样的价格来获得平均报酬。此外，采用随行就市定价法，企业就不必去全面了解消费者对不同价差的反应，也不会引起价格波动。②产品差别定价法。产品差别定价法是指企业通过不同的营销方法，使同种同质的产品在消费者心目中树立起不同的产品形象，进而根据自身特点，选取低于或高于竞争者的价格作为本企业产品价格。因此，产品差别定价法是一种进攻性的定价方法。③密封投标定价法：在国内外，许多大宗商品、原材料、成套设备和建筑工程项目的买卖、承包、出售小型企业等，往往采用发包人招标、承包人投标的方式来选择承包者，确定最终承包价格。一般来说，招标方只有一个，处于相对垄断地位，而投标方有多个，处于相互竞争地位。标的物的价格由参与投标的各个企业在相互独立的条件下来确定。在买方招标的所有投标者中，报价最低的投标者通常中标，它的报价就是承包价格。这样一种竞争性的定价方法就称密封投标定价法。

以上这三种方法，一些品牌企业在市场上都会根据自身情况选择性地采用。

例3：

我们仍以上文提到的陶瓷二件套咖啡杯为例，品牌陶瓷企业，一般规模大，生产成本与其他大企业一样，假定能控制在 15 元左右，管理费用为 0.1 元，包装费及宣传费为 1 元，总成本为 16.1 元。由于陶瓷行业附着的文化价值高，他们一般不会采用随行定价法，追求市场的平均利润，而会利用自己的文化品牌优势、优质的服务优势，采用产品差别定价法，价格定在 35.6 元左右。

综上所述，在日用陶瓷市场上，中小企业、大企业、品牌企业，它们各自采取的定价方式通常不同。同一种产品,会出现不同的价格差距,就是同品同质的产品价格也不同。日用陶瓷作为人们生活中的必需品,需求量大,相对来说,市场也十分成熟,上下波动不大,同类产品价格不会相差太大。不过,由于各厂家定价方式的不同,日常消费者在购买前,如果对它们的企业各自进行一些了解,对它们的定价方式进行研究和比较,那么,仍可以节省不少成本。如果从品质考虑,不强调品牌,消费者在进行消费时,生活中节省的成本就会更多。

二、陶瓷手工工艺品及其计价方法

上一节我们对如何区分陶瓷机械产品、陶瓷手工艺品、陶瓷艺术品和陶瓷奢侈品做了一个论述,得出了一个结论:陶瓷工艺品与机械陶瓷产品的差别是,手工品和半手工品的同一产品间均会表现出细微的变化,而机械制瓷却没有这一特点;与陶瓷艺术品的差别是,艺术品是艺术家灵感的体现,有独立性,而工艺品则为大量的陶瓷艺术品的重复加工、仿制,甚至复制品。当前,我国工艺陶瓷市场上,工艺品的表现形式,主要有花瓶、雕塑品、园林陶瓷、器皿、陈设品等。

图 4-15　醴陵釉下五彩瓷器　咖啡套具

陶瓷工艺品与艺术品相比,量大,但与陶瓷日用品在市场上的总量相比,仍然稀少,加上它附加的文化气息和人文价值,一般情况下,其价位定得较高。目前,在我国陶瓷工艺品市场上,奢侈品市场仍然没有形成,陶瓷工艺品占主角,它们大多出现在陶瓷产地的前店后厂内,销售方式与其他陶瓷品截然不同,产品没有底价,随行就市,随人就市,价格上下浮动非常大。

在这个特殊的市场上,生产或经营商家常隐去其价格,使消费者如进入迷宫,任凭店主开价。店主为了把自己的产品卖出好价钱,他们通常会把自己的商店装潢得富丽堂皇,或装修得富含文化韵味,让消费者感到其作品的身价不菲。再有,就是在作品的包装上下足功夫,在推销上找些靓丽女孩,这样他们产品的价格常能出人意料地卖出一个好价钱。

销售者通过一系列的包装,从心理上占据了优势,他们通过询价的方式,看人标价,这成为当前中国陶瓷手工工艺品市场定价消费的一大特色。

消费者在进行消费时,常在事后有一种吃亏的感觉。不过,他们之中不是没有规律可循,生产制作者在心中有一个基价。如果他们制作的产品为普通产品,他们按目标利润定价法,加一定的加成率(假定为50%),达到自己的目标就会销售出去;如果他们制作的产品消费者需求度高,市场上生产者少,那么他们就会在产品生命周期的最初阶段,配上专业单位的监制证书,或某名家的亲自签名,把产品的价格定得很高,以攫取100%、200%,甚至更高的利润。这种定价法,不是不合理,在价格理论中,我们把它叫作撇脂定价策略。

陶 瓷

艺术品

经济学

例4:

2004年,景德镇某窑厂仿制了一批《清雍正粉彩蝠桃"福寿"纹橄榄瓶》,当年配置了故宫监制的证书,按9999元/件对社会进行公开销售,就是一例。

新产品由于价高,一段时间后,很容易在市场上遭到仿制,加上需求弹性少,大多销售者会根据经验,对自己产品的价格进行调整,采取导向定价法,来稳定自己在市场的占有份额。

总之,我国陶瓷工艺品市场上,陶瓷工艺品销售看似无规律可循,其实有其内在的规律。手工作坊制作者和销售商常根据多年的消费经验来制定自己的价格,他们看似随性,其实都是针对不同对象而定。如,市场上某一工艺品在A店可能是100元,在B店是300元,在C店却只卖80元。因此,消费者进行消费前,为了做到物有所值,花小钱买到自己满意的陶瓷工艺品,出发前,就必须对即将前往的陶瓷工艺品市场做一定了解,采取货比三家的方法,进行充分的比较,这样才能做到不花冤枉钱。

三、陶瓷奢侈品及其计价方法

陶瓷奢侈品,必须是纯手工产品,但是,它又高于普通纯手工产品,是纯手工品中的精品。目前我国陶瓷市场上,虽没有这一概念之说,但是,它却客观地存在于各大陶瓷专业市场上。

历史上,我国人民一直把陶瓷艺术品列入陶瓷奢侈品范围,并没有陶瓷艺术之说。随着人们对它认识的加深,学术界、专业收藏者已认定陶瓷产品中也有艺术品,并在近十几年把陶瓷艺术品从陶瓷奢侈品中区分出来,划入大美术的范畴。

不过,陶瓷艺术概念的出现,有人又模糊了陶瓷奢侈品与陶瓷艺术品的概念,甚至把日常陶瓷工艺艺术产品中的制瓷专家、制瓷名家,以及品牌瓷业公司和手工作坊,它们所产的陶瓷工艺品全部归入陶瓷艺术品的概念之中。这样就很容易造成市场上产品体系的混乱,让普通的陶瓷手工品、陶瓷工艺品堂而皇之标上艺术的头衔。这对日常从事陶瓷工作的人员是一种误导,对陶瓷消费者和爱好者也是一种欺骗甚至是欺诈。

把属于陶瓷工艺艺术的产品、纯手工制造的陶瓷奢侈品从陶瓷艺术品的范畴中重新划分出来,这是目前陶瓷理论工作者和市场行业管理工作人员的职责所在。

当前,对于陶瓷工艺产品,生产经营者一般会通过倒算的办法,将平均利润置于50%~100%之间,按此加成率来制定自己产品的价格。

陶瓷奢侈品,以前,统一归入陶瓷艺术品,它的价格一般在制造者劳动力价值的4倍以上,有的甚至高达上100倍,随意性非常高。

陶瓷奢侈品从艺术品分出后,这种不合理的定价方式,虽然在短期内,能促进我国陶瓷奢侈品业的快速发展,但是,在市场规范后,在消费者理性后,这种缺乏理性、缺乏科学的定价方法,因为严重地伤害了消费者的利益,反过来,则会造成我国陶瓷奢侈品市场的萎缩,甚至停滞不前。

如何制定我国陶瓷奢侈品的价格?

由于我国陶瓷奢侈品概念是最近才提出的,因此尚无案例可循。我们借鉴国外相关行业中奢侈品定价的经验,可以把一件陶瓷奢侈品的利润空间确定在其成本价格 4~8 倍之间。其价格计算公式为：P=c×(1+r)。

P—商品的单价，c—商品的单位总成本，r—商品的加成率，这种计算方法方便简单。

如，《仿乾隆双耳粉彩转心瓶》（复制品）（图 4-16），单位总成本假定为 3000 元，加成率 400%~800%，其价格：3000(1+400%)~3000(1+800%)，即 15 000 元 ~27 000 元。

图 4-16　仿乾隆双耳粉彩转心瓶

第五章 陶瓷艺术价值的评估体系、测算方式

传统的陶瓷概念是指所有以黏土等无机非金属矿物为原料烧制的人工产品。既然是人工产品,陶瓷就有价,而且可以计算,即陶瓷价格＝陶瓷生产成本＋管理费用＋利润,或陶瓷价格等于总成本加上加成率,其价格计算公式为:$P=c\times(1+r)$。

P——商品的单价;

c——商品的单位总成本;

r——商品的加成率。

陶瓷生产成本是可以计算的,利润或加成率也是可以预测的。但是,从近十几年世界各大拍卖市场上拍出的一些陶瓷产品看,2000年,一件《清乾隆粉彩蝶纹如意耳尊》在香港佳士得拍卖会上以3304.5万港元拍出;2002年香港苏富比拍卖会上《清雍正粉彩蝠桃"福寿"纹橄榄瓶》以4399万元人民币成交;2005年7月12日伦敦时间上午10时58分,香港佳士得以1568.8万英镑的天价拍出《元青花鬼谷子下山图罐》;2010年7月,一件《清乾隆浅黄地洋彩锦上添花万寿连延长颈葫芦瓶》,在香港拍出2.5266亿港元,11月,一件《清乾隆粉彩镂空瓷瓶》在伦敦以5.5亿元人民币的天价刷新了中国瓷器及工艺品拍卖的世界纪录。

当代景德镇国家级工艺美术大师王锡良的作品在景德镇2009秋季国际艺术陶瓷拍卖会上,其粉彩瓷板画《黄山肆千仞瓷板画》以680万元人民币的天价落槌,加上佣金,成交价为

782万元。这一切,远远超出当今市场陶瓷工艺品的价格,让人感到对投资陶瓷市场和陶瓷产品今后的价格无法预测。

第一节 我国传统艺术价值论

一、近一二十年拍卖市场不断创出的天价陶瓷催生出陶瓷新概念——中国陶瓷艺术

在近一二十年陶瓷拍卖市场价格不断创出天价的条件下,1980年,江西高安出土的景德镇产《元青花云龙纹荷叶盖罐》(图5-1),依据2005年7月香港佳士得以1568.8万英镑拍出的景德镇产《元青花鬼谷子下山图罐》,当地部门迅速做出反应,他们出土的那批瓷器每件单件在一亿元人民币以上。

可是,《元青花鬼谷子下山图罐》送入拍卖市场前,当时底价估价是100万欧元,这100万欧元是否也是参考相关物件给出的,还是本身没有参照物,而是依据它是元代产的精品,存世量少,参考历年市场的价格走向而做出的决

图5-1 元青花云龙纹荷叶盖罐

定？

如果这样，那么，当今景德镇国家级工艺美术大师王锡良的作品粉彩瓷板画《黄山肆千仞瓷板画》的起拍价为300万元人民币，它的定价依据又是什么？

针对以上情况，我们在当今陶瓷工艺品市场的产品定价体系中，找不到理论依据，为此，有人便把《元青花鬼谷下山图罐》《黄山四千仞瓷板画》推向另一范畴——艺术品，催生出一个新的陶瓷市场产品概念——陶瓷艺术品。

对艺术品，中国人自古信奉"艺术无价"之说。有了这一条，我们面对以上提出的质疑，就不能再拿以上《元青花鬼谷子下山图罐》《黄山肆千仞瓷板画》与日常的陶瓷产品或工艺品相提并论。因为日常手工陶瓷产品或工艺品，质量再好，工艺再精，同样有价，而且依据当下的有关市场定价准则，可以计算出它们的价格。在这种价格体系中，以上作品，市场价格的极限，也不超过50万元。

陶瓷拍卖市场上为什么会有这样一个成交价？

这一切对艺术品经纪人和艺术品生产创作者来说，他们对问题的回答是，他们卖出的是艺术品。艺术本无价，至于具体落到某件艺术品交易中，自然是"一个愿打一个愿挨"的事。有时没有规则就是规则！

二、简单的一句"艺术无价"，已应对不了我国市场经济中不断出现的新情况、新问题

虽说"艺术无价"，但是，还是有人要问，为什么《元青花鬼谷子下山图罐》起拍是100万欧元而不是200万欧元，甚至更高？《黄山肆千仞瓷板画》是300万元人民币，而不是100万元、200元万人民币？这说明，艺术品特别是陶瓷艺术品，在当今市场条件下，不是无价，而是有价，它同样必须遵守相应的规律。

那么，这个规律是什么？

中国当前价格定价的理论基础是马克思政治经济学。马克思政治经济学观点表明，价格是价值的货币表现形式。价格决定于价值，但是，它并不等同于价值，在市场经济规律作用下，价格在供求关系作用下围绕其价值上下波动。

根据以上所述，我们可以确认，市面上任何一件陶瓷艺术品的市场价格由该作品所含的价值决定，并在供求关系作用下，上下波动。《元青花鬼谷子下山图罐》和现代中国陶瓷工艺大师王锡良作品《黄山肆千仞瓷板画》市场价格的最后确定，也必须受到它们内在艺术品价值的制约。为此，面对眼前任何一件

陶瓷艺术品，要弄清它的价格，我们都不能空洞依据所谓的"艺术无价"的俗语，任由中间商、经纪人或制作者随意开价。陶瓷爱好者或陶瓷艺术品投资者要想通过投资陶瓷艺术品达到保值、增值的目的，就必须让自己对它们有一个明确的判断。而要做到"心里明确"，就必须了解自己寻购作品中的艺术品内在的价值。

那么，什么是陶瓷艺术品内在的价值？我们又如何来判别一件陶瓷艺术品所含价值的大小？

过去，我国学术界一直把手工陶瓷作品视作工艺产品，因此，国内外对陶瓷艺术品价值的大小阐述得很少，更谈不上一个明确的定义。由于缺乏理论的指导，就如何来判别一件陶瓷艺术品内在价值的大小，我们难以在实际工作中找到技术上的支点。为了解决以上问题，今天，我们有必要从源头寻找。首先，有必要对"陶瓷艺术、陶瓷艺术价值、陶瓷艺术品内在的价值"等一系列名词做出科学的解释，做到正本清源。其次，对它们的内涵、外延做出科学的划分。只有这样，我们在今后遇到同类问题时，对某陶瓷物件所含的艺术品价值才能给出一个相对准确的答复。

一句"艺术无价论"，通常就把陶瓷艺术品与陶瓷艺术等同起来。既然艺术无价，我们也就没办法用价格来衡量一件作品的价值。历史上由于这样一种语境的存在，艺术自然是市场的宠儿，艺术品的创造者也就成为这一行业的运动员兼裁判员。在他们的鼓动下，这一行业被他们描绘成未来十年后中国最赚钱的行业。不过，市场自有它独有的法则，在国家近两年推行廉政、禁止"雅贿"之风后，我国陶瓷艺术品市场迅速降温，原先投资的产品，难以变现。一时我国陶瓷艺术品市场过热之风很快消退下来。人们这才发现，原来陶瓷艺术品也有价，只不过赚的是对方，亏的是自己。

所以说，艺术不是无价，而是有价。老祖宗留给我们的东西已经不适应现在条件下的陶瓷商品市场。

第二节　陶瓷艺术、陶瓷艺术价值的定义

今天,我们如何来诠释"艺术无价"这句古老的谚语？当然,当前我国陶瓷艺术市场要解释的事情还远不止这些。在这个行业,人们目前质疑最多的莫过于艺术价值与职称、职务挂钩。职称高的,艺术品价值就高,没有职称的人,作品再好也挤不进陶瓷艺术品行列,被视作工艺品。陶瓷艺术品生产从业人员不用努力,靠一个"本本",就能获取丰厚的报酬。显然,这一切严重违背了陶瓷艺术品创作规律。

在我国陶瓷艺术界,既然靠职称衡量不了一件陶瓷艺术品艺术价值的大小,又有什么东西能衡量它？

要回答这个严肃的问题,我们认为,有必要对现行的陶瓷艺术品市场艺术品的艺术价值和功效性进行再认识。只有从最基础的工作做起,才能解读消费者为什么要掏出巨额资金去消费一件陶瓷艺术品。陶瓷艺术品是什么？陶瓷艺术品艺术价值到底能给消费者带来什么功能性满足？我们只有了解了,才能回答刚才书中提出的问题。

那么,消费者购买陶瓷艺术品最终目的究竟是什么？

可以说,不同消费者,终极需求是不一样的。但是,尽管如此,有一行为是共同的,那就是,都冲着产品的艺术价值而去。

那么,艺术价值又是什么？又能给消费者带来什么性质的功能性消费呢？为了认识这一问题,我翻阅了陶瓷艺术这一名词,以及名词内所含内涵与外延。遗憾的是,目前我国,甚至国外艺术品书籍中都找不到这一名词。一种艺术产品,连名词概念都没有,其他相应的问题要解决就非常困难。出现以上情况,可能是因为陶瓷艺术品市场在我国起步较晚,或陶瓷艺术品市场在我国发展太快,理论及理论工作者跟不上陶瓷艺术品实践的脚步。

既然如此,那就由我们来完成这一任务。

一、陶瓷艺术

要把陶瓷艺术价值说清楚,我们首先要找到它的源头——陶瓷艺术。那么,什么是陶瓷艺术?目前国内国外对它也没有形成一个固定的概念。

为了使陶瓷艺术的定义表述得准确、规范、科学,而且明了,我们有必要再回头看,重温"艺术"这一词,也许能给我们带来更多的启示。

艺术是通过塑造形象以反映社会生活而比现实更有典型性的一种社会意识形态,如文学、绘画、雕塑、音乐、舞蹈、戏剧、电影、曲艺、建筑等。在中国古代汉语词典中,是指人类群体或者个体对于审美认知,以及审美之下的产物。用我们通俗的语言讲,就是一种精神文化的创造行为,是人的意识形态和生产形态的有机结合体。

陶瓷是以黏土为主要原料以及各种天然矿物经过粉碎混炼、成型和煅烧制得的材料以及各种制品。陶瓷从土变为陶或瓷,从天然矿石,粉碎混炼成泥土,从泥土成型为各种物件,烧成陶瓷,中间经历几十道工序,也实现数次裂变。这里面既有材料、表演、设计、绘画、雕塑等综合要素,同时也有时空的变化,它们给人类展现出的是一个多面体,一种综合的艺术。所以,陶瓷艺术,如果我们给它定义,它应该是:人类群体或个体,依据自己的审美,以及审美之下的有机结合体,是人的意识形态和生产形态的有机结合物。

陶瓷作为人类生活的需求品,前后几万年,它存在的每一阶段,都与人们生产、生活密切相连。就是在今天,陶瓷作为脱离生活功效的精神产品即陶瓷艺术品,仍具有无限发展的趋势,并在整个社会产品中占有一定的比重。

二、历史上,对陶瓷艺术价值的几种解读方式

我们在厘清陶瓷艺术一词后,接下来就是探讨什么是陶瓷艺术价值的问题。按照马克思经济学观点,陶瓷艺术价值就是陶瓷艺术品的使用价值,按西方经济学的观点认定,陶瓷艺术的价值就是陶瓷艺术品的功效性。但是,如果这样回答我们的读者,读者显然是不满意的。因为他们会说,我们绕来绕去,仍然在用马克思经济学观点说事。

那么,什么是陶瓷艺术价值?

目前,国内外还没有任何学术机构、研究团体回答这个问题。尽管国内外陶瓷艺术理论研究滞后,但是,这似乎并不影响一些行业或部门对陶瓷艺术价

图 5-2 龙山文化红陶鬶
现藏北京故宫博物院

值的评估。他们先行先试,从实践出发,各自摸索并总结出一套行业内行之有效、普遍能接受的"陶瓷艺术价值的评价"办法。

(1)陶瓷艺术价值三要素评价法

这是我国学术界自行设定的一套"陶瓷艺术价值三要素"评价法。这种评价学说的主要观点是:陶瓷艺术价值包含艺术价值,历史价值(文物价值)和经济价值三个方面的内容,它是艺术价值、历史价值(文物价值)和经济价值的统一。

例如,《龙山文化红陶鬶》(图 5-2),作为新石器时代晚期龙山文化红陶代表物。如果我们今天把它放到陶瓷收藏品市场,鬶这种陶瓷作品的价值在当今陶瓷理论界又是如何来确定呢?

对红陶鬶,理论专家做了一番判断后,大致做出如下表述:

体量:陶鬶是一种盛水器,高 39cm,口径 12cm,足距 14cm

装饰:唇口,口一侧出现鸟喙状长流,长颈,下承以三个袋状足。器身一侧置绳状鋬手。口沿下及鋬手上端饰乳钉纹。颈、足衔接处饰凸弦纹。器表打磨光亮

造型:鸟型

实用价值,此器做工工整,器型大方,稳定性强,充分考虑到日常的实用性,作为一种盛水器物,鬶的容量发挥到了极致。除体现鸟形的审美外,器表打磨光亮,口沿下及鋬手上端饰乳钉纹和足衔接处饰凸弦纹,表现出当时人们劳作之余,已考虑到享受生活的情趣。

历史价值,此件红陶鬹造型规整,堪称新石器时代晚期龙山文化红陶的代表作品。鬹这种器形最早出现在山东地区,山东位于东方,那个时候是少昊和太昊的部落,他们以鸟为图腾,器物形状出现鸟形,代表当时少昊和太昊部落的集体审美意识。

针对红陶鬹的市场价值,陶瓷专家指出,作为一个时代的代表物,其历史价值和艺术价值无以估量。

他们认定的依据是:陶瓷艺术品和其他门类的品种一样,它的价值通常也包含艺术价值,历史价值(文物价值)和经济价值三部分,且它们之间都相对具有独立性。其中,艺术价值指的是一件艺术品所代表的作者的艺术个性、风格。所反映的民族性和地域性,个性越典型,其艺术价值也就越高。历史价值(文物价值)是指某种艺术品在历史上的地位和在今天的作用,往往由时代特征和留存到现今的数量来决定,例如,鬹反映了新石器时代晚期龙山文化红陶瓷艺术和制作工艺,且流传到现在毁坏较多,极其稀少,所以极其珍贵。经济价值是指市场价值,它以价格来表示,价格的高低受艺术市场供求关系影响。

在日常生活中,经常会有人把一件作品的文物价值与艺术价值等同起来,产生厚古薄今的思想。其实,艺术品不等于文物。艺术品指艺术家创作的有价值的艺术载体,它既有古代的,也包括现代的艺术品(这部分可能不是现实的文物,但数十年后也许就是文物)。

在艺术内涵中,艺术品和文物是一种交叉关系。

有了以上认识,他们从历史价值、艺术价值和经济价值等三方面来计算陶瓷鬹价值的大小。其中,文物价值可以由国家文物相关部门给出一个指导价格,经济价值也可以参照当时的制作成本来决定,那么,艺术价值又如何来确定呢?

在对鬹的价值判定中,其艺术价值如果不能正确地认识,准确地评判,它不仅会影响鬹价值的真实反映,同时也将影响文化部门对它给出的标准,进而影响市场的供求关系。它是红陶鬹这一价值体系中的基础。由于目前对陶瓷艺术价值没有一个公认的、科学的评价体系,针对鬹这种特例,它的艺术价值,陶瓷专家只有参照同期同类陶瓷艺术品拍卖物的价格。最终,他们把陶瓷艺术价值落到陶瓷艺术品价格上。把陶瓷艺术与陶瓷艺术品等同起来,形成同一概念,即陶瓷艺术价值就是陶瓷艺术品价值,陶瓷艺术品价值也就等同陶瓷艺术的价值。

(2)真、名、精、全和稀五字评价法

这是在我国古瓷市场和拍卖市场,他们对"陶瓷艺术价值"给出的一套评价方法。这套方法有别于其他的方法,不过,他们不能说成独立体系,他们只是一种约定俗成的观念。这种观念,就是几千年来,我们古人对我国艺术类产品的一种普世评议法,具体是"真、名、精、全、稀"五字真言,或者说五字标准。

真。艺术品的真伪是主要的销售前提。大家都知道,由于代笔、临摹、仿制以及伪造,使艺术品鱼目混珠,令人望而却步,所以买家十分重视真伪之分。一般的陶瓷作品有几分真,就被当作真品来卖,而拍卖行的要求则高得多。

名。名窑或名家与非名窑、非名家的差距很大。中国古往今来,窑口和从艺人员不计其数,但真正能以名家论的,则并不多,因此名窑或名家与非名窑、非名家是一条重要界限,它由此决定了陶瓷艺术品的等级和价值的高低。

精。中国陶瓷艺术品是世界性艺术品的大类。瓷器在历史上往往是成批生产,在当时主要作为实用器物而流传。由于其易碎性,随着时间推移,数量越来越少,精品就更少。至于当今一些名家陶瓷,其一生作品不少,但大多是普通画作或应酬之作,算得上精品的并不多。

全。进入拍卖行的艺术品如瓷器,一是要求产品的完整性,没有残缺,另一方面,也要求套组的完整性。任何的破损,或套组组件缺失,竞拍时都会使卖价大打折扣,甚至无人问津。

稀。物以稀为贵,在艺术品拍卖中更是如此。稀与精也有交叉关系,但稀更强调物品的少和绝。有些东西在当时并不少,只是流传多年,大都湮没,只剩下一件或几件,故为珍贵。

"真、名、精、全、稀",任何一件陶瓷艺术品具备以上五个条件,价值就高,相反,则低。

当然,这仍是抽象的,在具体操作中,他们也只有将现有手中的作品定价参照前期拍卖中同类产品或类似产品已成交的单价来估价。如《元青花鬼谷子下山图罐》为2.5亿元,《明成化鸡缸杯》为2.3亿元,《清乾隆珐琅彩杏林燕春碗》为1.2亿元,等等。这样,一件几千年前新石器时代晚期龙山文化中的代表物《红陶鬶》完整件估值将在五千万到一亿元之间。

当然,如果要获得《红陶鬶》价格的精确数,那么专家只有建议将此鬶放到拍卖行进行竞拍,最后的交易数,就是红陶鬶的最真实价格。

(3)与职称、职务为依据的评价说

除以上两种方法外,目前我国陶瓷界对当代陶瓷艺术品市场也有一套计算系统。这套评估方法,操作上简便易行。其要点就是艺术品艺术价值与陶瓷艺术品创作者的职称画上等号。

在这一规则下,陶瓷艺术作品在没有完成时,相互间的艺术价值就给区分出来。这种定价法,使国家级陶瓷工艺美术大师作品的艺术价值,永远超越任何省级工艺美术大师作品的艺术价值。没有职称的人,其作品没有艺术价值。

当然,这种简单明了的定价法,在我国陶瓷艺术品市场上,也不是独创,它是根据国画类一级画师每尺多少、二级画师每尺多少来制定出自己行业中的相关价格标准。在陶瓷艺术品行业,其标准具体为:国家陶瓷大师 800 元~4000 元/件;省级大师 400 元~1000 元/件;市级大师 80 元~500 元/件;省高级工艺师 40 元~80 元/件;市高级工艺师 10 元~20 元/件;等等。(注:件是陶瓷作品尺寸符号)

院校教授、研究机构副研究员职称以上(人员)的作品价,比照国家大师;讲师的作品价格比照省、市级大师;最低与省高工作品的价值相当。

我们知道,国家陶瓷工艺美术大师固然能创作出好的陶瓷艺术作品,如当代中国工艺美术大师、景德镇陶瓷艺术家刘远长创作的陶瓷雕塑品《佛手》(图5-3)和景德镇陶瓷学院教授周国桢创作的作品。但是,我们也应看到,陶瓷艺术是一门综合艺术,一件陶瓷制作成功,从开山采矿炼泥、拉坯利坯成型、吹釉、进窑烧造、彩绘等有几十道工序,它往往是个群体的活,一个人很难全部完成。

一件上乘陶瓷作品在制作途中,每道工序都要求不出任何差错,没有一丝瑕疵。根据这一行业特征,我国制瓷几千年,历史上对外推出的均是窑口,而不是个人,就是在中国陶瓷"康雍乾"巅峰

图 5-3 陶瓷艺术家刘远长作品《佛手》

期，唐英督造的瓷器称"唐窑"。虽然，我们当代陶瓷艺术品市场推行的艺术价值评定标准，简便易行，容易操控，但是，我们也看到，此标准给社会、给行业带来的负面的东西不少。

图5-4　景德镇玲珑薄胎碗

景德镇玲珑薄胎碗（图5-4），它既不是出自哪位大师之手，也不是什么"师"级之类的产品，因此市场很少给它一个准确定价，就是有，也非常低，不到名家产品的五分之一。可是，从此物的工艺制作、造型设计、综合装饰来看，都不愧是一件精美的陶瓷艺术品。

以上情况，也许有人会感到可惜，甚至希望还他们一个公道。但是，上述案例在目前陶瓷艺术品行业，可以说不胜枚举。出现这种情况，对消费者来说，可能是一种福音，因为，陶瓷艺术市场上有大师职称的毕竟是少数，消费者可以在艺术品低价位空间有更多的选择，但是对投资收藏者来说，则是一种灾难。陶瓷系统的教授或一级教授、特级教授，他们在某一理论领域可能很有建树，可是他们并不一定就是一个很有成就的陶瓷艺术家。

总之，我们通过对当前社会不同行业、不同部门，从各个不同的侧面对陶瓷艺术价值的评价或计算，就会发现，它们之间有一个共同点，就是混淆了陶瓷艺术品价值与陶瓷艺术价值的概念，把陶瓷艺术价值的大小决定于其艺术品价值的大小。在这一思维定式下，陶瓷艺术价值脱离了原有的功效，艺术表现出物质形式，而货币则成了陶瓷艺术的最高表现形式。这一思想，显然违背了市场条件下商品的基本规律要求，这才是造成当下我国陶瓷艺术品市场真正混乱不清的根本原因。

三、对陶瓷艺术价值的定义

我们通常会说，一件陶瓷艺术品的艺术价值，主要通过一件艺术品所代表的作者的艺术个性、风格来体现。它是很重要的精神价值，其客观作用在于调节、改善、丰富和发展人的精神生活，提高人的精神素质（包括认知能力、情感能力和意志水平）。

陶瓷艺术对人类所产生的精神境界通常被简化为三个层次：第一层是摹写，它是用直观感觉和相对独立的思维来反映现实的价值物；第二层艺术境界是联想，它是用联系的观点、整体的观点来反映价值物之间的联系；第三层最高的艺术境界是抽象，它是用理性的、辩证的观点来反映价值事物的内在规律性。

由此可见，陶瓷艺术价值给人带来的作用及生产的功能效益往往是全面的，有生理的、心理的和精神上的功效。

由于陶瓷艺术是人创造，陶瓷艺术品一旦制作完成，就是独立的。不过，这种独立是相对的，它的价值的大小，与当下人的欣赏能力有直接的关系。

人们普遍认为，一件陶瓷艺术品的价值，它反映的民族性、地域性、时代性和个性的东西越典型，其展现出来的艺术价值作用于人们对它的判断也就越高。陶瓷艺术价值所含在物（价值物）、境（价值关系）、理（价值规律）三个层次，其价值大小常取决于以下三大要素：

（1）作品的品质特性。艺术作品的品质特性主要表现在：形象反映的现实性和典型性，艺术效果的感染性，隐含思想的深刻性以及物质材料手段运用的完善性；

（2）作品的欣赏环境。同样的作品在不同的自然环境下将会体现出不同的价值，高雅艺术的欣赏往往需要宁静、祥和和优雅的环境，周围的一草一木、一动一静往往都或多或少地影响高雅艺术的欣赏效果；

（3）欣赏者的品质特性。欣赏者的品质特性包括审美态度、审美能力、心理状态和生理状态。有效的欣赏者首先要具备基本的欣赏素质，具备"有音乐感的耳朵"和"能感受形式美的眼睛"，具有对艺术作品的感受能力、理解能力、鉴别能力等，具有一定的艺术修养、审美情趣和实际生活经验。只有经过良好的艺术熏陶，才能对艺术这种特殊"语言"进行理解，只有经常与作品特别是优秀作品打交道的人，才能寻到艺术境界的幽深与甘甜。

相对于书画美学作品，陶瓷艺术存在的时间更长。在原始社会石器时代，人类在生产之余，常把自己对自然的观察和狩猎后丰收的喜悦刻在岩石上；陶器发明后，陶成了他们的艺术载体。他们通过陶和其他的生产实践活动，把给人带来赏心悦目、心灵愉悦的东西逐渐固定下来。美产生后，美的标准也随之形成。他们稳定、均衡的法则，产生出满足自己审美需求的形式。

随着社会的发展变化，一些作为实用器的东西，原有的实用功能开始退居次要地位，而满足自己需求的审美功能得到了增强。瓷器在审美中的作用，也渐渐被贵重的金属物青铜所替代，造纸术发明后，由于携带方便和对笔墨特有的兼容性、印染效果，使纸又代替了青铜，纸和绢制物，成为艺术作品的主要载体。

陶瓷作为人类原始的审美物，因其坚硬、耐腐性的特性，加上材料广泛，制作便捷，成了大众的日常生活必需品。但即便成为日常用品，人类对它的审美情趣，始终热情不减。

唐三彩骆驼载乐俑（图5-5）是盛唐时期杰出作品，出土于唐右领军卫大将军鲜于庭诲墓。在一匹高大的白色骆驼背上，左右两侧各坐两个乐俑，中央为一着绿袍起舞的男性胡俑。四方乐手神情专注，正在演奏胡乐。中央舞者挥臂舞袖，似正在合乐而舞。人的面、手部均未施釉，以彩绘刻画细部。白骆驼塑造健硕，动态自然，施褐釉于鬃毛部渲染。作品题材新颖，风格独特，形体高大，代表了盛唐社会风俗及高超艺术成就。

陶瓷从陶到瓷，经过不断演变后，注入时代的新内容。陶瓷作为艺术百花园中的一朵奇葩，一直获得了人们的钟爱和追捧。

在宋代，曾用"出窑一幅元人画，落叶寒林返暮鸦""雨过天晴泛红霞，夕阳紫翠忽成岚""峡谷飞瀑菟丝缕，窑变奇景天外天"等来形容钧瓷窑变之妙。民间有"钧与玉比，钧比玉美，似玉非玉胜似玉""黄金有价钧无价"之说，上层社会更有"雅堂无钧瓷，不可自夸富""纵有家财万贯，不如钧瓷一片"之说。

宋后，我国瓷器也因采矿、成型、化工釉料、烧练技术提高和广

图5-5 唐三彩骆驼载乐俑
中国历史博物馆收藏

图 5-6　元青花萧何月下追韩信纹梅瓶
现藏于南京市博物馆

泛运用，突破了单一的表现手法，选材更加丰富，质量出现了极大的飞跃，摆脱了平民大众的看法，由此进入王公贵族之家，登入大雅之堂。

南京市博物馆现藏的《元青花萧何月下追韩信纹梅瓶》(图 5-6)，青花纹饰虽然多样，但上下饰的西番莲、杂宝、变形莲瓣纹、垂珠纹等都很好地为萧何月下追韩信这个主体纹饰服务。此件瓷器，画面被放在梅瓶的腹部，占据着主要的位置。整件器物造型端庄、稳重，胎质洁白致密，青花发色苍翠浓艳，瓶中所绘人物生动，神情尤其精彩：萧何策马狂奔时的焦虑、韩信河边观望的踌躇不定、老艄公持桨而立的期待，都被表现得淋漓尽致；而空白处则衬以苍松、梅竹、山石，显得错落有致。梅瓶青花用料浓淡相宜，富有层次感，加之遒劲的拓抹绘瓷笔法，使画面有丹青之妙，周身散发着美器的光泽，堪称元末明初青花瓷中的绝品佳作。

明、清时，皇家设官窑，更把中国传统陶艺术推向了世界巅峰，成了其他艺术门类不可替代之物。瓷器在中国艺术界的地位由此形成，并与国画、青铜构成三角鼎立之势。

不过，当时顶端的陶瓷艺术，仅限于皇宫深院之中，寻常百姓难以一睹芳容，它成了中国皇权的代表，即使是专业负责督办瓷业生产的督陶府也不能私自使用。皇家高兴时，偶尔将身边的瓷器赏赐给有功或亲近的大臣，而这些臣子也只有放在宗祠进行贡奉，否则落下藐视皇权之名，犯不敬之罪。这时中国陶瓷艺术虽说走上高端，但是，由于它使用的范围存在着极大的局限性，成为中国皇家独享的一种艺术，因此，只有锁在深宫中，很难在全社会流行。

《清五彩花鸟纹尊》(图 5-7)是清代康熙年间盛行的典型器形，俗称"凤尾尊"。这件五彩花鸟纹尊的器形线条优美，器身上下部分饰有通景莲池荷塘，以明快浓艳的红绿彩，描绘出含苞待放或怒放盛开的荷花。再辅以金饰，更加金碧辉煌，是清代康熙年间精妙绝伦的艺术珍品。

图 5-7　清五彩花鸟纹尊
现收藏北京故宫

大清作为中国最后一个封建王朝结束后，为它服务的大清景德镇皇家御器厂随之关门终结，当时为皇家御器厂服务的工匠、艺人随之流落民间。这些人为了生存，开始大量仿制前朝的皇家官窑瓷器，这时普通百姓才得以一睹芳容。清皇宫的开放，让人们有了一个更加近距离的了解。世界上顶尖的中国皇家陶瓷艺术也得以展现在大众面前。

由于中国皇家陶瓷艺术品的尊贵、稀少、艺术品位极高，因此进入收藏市场后，立马引起轰动，市场价格节节上升，引领着中国所有的手工收藏品市场。市场的繁荣，也进一步促进了中国陶瓷艺术品的创作生产，陶瓷艺术从此走进百姓日常生活中。

综上所述，我们可以得出如下结论：陶瓷艺术价值，主要表现出陶瓷艺术品的自然属性，它是物质的，主要通过一件艺术品所代表的作者的艺术个性、风格来体现；陶瓷艺术价值的大小取决于人对生理、心理、精神的感受能力，与普通陶瓷产品通过其硬度、白度、透光度来界定它的使用价值，是有本质区别的。尽管陶瓷艺术品创作者想尽各种办法展现出自己作品的艺术个性，提出不同创作观念和审美理论，影响人们对他们作品价值大小的评价，但是，他们仍代替不了对方对他们的作品观后获得的真实感受。

第三节　陶瓷艺术价值的内涵与外延

在上节书中，我们对陶瓷艺术品的艺术价值提出量化的概念，但是，如何做到量化？要做好这一工作，我们只有对陶瓷艺术品的艺术价值的组成部分进行分析，分清什么是价值的主要表现形式，什么是次要表现形式，即陶瓷艺术品艺术价值的内涵是什么,外延是什么。

一、陶瓷艺术价值的内涵与外延

陶瓷艺术价值的外延是相对内涵的概念设立的。在逻辑学的学术范围内,内涵是指一个概念所概括的思维对象本质特有的属性的总和。外延是指一个概念所概括的思维对象的数量或范围。一个概念的内涵越大越丰富,则其对应的外延就越小。我们日常所说的艺术,它的本质就是通过某种特定的媒介符号如绘画、诗歌、音乐、舞蹈、小说、戏剧等来反映和描述事物及其价值关系的运动与变化过程。艺术价值其客观作用在于调节、改善、丰富和发展人的精神生活,提高人的精神素质(包括认知能力、情感能力和意志水平)。

由此,艺术价值的内涵可以概括为以下三层次,即:物(价值物)、境(价值关系)、理(价值规律)。这里的"物",指用直观感觉和相对独立的思维来反映现实的价值物;"境",即境界,它是用联系的观点、整体的观点来反映价值物之间的联系;"理"则是用理性的、辩证的观点来反映价值事物的内在规律性。

例:《明永乐青花竹石芭蕉纹玉壶春瓶》(图5-8)

(1) 名称:明永乐青花竹石芭蕉纹玉壶春瓶,底足无釉无款识

(2) 类别:青花瓷

(3) 生产时间:明永乐年间

(4) 制作单位:大明皇家景德镇御器厂

(5) 作品原属:大明皇宫

(6) 作品现状:现收藏于北京故宫博物院

(7) 造型:玉壶春瓶,瓶撇口,细颈,硕腹,圈足。

玉壶春瓶又叫玉壶春壶,它的造型是由唐代寺院里的净水瓶演变而来。基本形制为撇口、细颈、圆腹、圈足。玉壶春瓶的造型定型于北宋时期,在当时是一种装酒的实用器具,后来逐渐演变为观赏性的陈设瓷,是中国瓷器造型中的一种典型器形。

图5-8 明永乐青花竹石芭蕉纹玉壶春瓶

《明永乐青花竹石芭蕉纹玉壶春瓶》在制作设计上,与元末明初厚重粗笨的风格相比,有明显的变化,显得细腻圆润、线条非常优美流畅,器形十分规整。"玉壶"在古代或指玉制的壶,或指如玉一般的青瓷壶,大明皇家景德镇御器厂选用玉壶春瓶做器型,并不是为大明皇宫制作酒器,有诗云:"一片冰心在玉壶。"此处是借以玉壶比喻自己的高洁。

(8)规格尺寸:高32.8cm,口径8.2cm,足径10.8cm

(9)胎质:胎质也称"胎骨",《明永乐青花竹石芭蕉纹玉壶春瓶》所处的制作期,由于御器厂注意陶瓷材料的淘炼,纯度高,含杂质少,胎质细腻,胎色洁白

(10)体量:胎体厚薄适度,灵巧凝重,较之洪武朝普遍轻薄一些

(11)釉色:釉面肥厚、细腻、光滑、莹润、平净,绝无橘皮釉纹。口沿和底部为白色,器物里外釉面较均匀

这一时期,由于烧造温度提高,釉料中掺有草木灰,并用木柴烧,所以会产生这种效果。

(12)装饰:通体在莹润闪青的白釉上展现出色泽浓艳的青花纹饰。瓶颈部绘三层纹饰各一周,上部为上仰的蕉叶纹,中间是缠枝花纹,下部为下垂的云头纹,近足处绘上仰变形蕉叶纹一周与之相呼应。足外墙饰一周半朵莲的边饰。腹部为主题纹饰:运用写实的手法描绘出一幅南国的庭院景致,图中两块玲珑的湖石挺拔俊秀,依石而立的翠竹枝头微低,似在随风摇曳,围栏内外一片郁郁葱葱的萱草、兰花竞相开放,呈现出一幅生机勃勃的景象,而四季常青的芭蕉叶又为画面平添了几分南国色彩。山石、翠竹、蕉叶、萱草、兰花构成了一幅寓意吉祥的"五瑞图"

(13)作品的人物关系:"五瑞图"中的山石、翠竹、蕉叶、萱草、兰花,用在中国传统国画中就是借物拟人的写法,用来比喻君子。作者借用玉壶春瓶中"玉壶"高洁之意,清白做人、平平安安、高雅脱俗,胸怀坦荡之意淋漓尽致地表现出来

(14)作品艺术风格:瓶造型线条优美流畅,胎质纯净细腻,纹饰清晰生动,属皇家制作

(15)作品创作前,流行的艺术风格:元末明初时期的青花瓷器,胎体厚重胎质较粗,灰白,器型采用分段制胎,绘画层次繁多,瓷器表面釉面发色不稳定;青花色泽晕散,发色浓重鲜丽,呈青翠浓艳,浓厚处有黑色锈斑,俗称"黑疵",浓处用手抚摸时青花釉面上呈凹凸不平之感,这是使用进口"苏泥勃青"

料所特有的呈色效果；另一种为国产料，青花发色呈蓝中泛灰，蓝中闪灰。

（16）明代永乐时期，明皇家景德镇御窑厂作品在制作过程中带来了多方面的工艺技术突破，具体表现在以下几个方面：

①器型设计上，与元末明初厚重粗笨的风格相比，有明显的变化，显得细腻圆润、线条非常优美流畅，注重修胎，器形保持十分完整和规整；

②材料的改善，注意陶瓷材料的淘炼，纯度高，含杂质少，胎质细腻，胎色洁白；

③体积重量，胎体厚薄适度，较之洪武朝普遍轻薄；

④釉色的变化：器物里外釉面较均匀，由于烧造技术的提高，釉面肥厚、细腻、光滑、莹润、平净，绝无橘皮釉纹；

⑤明永乐青用"苏麻离青"钴料，烧造时有自然的晕散现象。由于苏麻离青含锰量低、含铁量高，降低了呈色中的红、紫色调，在适当的火候下就能烧出浓艳的青蓝色，犹如宝石蓝一般的光泽，色彩雅致凝重，鲜艳夺目，层次分明。不过由于青花含铁量高，往往会在青花烧成部分留下黑疵斑点，纹理中常见的钴铁结合晶斑，浓重处凝聚为黑色锡光，下凹深入胎骨，用手抚摸有凹凸不平感。《明永乐青花竹石芭蕉纹玉壶春瓶》有将进口料和国产料相结合使用的特点，如以淡色国产料绘云水，浓色进口料绘游龙，使色泽对比鲜明，凸显主题。

（17）作品对后世的影响：《明永乐青花竹石芭蕉纹玉壶春瓶》线条优美流畅，胎质纯净细腻，纹饰清晰生动，立意高远。画面一改元青花繁缛的装饰风格，构图疏朗有致，青花色泽浓艳亮丽，深浅不一，富于层次感和立体感。画面中的黑色斑点似水墨画中晕散的效果，为永乐青花的显著特征。这种自然形成的色泽特点极难模仿，为后世仿品所不及。《明永乐青花竹石芭蕉纹玉壶春瓶》无愧为同时代的代表作品。清康熙、雍正、乾隆时期皆有仿制永乐青花竹石芭蕉纹玉壶春瓶，但器物造型不及永乐器柔美秀丽而略显臃肿笨重，画面中的黑斑不是天然烧成，系人为重笔点染而成，与原物相差甚远。

从1~17个选项中，我们可以组成一个指标体系，对该瓷器艺术价值进行评估。在这一体系中，指标选项1、7、8、9、10、11、12、13、14、16反映了价值中的核心内容，指标选项2、3、4、5、6、15、17则是从侧面，或者，外延来进一步印证艺术价值的大小，起到引领的作用和帮助解释的作用。

一个陶瓷艺术价值的评估体系，应含内外两部分内容，这两部分不是分裂的,而是统一其中。陶瓷艺术价值的内涵,概括为:产品造型、规格尺寸、体积重量、胎质、釉面发色、装饰、作品的人物关系、制作风格、制作过程,合计 8 个选项;陶瓷艺术价值的外延,则可以表述为:品名、类别、生产时间、制作单位、作品归属、作品现状、作品创作前,流行的艺术风格、作品创作后的影响,合计 9 个选项。

二、瓷画艺术价值的内涵和外延

陶瓷艺术是一种由材料、造型、色彩、装饰为一体的综合艺术。陶瓷装饰只是一部分。在这一综合艺术体中,装饰是为整体服务的,它是为了凸显型和体,离开了主体,谈陶瓷装饰,谈艺术,就成了无本之木,无源之水。在陶瓷艺术中,可以说瓷是本,装饰是表,表为本服务。不过,民国以来,陶瓷艺术品市场上涌现出来的瓷画艺术则又有所不同, 瓷画艺术重点在画,陶瓷的重要性已从中退出,成了一种材料载体,它与书画的绢、纸,油画的布、板,漆画的漆器,玻璃画的玻璃,没有区别。

图 5-9 乾隆大阅图《列阵》

请看大清宫廷画师郎世宁所绘乾隆大阅图《列阵》(图 5-9)和现今的瓷板画郎世宁所绘乾隆大阅图《列阵》(图 5-10)。

郎世宁原系来华传教的耶稣会教士,但他在清宫廷官封三品,一直忙于为皇帝作画,没有机会传教。他善于采纳中国绘画技巧而又保持西方艺术的基本特点。今日全球各大博物馆都有他的作品陈列。

图 5-10 乾隆大阅图《列阵》

目前，瓷板画的种类繁多，除以上的釉上粉彩外，日常还有釉上新彩、古彩、五彩、素三彩、墨彩描金、古雅彩，釉下青花、釉下五彩、釉上和釉下相结合的青花斗彩和最近流行的釉下色釉画。

由于瓷板色彩丰富、光亮，瓷画家通常会利用其特有的肌理效应，达到出其不意的图画色彩效果。加上它坚硬、耐腐，所绘画面经过600度左右的温度烤制，保持时间非常长，做到永不褪色的奇效。因此，瓷画一问世，便受到人们的青睐。

对于瓷画一说，陶瓷艺术界已日趋认同，但美术界则持谨慎态度，始终没有表态，既不认同，也不反对。

至于瓷画的形成及起源，目前业内普遍流行的说法是，清末的"浅绛彩"，是在民国时期一批瓷业工作者，特别是"珠山八友"这一陶瓷团体的基础上改造而成。

其实，在陶瓷上绘画的历史很长，早在一千多年前的北方磁州窑便有出色的表现。它开创了中国历史上瓷画艺术的先河。元代，瓷器绘画的代表作品有《元青花鬼谷子下山图罐》《元青花萧何月下追韩信纹梅瓶》；明代，最著名的代表物有《明成化鸡缸杯》。到了清代，产品更加丰富，代表作有：《清雍正粉彩蝠桃"福寿"纹橄榄瓶》、清雍正唐英绘《粉彩花鸟瓷屏风》《清雍正粉彩桃花纹直颈瓶》《清乾隆珐琅彩御制题诗花石锦鸡图双耳瓶》等。但是，它们相对来说，数量仍然非常小，成不了一种行业。到了民国时期，陶瓷彩绘行业在中国文人的参与下，渐渐从陶瓷彩绘工序中独立出来，以绘画为主体，而不是依附瓷器，有自己独立的思想和语言，瓷画这一行才真正形成。这一行，近代最著名的代表团体，就是"珠山八友"。当前，我们市场上流行的瓷画艺术风格，大都没有脱离他们的影响。

现在，瓷画这一行，也面临新的困境，就是画面临摹多、抄袭之风严重，重技不重画，创新不够等。整个行业缺乏旗手和灵魂人物，思想极其混乱。那么，如何来确定一件瓷画艺术的价值？

瓷画艺术和纸画、油画艺术一样，只是载体的材质呈现的区别，它们的艺术价值的性质、艺术价值的内涵和外延大体相同。这里，我们就不再做具体的叙述。

第四节　相关数学计算公式的提出与具体运用

一、对陶瓷艺术价值数学计算公式的提出

陶瓷艺术价值,在创作者手中,通常借用陶瓷这一载体,通过陶瓷内在的材质、结构、体积、釉色和装饰物等一系列符号来表示自己想要诉求的内容。在消费者眼中,他们也是通过这一符号,来摹写创造者所要表达的思想,进而产生联想和共鸣。

对陶瓷艺术价值大小判断,日常生活中,陶瓷艺术家倾向瓷评家,他们认为,具有一定学识和修养的瓷评家更能读懂自己,更能准确地评判自己作品价值的大小。而对于消费者来说,他们倾向于自己的感觉和对市场的判断。当然,他们也会参考瓷评家的意见,但不是主要的,主要的成分还在于自己。

其实,对陶瓷艺术价值大小的判断,在国际市场上,他们遵循的是艺术规律,话语权的大小向来不是集中在某一个体或团体手中。在集体操作时,协会对瓷评家提出的意见固然重视,但是,他们也非常重视社会方方面面的评议,这其中自然包括消费者,也包括围观者。特别是一些即将进入市场的大型艺术拍卖品,更是如此。相关政府机构规定这些艺术品必须在设定的艺术品展览中心预展一定时间,而且在拍卖前,必须公布预展期间所收集到的相关评议。

目前,我国艺术品特别是陶瓷艺术品市场在这一点上,则相对欠缺或不规范。这与我国陶瓷艺术品市场仍处在初始阶段也有一定关系。

如何测算一件陶瓷艺术品的艺术价值量,书中,我们结合中外艺术品市场的特点,根据国家相关理论,提出一套相应的数学计算公式,即

$P = \sum X/N, (0<P<100\%)$

P 表示满意度,用百分比表示,X 表示总分数,N 表示总人数。

为了有效演绎这一数学公式,我们仍将《明永乐青花竹石芭蕉纹玉壶春瓶》为例,进行具体说明。

二、陶瓷艺术价值数学计算公式在实际工作中的具体运用

例:《明永乐青花竹石芭蕉纹玉壶春瓶》

此作品在评估体系中,内在艺术价值的内涵包括产品造型、规格尺寸、体积重量、胎质、釉面厚薄、发色通透、色泽莹润、装饰、作品的人物关系、制作风格、艺术突破性等11个方面。我们把它定为100分,其中,造型方面设定为40分,釉色质感设定为20分,装饰方面定为40分。

造型方面为一组,含规格造型、体积重量、胎质三个方面,分数设定5:2:3制,即规格造型20分,体积重量8分,胎质12分;

釉面厚薄、发色通透、色泽莹润度,合计10分,统归入烧造发色一组;

装饰中选题风格10分,画面主题的人物关系10分,装饰艺术的突破性20分,合计40分,为装饰一组。

我们把每组参与评议给分的人员总分相加后,取其平均值,则可以得到它的单项满意度和最终满意结果。

用公式表示,则可以表示为:

$P = P_{造型} + P_{烧造发色} + P_{装饰}$;

$P_{造型} = (X_1+X_2+X_3+X_4+X_5+X_6+X_7+X_8+X_9+\cdots\cdots X_n)/N$;

即 $P = \sum X/N$。

日常,陶瓷艺术行业为了做到数值的公正、准确和透明,他们不可能把参评人数做到无限扩大,但是又要保证数值的相对准确性,因此,行业组织会把参评人员划分为三个组,并采取随机抽样的办法,来采集自己所需的数字信息。即专业组,也就是我们常说的陶瓷艺术品专业评论组(其人员可随机抽样,设定12人),陶瓷收藏和爱好者为一组(人员随机抽样,设定为100人),群众组(人员仍采用随机抽样法,设定为100人)。

根据艺术品市场的运行经验,行业协会会把以上三个小组的评价分数,在综合评议中设定一个相对应的位置,即专家组,占总价值的40%;陶瓷收藏和爱好者一组占总值的40%;群众组占总价值的20%。最后,行业组织取他们三个组的加权数,则是我们测试的某陶瓷艺术作品所得的艺术价值数。

用公式可表示:

$P = 40\%P_{专家组} + 40\%P_{爱好,收藏组} + 20\%P_{群众组}$;

一件艺术品的艺术价值,常在0到100之间,即 $0 < W < 100$,它只能小于

100或接近100,大于0或接近0,不可能等于0,也不可能等于100。其中,分数靠近100,艺术价值越高,越接近0,艺术价值越低。在我国,通常把0~30划为较差,30~60为差,60为及格,60~70为中等,80~90为良,90以上为优等。如果我们把它套用到陶瓷艺术品内在艺术价值的数值上,就可以做出如下的结论:

艺术价值的数值为30分以下,为艺术品中质次的产品;

艺术价值的数值为30~60分,为不合格的陶瓷艺术品;

艺术价值的数值为60分,为一件合格的陶瓷艺术品;

艺术价值的数值为70分左右,为一件中档陶瓷艺术品;

艺术价值的数值为80分左右,为一件好的陶瓷艺术作品;

艺术价值的数值为90分以上,为一件优质的陶瓷作品,接近100分的作品,为稀品,或陶瓷行业的代表性、标杆性陶瓷艺术产品。

《明永乐青花竹石芭蕉纹玉壶春瓶》作为中国明代官窑器的代表作,假设通过以上方式分组测算,最后加权,得出其艺术价值度接近100分。那么,它理所当然成为中国陶瓷艺术品行业中的一个代表性、标杆性作品。

第六章 建立陶瓷艺术品市场新型的阶梯性定价模式

在上一章中,我们对陶瓷艺术、陶瓷艺术品、陶瓷艺术价值、陶瓷艺术品价值之间的关系做了一个系统的阐述;对陶瓷艺术价值的内涵与外延,评估体系及评估标准进行了梳理、总结,理清了理论与实践工作中的混乱,使社会对陶瓷艺术价值、衡量标准、评估方法有一个正确的认识。本章将在上一章的基础上,对陶瓷艺术品的定价理论基础、定价原则、如何定价做出进一步的论述。

第一节 陶瓷艺术品是劳动产品

一、陶瓷艺术品劳动价值论

通过前几章节的论述,我们知道,艺术不是神的产品,也不是宗教产品,艺术是人类根据美学标准,创造出来的美的事物,这种产品自然要归功于人类劳动产品的范畴。日常生活中,人们把陶瓷艺术品与普通陶瓷产品甚至陶瓷工艺装饰、陈设品区分开来,就是因为它脱离了原有的实用功能,成了用于表达思想和情感寄托的精神产品,突出它特有的实用功能。不过,它一旦进入市场,陶瓷艺术品也就和一般普通陶瓷商品一样,终归于"用来交换的劳动产品"这一性质,它的艺术价值就是它的使用价值,通过陶瓷艺术品个性、风格来满足人的各种有效属性。它的产品价值是由凝结在艺术品内的无差别的人类劳动决定的。

陶瓷艺术品只有通过市场交换才能实现其社会价值,不经过交换的作品,仍然是产品。在这一交换过程中,艺术品的价值大小不受其使用价值,即艺术价值制约,而是由生产这一产品的社会必要劳动时间决定。陶瓷艺术品的价格是其艺术品价值在市场上的货币表现形式,在市场供需的作用下,采用上下波动的形式。

1. 陶瓷艺术品与陶瓷艺术

陶瓷艺术品,是指陶瓷艺术从业员创造的劳动产品,是指物;陶瓷艺术是指脱离实用功效的精神产品,是意识的,是对陶瓷艺术品的一种功能性反映。陶瓷艺术必须建立在陶瓷艺术品基础上,艺术品消失,其艺术性也随之消失。它们之间是作用和反作用的关系。

2. 陶瓷艺术品价值与陶瓷艺术价值是陶瓷艺术品作为普通商品内在价值的两个方面

陶瓷艺术品价值是体现在作品中的无差别的人类劳动。它价值的实现,必须通过市场交换取得。艺术品价值的大小,取决于交换时取得货币价格的大小。

陶瓷艺术价值,体现的是人与自然的关系,它价值的大小,取决于消费者消费时带来的精神满意度。满意度越高,价值就越高;满意度低,价值也低;满意度为零,价值也为零。

陶瓷艺术价值与陶瓷艺术品价值,是陶瓷艺术商品的两个方面,它们共同组成陶瓷艺术品这一特殊商品。

陶瓷艺术品价值与陶瓷艺术价值成正比关系。陶瓷艺术价值中特性越强,给消费者带来的满意度越高,认同的人数越多,在市场经济规律的作用下,陶瓷艺术品价值实现的机会也就越多,价格越高;反之,则机会少,价格低,甚至出现变现困难和滞销的情况。

3. 陶瓷艺术品价格计算公式

陶瓷艺术品作为劳动产品,在陶瓷艺术品市场上,其价格计算公式:

$P = c \times (1+r)$;

P——商品的单价,c——商品的单位总成本,r——商品的加成率。

成本是可以计算的,利润或加成率也是可以预测的。

例:瓷雕作品《雄风》(图6-1)

①创作者生产时成本假定为:

材料费:泥料费400元,釉料费100元,生产工具购置费40元,烧制费50元,合计590元。

人工费:3500元(注:创作者在创作中,从构思成型、彩绘、烧制等过程中所用的时间,合计15天;作者现在的荣誉职称是中国陶瓷艺术大师,职称是省高级工艺美术师,比照现行的工资收入标准,参考我国副研究员或副教授的月平均7000元工资计算,聂乐春创作雕塑《雄风》的劳动价值是3500元)。

管理费:1000元。

以上总计(总成本)为5090元。

②如果,商品的加成率(利润率)分别为:

20%(0.2)、100%(1.0)、1000%(10.0)、10 000%(100.0)、100 000%(1000.0)、1 000 000%(10 000.0)。

那么,瓷雕作品《雄风》在商品市场上,创作者在以上加成率下对应的产品价格(元),则为:

6108、10 180、55 990、514 090、5 095 090、50 905 090。

③从以上的计算结果我们可以看出,陶瓷艺术大师聂乐春瓷雕作品《雄风》单价在市场上,按20%利润加成计算,产品价格是6108元;按100%利润加成计算是10 180元;按1000%利润加成计算是55 990元;按10 000%的利润加成计算是514 090元;按100 000%利润加成计算是5 095 090元;按1 000 000%利润加成计算是50 905 090元。

目前,陶瓷艺术大师瓷雕作品《雄风》市价是120万元。按上述公

图6-1 雄风
陶瓷艺术家聂乐春瓷雕作品

式计算，该产品要卖出上述价格，创作者的加成率（利润率）要在 20 000% 以上。

不过，在当前竞争日益激烈的陶瓷商品市场，20%的利润，已是高利；100%是暴利中的暴利；1000%的利润率，在传统的商品市场上几乎不存在；10 000%的利润，更是传奇。然而，当人们都惊呼这一传奇时，传奇真的产生，而且就产生在瓷雕作品《雄风》上。

马克思曾在他的《资本论》中说过，当资本的利润超过 25%时，资本家贪婪成性的本质就暴露出来了，他们不惜杀人、越货，甚至发动战争。当资本市场上平均利润率形成时，同等资本在资本市场上获得的利润是大致相同的。在商品市场上，特别是成熟的商品市场上，20 000%的利润，在马克思看来，这是不可能发生的事。

基于这一数据，一些学界或理论界的人士认为，我国的定价体系对陶瓷艺术品市场的陶瓷艺术品定价失去作用。有的人进而提出，马克思经济学的劳动价值理论已经不适应我国陶瓷艺术品，甚至整个国家的艺术品市场。为什么会提出这一问题？究其原因很多，但问题的实质是想证明这一领域利润来源的合理、合法性。

二、几种陶瓷艺术品定价方法带来的负面作用

在否定我国传统定价模式的前提下，为了证明陶瓷艺术品市场其超额利润来源的合法性，国内发明了若干定价法，集中体现在以下几种表现形式。这几种定价方式，看似合理，但，在理论上难以自圆其说，而且执行过后，负面效果不断，甚至给本行业的发展带来巨大的阻力，甚至是破坏力。

1. 文物定价法及带来的社会负面作用

针对当前陶瓷艺术品市场经济界回答不了的问题，陶瓷学术界、理论界大胆地提出了他们自己的陶瓷艺术品价格理论。他们认为，一件陶瓷艺术品的价值要从它的文物价值、艺术价值、内在的经济价值这三个方面来考量。

（1）作品中的文物价值是指凝结在历史遗迹、遗物（包括精神和物质的遗物）中的一般人类劳动，是人类智慧的结晶和历史进步的标志，具有明显的双重特性，即具有形价值和无形价值。任何历史遗迹、遗物，都是由产生它的年代所具有的科学水平创制出来的，本身反映了当时的科学技术水平，从某个侧面

也反映了当时的社会政治、经济、军事、文化状况,整合了历史、艺术、科技的价值。

由于文物价值内涵丰富,人们对它认识复杂,使得文物价值评定的难度大。目前,衡量和评价文物价值的尺度,我国只能是它所证明的生产力发展的水平和说明社会问题的程度。

(2)作品中的艺术价值,就其主要方面而言,有审美、欣赏、愉悦(消遣)、借鉴以及美术史料等价值。审美价值主要是从美学的深层次给人以艺术启迪和美的享受。欣赏价值主要是从观赏角度给人以精神作用,陶冶人的情操。愉悦价值主要是给人以娱乐、消遣。借鉴作用主要是从中吸取精华,在表现形式、手法技巧等方面学习借鉴以创新。

(3)内在的经济价值是指作者制作时凝聚在作品中的社会必要劳动。用公式表示:$W=C+V$ 其中:W 表示陶瓷艺术品的内在的经济价值,C 表示不变资本,即生产资料的费用,V 表示可变资本,即劳动力成本。

根据这一理论,陶瓷艺术品的单价可以做如下表示:P = 文物价值 + 艺术价值 + 内的经济价值。

我们仍以上述瓷雕作品《雄风》为例,计算该作品的价格。

P =《雄风》的文物价值 +《雄风》的艺术价值 +《雄风》的内在经济价值

由于瓷雕作品《雄风》系当代中国陶瓷艺术大师聂乐春创作,时间不长,不列入文物,因此没有文物价值,由此,

P =《雄风》的艺术价值 +《雄风》的内在经济价值

=《雄风》的艺术价值 + W

=《雄风》的艺术价值 + C + V

=《雄风》的艺术价值 + 590 元 + 3500 元

=《雄风》的艺术价值 + 4090 元

已知,目前陶瓷艺术大师瓷雕作品《雄风》市价是 120 万元。

《雄风》的艺术价值 + 4090 元 = 1 200 000 元。

最后,得出:

《雄风》的艺术价值 = 1 195 910 元。

在上一章我们在书中写道,瓷雕作品《雄风》的艺术价值,在消费市场上是由消费者观后的满意度来衡量的,它是一个心理学概念,不是货币概念。喜欢

的产品,在消费者心中是不能用货币(钱)来衡量的;用钱买的东西,有时虽然花费不少,上千、上万,甚至百万、千万,但消费者心中出于各种原因,购买到手后,东西不一定是他最喜欢或满意的。

所以,以上陶瓷界学者提出的陶瓷艺术品价值理论,在实践中是难以操作的。他们只是对这一产品在商品市场上作品《雄风》使用价值和价值的全面论述,或者说介绍,并不是专指陶瓷艺术品的市场价值。如果我们把他们这一论述作为陶瓷艺术品市场的定价基础,这一违背经济学基本常识的问题,除了闹出笑话,显示对经济学的认识无知外,更重要的是造成社会对陶瓷艺术与陶瓷艺术品、陶瓷艺术价值与陶瓷艺术品价值之间的混乱。

由于陶瓷理论界、学术界对陶瓷艺术价值、陶瓷艺术品价值认识不清,陶瓷艺术品市场定价缺乏一个统一的、合理的、科学的经济学理论支撑,目前,我国陶瓷艺术品定价相对混乱,各部门、各行业出于自己的利益考量,制定出不同的定价准则。他们虽然解决了眼前最为迫切的定价规则问题,但是,也给陶瓷艺术品市场带来了难以消弭的后遗症,阻碍了本行业的进一步发展。

2. 以文物价值定价方式定价及带来的社会负面作用

在我国陶瓷艺术品市场,以艺术品艺术价值定价主要体现在当代陶瓷艺术品市场上,对于古代陶瓷艺术产品,一些古文物专家或部分陶瓷收藏爱好者乐于以文物价值定价方式,以文物价值代替陶瓷艺术品价值。

陶瓷艺术品中的文物价值是社会和群体对作品的认识度,它有一级、二级、三级之分,也可以划定为国家级、省级、地方级文物。如:世界文化遗产,作品认同的就是全球几十亿人;国家级,作品认同的则是全中国十三亿人;省级,省内的几千万同胞;市级,多的人群也有一千万人员。人们从中可以看出,作品所定的级别越高,它的文物价值也就越高,相比之下,它的产品价值也就越高。

例如,《清乾隆各色釉彩大瓶》(图6-2),高86.4cm,口径27.4cm,足径33cm。此瓶集历

图6-2 清乾隆朝各色釉彩大瓶
北京故宫博物院藏

代多种工艺和技术于一器,造型雄浑,纹饰繁缛,色彩绚美,巧夺天工。它的烧制标志着中国古代制瓷工艺达到前所未有的顶峰,因而有"中华瓷王"的美称。

《清乾隆各色釉彩大瓶》是乾隆为庆祝自己在位60周年而作,它是中国瓷器历史上集大成之作,堪称中国陶瓷发展史上的"活化石",是我国国宝级文物。

瓷雕《抓背瘦骨仙》是清代广东石湾陶瓷艺人创造出来的一件陶瓷雕塑精品,现在广东省石湾陶瓷博物馆把它作为一种馆藏。

清代《抓背瘦骨仙》(图6-3),高15cm,作品刻画的瘦骨仙生动传神,略为夸张的比例,全神贯注的表情,微微张开的嘴巴,把那种抓背解痒的舒适快感表现得惟妙惟肖。

图6-3　清代　抓背瘦骨仙
广东省石湾陶瓷博物馆藏

从两者在社会中形成的影响,我们可以看出,一个是影响全国,一个是地方,他们价值的大小,不言而喻。

现具体以清代《抓背瘦骨仙》为例,来测算它的价值。

假设①市场消费者对《抓背瘦骨仙》的喜爱度在50%以下,他们没有对此作品占有的欲望,也就是说,没有购买的冲动,形成不了购买力;在50%之间的人群,则消费者可买可不买。

②市场消费者喜爱度在50%以上,他们对此作品才会生产独自占有的欲望,也就是说有购买的冲动。

市场消费喜爱度越高,到达80%以上,这批人群随时都有可能在作者或经营者手中完成这件作品的成交工作。

③我们再假设陶瓷艺术作品《抓背瘦骨仙》在艺术品市场喜爱度到达80%,但是,能有兴趣对陶瓷艺术品进行消费的人群,占总人口量的一成左右,即10∶1的比例。

此外,有经济购买能力,而且愿意投资艺术品的人又在二成左右,即10∶2的比例。

在艺术品投资消费中,对陶瓷艺术品具有强烈购买欲望的人也只有二成,即10∶2的比例。

根据以上条件,我们设定以100人为基数,最后就可以计算出市场对陶瓷艺术品真正有购买的人员为:

100×10%×20%×20%=0.4;

如果此件作品所设定的人群不是100人,而是1000人,那么购买人员就是4人。

10 000人,购买人员就是40人;

100 000人,购买人员就是400人;

1 000 000人,购买人员就是4000人;

10 000 000人,购买人员就是40 000人;

作为广东石湾陶瓷博物馆,它的覆盖人群在10 000 000人,因文物馆藏作品不能交易,只可以观看,我们又假定每一人愿掏出10元买票观看,则清《抓背瘦骨仙》的价格测算为:

10×40 000=400 000(万元)

假定一人愿掏出100元买票观看,则清代《抓背瘦骨仙》的价格测算为:

100×40 000=4 000 000(万元)

相比之下,《清乾隆各色釉彩大瓶》,因是国家重点特级文物,覆盖人群为全国十三亿人,如果一人也愿掏出10元买票观看,则它的价格测算为:

10×10×13×40 000=52 000 000元

假定人们也愿掏出100元买票观看,则它的价格测算为:

100×10×13×40 000=520 000 000元

3. 以行政职务、职称相挂钩的定价方式及带来的社会负面作用

以职称工资方式对陶瓷艺术品进行产品定价,这种定价方式起源于我国书画艺术品市场,而书画艺术品市场则参照我国艺术研究机构初级研究员、中

级研究员、高级研究员(一级、二级)的工资发放标准方式,给他各自创作的作品进行论价。

不是艺术品研究机构的书画创作人员怎么办?

我国相关行业管理机构则根据艺术研究机构职称设置形式,设定一系列指标,把社会书画创作人员按特级画师、一级画师、二级画师、三级画师进行评议并颁发相关从业资格证书,并规定他们作品的相应价格。

陶瓷艺术品行业,由于成立时间较晚,没有自己的职称和职称作品价格标准,因此视其同为美术范畴,采取拿来主义的办法,把书画的评职和职称作品价格标准经过改装后,相应地建立一套自己的评职和职称作品价格标准。后来,国家相关职能机构也评高级陶瓷工艺美术师,陶瓷产区也参照国家、省评职机构评职,这样,我国陶瓷职称体系就有以下系列名称,即国家大师、省级大师、市级大师、高级工艺师、省中级工艺师、省初级工艺师、市高级工艺师,其价格为:

国家大师 800 元 ~ 4000 元 / 件;

省级大师 400 元 ~ 1000 元 / 件;

市级大师 80 元 ~ 500 元 / 件;

高级工艺师 40 元 ~ 80 元 / 件;

省中级工艺师 20 元 ~ 40 元 / 件;

省初级工艺师 10 元 ~ 20 元 / 件;

市高级工艺师 10 元 ~ 20 元 / 件。

由于在陶瓷艺术品市场,评职和相关职称价格标准能给陶瓷从业人员带来巨大的经济效益,因此陶瓷系统相关学院、研究机构的人员也争相加入,这就有"我国陶瓷艺术品市场上陶瓷学院、研究机构,副教授(副研究员)职称以上人员的作品价格,比照国家大师;讲师的作品价格比照省、市级大师;最低与省高工作品价格相等"的说法。

以职称工资方式在陶瓷艺术品市场,对从业人员的作品进行定价,简单易行,操作性非常强,但是这种定价方式也饱受社会的诟病。一是扼杀了陶瓷艺术品市场的创造力;二是陶瓷艺术被异化,沦为权力在陶瓷艺术品市场寻租的工具,甚至是奴仆;三是造成陶瓷艺术品市场浮躁之风,出现陶瓷艺术行业重形式,轻作品艺术内容,造成职称高位,作品艺术质量低位的反常现象,极大地损害了消费者的利益,严重阻碍行业的健康发展。

4. 以陶瓷艺术品市场拍卖价为风向标,在陶瓷艺术品定价中推出综合比较定价及带来的社会负面作用

由于上述三种定价方式均存在不同的缺点,在我国陶瓷艺术品市场上则出现第四种定价方式。这种定价方式具体为:以定期或不定期国际和国内大型拍卖市场拍卖出的作品价格,作为一定时期陶瓷艺术品价格走向的标杆,其他陶瓷艺术品则参照这一时期行业内拍出的产品价格,进行综合比较定价。

以陶瓷艺术品市场拍卖价作为风向标,在陶瓷艺术品定价中推出综合比较定价,这种市场定价方式,主要在古瓷行。由于此市场相对公正,当前一些当代和现代陶瓷艺术品也竞相加入。

在古瓷拍卖中,拍卖产品遵循"古、真、精、稀"的原则,而且市场拍卖品消费相对公开透明,拍卖市场相对规范、公平,因此在古瓷拍卖中相对得到广大陶瓷爱好者和收藏家的认同。但是,自当代和现代陶瓷艺术品加入后,由于缺乏必要的市场准入政策,作品相关信息出现不透明,在拍卖过程中已有个别出现托盘现象,因此,也出现一些非议。当代和现代一些陶瓷艺术品,竞相比较定价、就高不就低的定价方式,推高了当代和现代陶瓷艺术品价格,造成当代和现代陶瓷艺术品市场价格的泡沫化。这便是这一定价方式的弊端。

第二节 西方艺术品市场值得我们思考

目前,我国陶瓷艺术品市场"陶瓷艺术品劳动价值论"遭到否定,行业内各部门提出的定价方法解决不了日常交易中出现的各种难题。那么,如何面对我国陶瓷艺术品市场在定价中遇到的这个问题,并解决这一问题?本书作者认为,看看西方,西方艺术品市场运作了两百年,而且一直很平稳、规范,它们能否给我们中国新兴的陶瓷艺术品市场在今后的发展中带来一些思考,甚至是启迪?但是,我们研究发现,西方艺术品市场同样没有解决我国当前面临的问题。

1. 近一二十年,我国艺术品市场的形成与发展,离不开对西方艺术品市场观念的引进

西方在这一市场,已经营了近两百年。这一市场非常成熟。

西方艺术品市场,又是如何给艺术品,包括陶瓷艺术品的价格定价的?他们定价的依据又是什么?

其实,当某件具体艺术品需要定价时,如何客观、准确地定出一个合理的产品价格,他们同样面临着我国当前遇到的问题。

不过,与西方资本主义国家相比,我国艺术品市场仍处于初级阶段。而成熟的西方市场,法律、法规相对完善,市场运作相对规范,他们的收藏投资理念更为理性,尤其金融杠杆在其中的作用巨大。他们艺术品市场最大的特点是:(1)艺术品鉴定系统十分严格。(2)艺术品交易中,大量的艺术品是通过拍卖的形式进行出售。(3)产品的最终价格以拍卖后交结的最终价为准。

在西方,他们对艺术品的定价以拍卖形式定价,而且得到普遍的认同,这与西方传统的"功效论"有关。在这一理论下,艺术品作为社会的一种稀缺资源,生产和经营处于完全垄断中,艺术品生产和经营寡头,他们常常与普通产品营销的方式不同,也有别于奢侈品市场销售。他们之间相互依存和相互作用,都不想改变自己的策略,对同一艺术品无限期地重复博弈或不知期限地重复博弈,以寻找自己在艺术品市场利润的极大化。

2. 西方艺术品市场根据其产品品质不同,在定价上展现的是一种灵活的梯度性定价模式

在西方经济学中,西方经济学者虽然没有对一件陶瓷艺术品在市场的定价上进行过专题论述,但是,他们却对处于完全竞争市场、不完全竞争的产品市场价格进行了详细的论述。这一论述,对于我们对陶瓷艺术品的定价具有十分明确的指导作用。

(1)在这个市场,陶瓷艺术家所面对的需求曲线就是整个行业所面对的市场需求。陶瓷艺术品作为一种社会稀缺资源,市场始终处于垄断、寡头、垄断竞争市场类型中。但是,陶瓷艺术品市场的垄断与普通产品在生产和经营上的垄断又有所不同。陶瓷艺术家对他自己创作的产品进行垄断,它包括创作的量以及艺术特质、风格等,其在市场上没有复制性。从这点上来说,由于行业中的唯一性,因而某个艺术家所面对的需求曲线就是整个行业所面对的市场需求。

假定陶瓷艺术家所面对的反需求函数 p=p(y)。

反需求函数(图6-4)具有负斜率,即需求曲线向右下方倾斜。(图6-4)表明陶瓷艺术家创作的产量影响到市场价格。当然,陶瓷艺术家也不可能任意选择价格和产品,他必须面对消费者的需求曲线。合理的假设是,陶瓷艺术创造者或经营商对于既定的产量下,索要作品所能索取的最高价,只能在相关的市场需求曲线上索取。

我们假定陶瓷艺术品经营商的产量为 y,则他的总收益为:

TR=p(y)y。

由于陶瓷艺术品创作也面临技术条件的限制,假定由此决定他的成本函数为 c(y),于是,陶瓷艺术品经营商的利润函数为:

p(y)y=c(y)。

陶瓷艺术品经营商的利润函数边际收益为:

MR=p(y)+p'(y)y。

当边际收益等于边际成本时,决定陶瓷艺术家创作或经营商最优产量,并由需求曲线决定相应的价格(图6-5)。

当然,当边际收益导数小于边际成本的导数时,陶瓷艺术创作者或经营商会采取加成定价,即产品的价格等于边际成本加成:

P=c'(y){1+[1/(e-1)]};

其中 e 为需求弹性系数。当 e < 1 时,价格小于边际成本,陶瓷艺术创作者或经营商不会干。只有当 e > 1 时,陶瓷艺术品的价格才会高于边际成

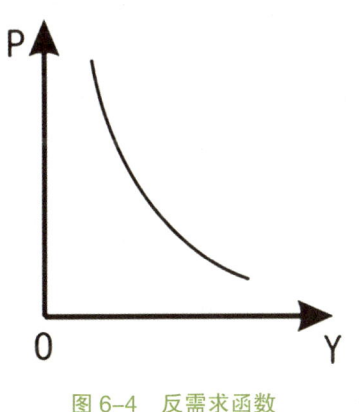

图6-4 反需求函数

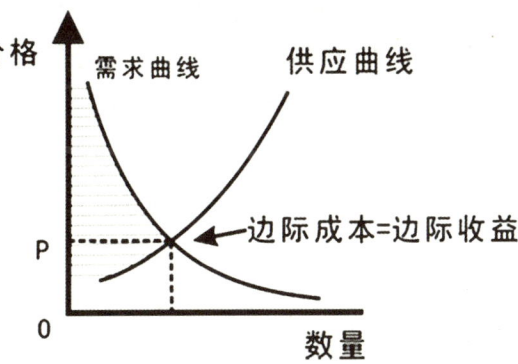

图6-5 函数

本,从而一定高于竞争市场的价格。

e 大于1,这说明陶瓷艺术创作者和经营商在销售陶瓷艺术产品时,只有在弹性系数高的地方才能进行经营。

由于资源稀缺,在这一行业,推行的是价格歧视政策。陶瓷艺术品是个稀缺资源,特别的少数的顶尖艺术品,数量极其稀少,生产和经营商处于少数或单个寡头垄断或完全垄断状态,他们不可能采取降价来促进需求,增加总收入。在这个特殊消费品市场上,生产和经营寡头为追求自己利润的最大化,对自己控制生产下的艺术品,出于消费者群体之间信息不畅通,不同目标消费群体具有不同的偏好,对同种产品的需求度不同,不同消费群可以分开的原因,推行价格歧视,对不同的市场或对不同的消费群收取不同的价格,对不同的消费数量规定不同的价格,有时采用一级价格歧视,对每一单位艺术品都按消费者所愿意支付的最高价格出售。

厂商采用价格歧视的条件是在两个(或多个)分割的市场上,面对具有不同弹性的需求。

即 $P_1=c'(y)\{1+[1/(e_1-1)]\}$;

$P_2=c'(y)\{1+[1/(e_2-1)]\}$;

把两个市场上的价格相比,得到:

$P_1/P_2=[1+1/(e_1-1)]/[1+1/(e_2-1)]$;

当 $e_1>e_2$,则 $P_1<P_2$,这就是说,第一个市场的价格低于第二个市场,意味着陶瓷艺术创作人员或经营商在低弹性的市场上索要更高的价格。当 $e_1=e_2$ 时,厂商索要相同的价格。

这就是艺术品市场上同一艺术品出现异地不同价,甚至同城不同价、单价数额而且相差过大的原因。

(2)为了行业价格的稳定,生产经营者常采用非价格手段。当然,在陶瓷艺术品市场,艺术品生产和经营寡头对陶瓷艺术品常常与普通产品营销方式不同,也有别于奢侈品市场销售,他们之间是相互依存和相互作用的关系。通过削减价格策略来夺取市场会遭到报复,给自己造成很大的危害,因而陶瓷艺术品市场价格相对稳定。这就决定他们间的竞争除价格外,更常用的手段是非价格竞争,如提高艺术创作的含量和宣传推广两方面内容,而且他们在非价格竞争中也具有相互依存性。

陶瓷艺术品与普通商品不一样,各艺术品存在巨大的差异性,消费者的需求有明显差异,具有不可替代性。他们认为自己非竞争性促销手段不会受到对方的制约,因而他们的陶瓷艺术品需求曲线只与其促销费用有关。

这样,陶瓷艺术创作人员或经营商的需求函数为:

$P_1=P_1(y_1,z_1)$

成本函数:

$c=c(y_1)+z_1$

广告支出与成本之间呈线性关系。第一,对于既定的广告支出,陶瓷艺术创作人员或经营商把产量选择在边际收益等于边际成本之间;第二,由于增加广告支出创造的需求带来的利润增量,刚好弥补所增加的广告支出,广告费用达到了最优。

陶瓷艺术创作人员或经营商投入广告支出和相应的产量,一般从上述两条中可以确定。

(3)顶尖陶瓷艺术品市场为追求超额利润,产品价格具有重复博弈性。由于陶瓷艺术品市场量少,特别是对顶尖陶瓷艺术品销售,陶瓷艺术创作人员或经营商都不想改变自己的策略,对同一艺术品无限期地重复博弈或不知期限地重复博弈,以寻找自己在艺术品市场利润的极大化。

若第 N 个参与者只参加一次策略选择,一旦自己策略形成并选定,这个博弈结局就到此结束,我们称它为静态博弈。而走一步再看下一步的博弈,我们称它为动态博弈。动态博弈中的一种特殊情况是重复博弈。

在博弈中,所有参与者的占优策略所组成的均衡,称优势策略均衡。而在其他参与者都不改变自己策略的条件下,每个参与者所选择的最优策略均衡所构成的策略组合,则是纳什均衡。

案例分析

例:陶瓷雕塑作品《雄风》(图 6-1)

如陶瓷艺术品《雄风》在他们手中,利润假定从 1、2、3……9999、10000……100000 倍,价格也不断提高。

这种情况的出现,收藏者已超出对艺术品收藏消费的范畴,他们的消费行为已演变为一种投资,是参与市场的博弈。

当然,收藏家在自己的经济行为中,他们在事前,不是对自己的每一项投资都能准确知道其中的结果,或者说,他们对艺术品的投资结果可能出现不确定性。如果收藏家知道各种可能的结果发生的概率,他们在自己的艺术品投资中,就会去规避风险。

以陶瓷艺术品《雄风》为例,收藏投资者参与对艺术作品《雄风》的博弈,假定他将以10%的概率得到10 000元,以90%的概率得到1000元,如果他不参与博弈,他拥有1000元,那么,他会参与这场艺术品投资的博弈吗?

我们可以计算出,他博弈的预期收入:10%×10 000+90%×(−1000)=100

由投资风险规避者的效用函数可得:U(1000)>U[10%×10 000+90%×(−1000)]

收藏家这时就不会参与艺术品生产和经营寡头组织的这场博弈。

第三节 陶瓷艺术品市场阶梯性定价模式的提出

结合西方微观经济学的观点,站在我国社会主义劳动价值论的观点基础上,对中国陶瓷艺术品市场定价推行阶梯性的分级次定价模式,我们会发现,这是解决当前我国陶瓷艺术品市场面临的各种问题的最佳途径。

西方经济学对陶瓷艺术品及陶瓷艺术市场的经济运行进行数量分析,这种分析建立在艺术品艺术价值的功效基础上,利用消费者的需求曲线与制造经营商的供给曲线,在边际收益与边际成本相等时,需求曲线与供给曲线交点,即是陶瓷艺术品销售的最终定价。由于需求曲线与供给曲线是不断变化的,它们不断产生的交集就是产品的价格走向曲线。

在陶瓷艺术品定价中,西方经济学者采用的是成本加成法,即 $p=c'(y)\{1+[1/(e-1)]\}$,而这个加成,取决于产品的需求弹性系数。

在垄断市场,生产经营者虽然具有对市场支配权,从需求曲线中取得产品的高价,但是,这种高价不是随意的,仍然必须遵循供需规律,建立在产量与价格相互间的关系上。

在寡头垄断、垄断竞争的市场条件下,生产经营商虽采用不降价的政策,但是,为了争取自己利润最大化,保障自己的需求,必须加大广告等促销费用的非竞争性支出。产品的定价,在原生产成本基础上,加上广告的支出,再加成。

对于市场上少数顶尖陶瓷艺术品,产品的定价则在上述价格基础上,重复博弈或不知期限地重复博弈。

在中国,艺术品市场特别是陶瓷艺术品市场,在改革开放后十几年才兴起,它由一种文化现象演变成一种产业,但是,由于该产业发展很快,我们一些市场观念和方法跟不上产业发展的脚步。由于西方经济学把艺术作为一种社会稀缺资源,与宗教、文化等同,因此对艺术品及艺术品市场没有进行过专题研究,艺术品定价问题基本没有涉及。不过,西方艺术品市场历史悠久,加上市场规范,信息相对公开透明,他们对艺术品虽然没有定价,但是,在艺术品市场博弈后胜出的产品和价格,仍然得到社会的普遍遵从。而我国作为改革开放后引进并发展起来的产业,市场成熟度与西方相比,仍处于初级阶段。产品信息不公开、不透明,市场运作不规范,艺术价值和艺术品价格的最终取得可信度都低。当前,建立健全的艺术品鉴定体系和定价体系十分必要,而且迫在眉睫。

对艺术品特别是陶瓷艺术品定价机制的建立,有人认为,艺术作为人类的精神产品,与宗教等同,艺术无法用世俗的价格衡量,明确反对对其具体定价;也有的人认为,马克思经济理论在艺术品和艺术品市场无能为力,陶瓷艺术品价格的制定缺乏理论支撑。我们认为,基于这两种想法的人都是错误的、片面的。

我国当今的价格体系,价格制定的方法是在成本上加利润,这与西方经济学定价体制并不矛盾。由于体制不同,我国产品在价格中的利润制定,更多考虑的是生产经营单位的再生产以及扩大再生产能力。而西方资本主义社会中,价格制定中的加成,则是资本家对利润追求的最大化,同时掩盖其利润的本质。

无论我国还是西方资本主义艺术品市场,艺术品特别是陶瓷艺术品进入市场后,它们都是普通商品,商品市场自有它内在的经济规律,任何企业和产品都必须遵循。在这一运行规则下,产品的价值依附在产品功效或使用价值之上,使用价值或功效消失,价值也随之消失。陶瓷艺术品也不能例外。只是,一方称使用价值,一方称功效,其实性质是一样的。

目前,我国陶瓷艺术品市场虽然受定价体系的制约,但是,发展的趋势并没有减弱。无论从规模还是从价格的总量,都有赶超之势。在这一快速发展过程中,我国陶瓷艺术品生产和销售结构也渐渐集中,体现出基数大、越往顶端数量越小的宝塔结构。它大致分为个体手工和手工作坊、经纪公司、经营寡头三种主要生产组织形式。市场上相对应的是垄断、寡头垄断、垄断竞争三种市场模式。

在这一市场中,主体是生产和消费者。他们结合市场,依靠艺术品市场经济规律,借用西方成功的经验对我国陶瓷艺术品市场产品的价格定价推行阶梯性的分级次定价原则。这一模式的执行不仅不是对我国现行经济理论的否定,而且是一种坚守,一种在新的经济形势下面向国际市场进行的新诠释,是我国定价理论在艺术品市场的一种发展。

1. 自由垄断市场的定价原则

在这一陶瓷艺术品市场上,只有一个生产经营单位,它提供整个市场上所需的供给,因此不存在竞争。由于他们通常拥有市场的支配力,为此可以获得长期的超额利润。为了维护他们在陶瓷艺术品市场的超额利润,陶瓷艺术品生产和经营单位就必须设置某些进入的障碍,而这种障碍正是陶瓷艺术家艺术品明显的区域性、作品的自我个性和市场的唯一性及不可替代性。

这一市场的生产和经营的主体主要是我国陶瓷个体和手工作坊,他们生产和创作量小。但是在我国,人员基数大,生产和创作基数相对大,而且替代品多,他们不可能完全按照需求曲线取价,而是根据我国市场的实行情况,价格采用成本加成的办法,即成本加利润:

$p=c'(y)\{1+[1/(e-1)]\}$;

或 $p=c(y)+m$;

p 表示价格,y 表示产品数量,e 表示消费弹性,m 表示利润,陶瓷艺术品在我国消费品市场弹性高,e > 1。

但是,我国人口基数大,富裕阶层多,在这一消费层次中,需求弹性小,因此,陶瓷艺术品的定价与陶瓷奢侈品看齐,市场产品的价格往往在成本的 1~4 倍,个别的甚至大于成本的 4 倍。

2. 寡头垄断市场定价原则

寡头垄断市场,在我国陶瓷艺术品市场主要表现在经纪人市场上,他们经营的产品往往是陶瓷艺术品行业中具有代表性的人物及其作品。由于经纪人之间存在着竞争,他们为了保障自己的利润最大化,并不用降价的方法,也有别于上述市场类似陶瓷奢侈品的销售模式,常采用广告推广的促销形式,通过个性化宣传,来维护自己的需求曲线。竞争的另一方,也不会进行抵制,相反,他们乐见其成,相互抬高自己产品的价格。

这种计价,就是成本加广告促销费用再用加成的办法:

$p=c\{1+[1/(e-1)]\}$

其中,$c=c(y)+z$;

或 $p=c(y)+z+m$,z 表示广告费用。

在这一市场中,他们根据手中资源的稀缺性,参照西方国家艺术品运作方法,结合我国陶瓷艺术品市场消费旺盛的特殊情况,对陶瓷艺术品市场产品进行定价。当前一般在其成本(含生产成本和广告费用)的基础上加成 8~12 倍,甚至更高。也就是说,这一市场,陶瓷艺术品的销售利润是其成本的 8~12 倍,甚至更高。

3. 垄断竞争市场定价原则

陶瓷艺术品垄断竞争市场,是在寡头垄断市场基础上的发展和提升。这一市场生产和经营的陶瓷艺术品,是该行业中的少数顶尖产品。即这一行业内各门各派创始人、宗师、中兴人物的代表作品。

由于这些人物在陶瓷艺术品行业开创或引领一个时代,他们作品的艺术价值非常高,加上这类人人员少、作品数量少,在陶瓷艺术品行业属于塔尖上的人物和作品,市场需求非常旺盛,产品价格空间远高于同期行业内的一些代表人物和代表作品,作品难以准确计价。在陶瓷艺术品垄断竞市场,这批人的代表作品最后价格,是通过艺术品经营寡头为寻找自己在艺术品市场利润的极大化,采用重复博弈或不知期限的重复博弈中取得。

在这一市场,消费者的角色和以上两种模式不一样,他们已经进行了变换,不仅是消费者,此时也充当了投资者。在陶瓷艺术品垄断竞争市场博弈过程中,若第 N 个参与者只对加一次策略选择,一旦自己策略形成并选定,这个博弈结局就到此结束,产品交易完成。

这种博弈的形式,在西方垄断竞争市场则是通过拍卖的方式来完成。

在我国,古陶瓷艺术品市场已充分借鉴和利用了西方这种营销形式,而当代陶瓷艺术作品则相对较少。出现这种情况,主要是由于我国古陶瓷艺术品市场历史悠久,评估和鉴定组织机构完备,程序规范,鉴定严格。相比之下,当代陶瓷艺术品市场则非常欠缺,评估和鉴定缺乏公信力,当代陶瓷艺术品市场拍卖市场难以形成艺术品拍卖的主力。

当然,这种博弈的拍卖并不是没有底价。它的拍卖底价来源于寡头垄断市场陶瓷艺术品计价模式 $p=c(y)+z+m$,以及这种模式下,艺术品经营寡头采用非竞争手段后获取的陶瓷艺术品销售市场的最终价格。

根据以上定价模式的思维方式,我们就会发现,当前我国陶瓷艺术品市场出现的问题,不是我国价格体系出现问题,而是消费市场消费主体与投资主体已经易位,即陶瓷艺术品市场的消费者已经变为投资者。

下篇

**陶瓷艺术品经济学
实践论**

第七章　对今后我国陶瓷艺术品市场的展望

第一节　影响陶瓷艺术品市场发展的各种因素

一、陶瓷艺术品市场众生态

当前,我国陶瓷艺术品市场趋冷,这是一个不争的事实。那么,在这个时候,市场就不运转了?不是。在这个时候,我们还是能看到一些亮点,如,陶瓷艺术品市场的一些精品,价格仍然坚挺、走高;消费者对陶瓷艺术品的需求依然非常旺盛,只是过去市场上粗制滥造的陶瓷作品,已经为消费者抵制。艺术品制作者大多感觉到他们作品那种万人争购的市场已经过去,要让这个市场上的消费者继续认可自己,只有创作出好的作品。正因为这些,当前他们其中一部分人重新走向学院,学习深造,另一部分人走进车间作坊,或走向生活,走到大自然中。可以断定的是,不出几年,我国陶瓷艺术品市场一定会有一个崭新的面孔出现。因此,从这个角度来看,前几年的繁荣现在不要也好。我国陶瓷艺术品市场要发展,还必须走今天的路子,艺术价值与艺术品价格相符,只有这样,我国陶瓷艺术品市场才能平稳发展。这是我要说的问题之一。

第二个问题,就是消费者本身存在的问题。他们中有的人把国家提倡的文化产业、文化大发展战略过于格式化,认为投资文化产品,就一定赚钱,如我们今天所说的陶瓷艺术产品能给他们的资产带来保值和增值一样。这个观点其实是错的。

过去,人们对陶瓷艺术品也收藏,不过,那个时代,人们是因为喜欢而买,喜欢而放在家中收藏。现在,人们的观念错位了,因投资而收藏。他们购买后,不是拿出来欣赏,而是放在保险柜中用作增值。

在前一二十年我国陶瓷艺术品市场内,赚到钱的,不外乎两种人,一种人是爱好陶瓷,对陶瓷文化有很深的了解的人,他们不是为投资而买,而是因为喜欢、热爱陶瓷,享受陶瓷给自己带来的精神生活满足才买,买时也没有想到今后会增值,会赚钱。另一种人是精于计算的人,他们非常了解国际国内艺术品市场,他们在市场上只买最好的,大家公认的产品,这些产品随着陶瓷艺术品市场价格普遍上扬,作品自然增值。这部分人也赚了钱。

市场上投机的人,他们炒大师、炒名家,这些人把生意做得红红火火,看起来生意做得很大,但正如大妈炒股一样,最后还是被套,有的不仅没有赚到钱,而且亏了本。

陶瓷艺术品也是人们制造的劳动产品,只不过是它脱离了物质产品的实用性,是能给人们带来精神上享用的东西。它们不是市场上的硬通货,但同样受到供求关系的影响,价格有升有降,并不具有保值和增值的功能。"艺术品,特别是陶瓷艺术品对投资者来说,一定有保值和增值的功能",除少数特殊功能性产品外,这是个伪命题!

市场上,"捡漏"毕竟是例外,对于经营者来说,只有买错,没有卖错。世界上,没有哪个傻子,把价值几十万元、几百万元的陶瓷当几千元、几万元卖出去。说是他们祖先留下来的,或是坟墓中挖出来的,这大都是讲故事,大人骗小孩的游戏。为什么还有的人愿意掏钱买一些自己看不懂的东西?因为,他们本来心中就存有贪念,希望那些穿着破烂、打扮成农民的卖家编的故事是真的,或者,认为自己高明,他可以骗到其他人,骗更多的钱。古玩市场上有句俗语:"傻子买,傻子卖,还有傻子在等待。"这些人明知是个陷阱,对方设的套,他们还要钻进去。自己贪,就不能怨市场。

陶瓷古玩市场也是当代陶瓷艺术品市场,这个市场与其他市场不同,产品

图7-1 宣德民窑 青花绘麒麟纹盘

的传承历来靠仿制来进行。徒弟仿师傅的,这是正常的事。就是明清的皇家窑器厂,他们也有当代仿前朝作品的事。"皇帝佬儿"如此,民间更流行。把仿品当真品,这说明我们一些人进入这个市场后,仍然没有把普通的陶瓷历史专业知识学好,这个行当赚的是眼力的钱。实物看多了就懂,而不是看了几本市面上所谓"专家"写的知识不全的书,就以为自己什么都懂。市场骗子赚的,往往是这部分人的钱。在这个行业,有人对我们说:"不懂的人,不会对古瓷下手,因为他们有恐惧之心,真正懂的人也不会对普通古董下手,他们知道,行业内,这些东西已没有了利润空间。"

案例一

安徽某印刷厂的杨老板,2002年5月,带着朋友到景德镇旅游,他在当地地摊上花200元买到一青花小罐,回到家,呈给当地古玩界的朋友观赏。朋友说,这是一件保存完好、品相不错的元青花瓷。

杨某起初不信,后经不起朋友的劝告,他把这只小罐拿到本地的文物部门鉴定,结果,论证了他古玩朋友的说法。杨某得知小罐的真实身份后,当天便把小罐卖出了一个不错的价格:20万元。

200元变20万元,这是一个什么比例?

从此杨某自家的印刷厂也不经营了,迷上了陶瓷。他有空没空便往当地陶瓷古玩市场转悠,一年下来,在朋友面前也俨然成了一个古陶瓷专家。2005年的一天,他家来了一个神秘的外地人。对方拿出两件黏着泥土的瓷器。杨某一看,瓷器足底下的"大清康熙年制"几个字,顿时让他激动不已。他问神秘人,此器是怎样来的。神秘人说,是一座古墓中挖出的。

杨某把器物拿在手上左看右看,又是翻书,又是查资料,他认定此器不假。但是,对方毕竟向他要价高,眼前两件器物,190万元。

190万元,这对杨某来说,数目可不小。因为这几年他办厂下来,倾其所有,也就不到200万。自己要还是不要?

近年市场拍卖行与此类似瓷器的价格,单件就在一千万元以上。如果两件,价值至少在2000万元。

190万与2000万?

杨某在巨大利益面前,还是经不起诱惑。但他算是老道,他要眼前的神秘人亲自把自己带到古墓挖掘现场。在确定不假之后,杨某开始问他,此器物价值不菲,你为何不拿到拍卖行去拍卖?

对方说,我是个乡下人,文化不多,那么大的拍卖行,我何处找。再说,带这些东西四处吆喝,钱没得到,还说不定搭上性命。杨某一看,再看看对方形象,一身土气,便开始与神秘人讨价还价。最后,连哄带劝,总之用尽了各种手段,杨某以160万元的价格,不仅收购了神秘人眼下的两件瓷器,甚至把对方存留在宾馆几件民窑杂件都要了过去。

不过,神秘人却向杨某提出要现金。

杨某一看眼下的瓷器,心想,按当前的估价至少也值2500万元以上,想到这,当即答应下来。

此事一个月后,杨某托关系找到北京某拍卖行,把自己的收藏拿给对方。对方的专家看后,判断这是假的。杨某一听,大脑顿时就"嗡"的一下,但他还是马上冷静下来。他想,对方可能也是像自己当时诓那位乡下人一样,在诓自己。

杨某事后,又托关系,找到另几家拍卖行,结果都一样。这下杨某心慌了,他把它们拿到故宫专家去过目。故宫专家对他说,像这样的瓷器,景德镇街上很多,一两万元就可以把你眼前的东西扫尽。

杨某一听,这才彻底傻眼了。他想找到当时那个到他家中的神秘人,但中国多大,他到哪里去找?

案例二

阿财是内地一个仿瓷高手，经他手上出去的仿古瓷，他自己也不知有多少。阿财看到做杀货（注：杀货，就是瓷器仿到五六成，通过做旧后，当老的卖）的人在他手上都赚了钱，而且没有一个失手的，因此，他后来干脆把自己做得好的仿古瓷留下，自己卖。

在古瓷刚兴起那几年，懂行的都不多，他赚了不少。可他是个实在人，总觉得这样做下去，心不安理不得。因此，在房地产刚起步那几年，便把手上的钱，全投进了房地产，且赚得不少，企业也做得很大。

阿财有钱了，他一时多得用不完，咋办？他不想存入银行生息，眼下又没有更好的投资方向。这时，阿财又想起了他的老本行。不过，这次他可不是玩假的，而是直接杀入拍卖行，玩起了真的。阿财看到这行比做实业来钱更快、更轻松，便把自己企业中多余的流动资金全部投了进去，这一下手就是几个亿。

金融危机时，阿财的房地产企业资金出现断链，银行贷不到款，咋办？这下，阿财便自然想到自己从拍卖行上拍回来的那批古瓷器。他想拿出来变现，结果事情出来了，从拍卖行这种一级市场买来的瓷器放到二级市场上，价格却不到他从拍卖行购入时的四分之一。拿到拍卖行，由于市场受金融危机的影响，古瓷的价格也大量出现缩水，加上佣金，他计算所得，也不到原值的三分之一。

这下阿财心里受不了了，他当时气得恨不能把眼下的这批瓷器全砸掉，在老婆等家人的好言相劝下，为了生存，他还是把它们全部处理掉。

阿财挺过来了，现在他又有了钱，不过，他现在再也不碰瓷器，就是有朋友感兴趣，他也用自己的切心体验，劝他们不要进入此行。

以上，仅是当前陶瓷收藏市场上最普通的两个例子。目前，像这样的事例还很多。我把它们拿出来，是想说明什么问题呢？

陶瓷收藏这一行，并不像有的人说的那样，是永远发财赚钱的行当，它同样有风险，而且风险不小。当前我们生活中出现的这种收藏热，在一些拍卖行不断地报出的一些天文数字，着实让不少人头脑发热，以致趋之若鹜。但是，人们常戏说的"捡漏"毕竟是个别现象。市场规律告诉我们，高利润，就有高风险。

第三个问题，我要讲的是，陶瓷艺术品在我国历史上是有钱人玩的产品。

图 7-2 陶瓷艺术家张正海作品 《花筛》

我国是这样,国外同样也是这样。有一段时间西方人曾把中国陶瓷产品与黄金、白银等同起来。当时,中国瓷器的价格,与黄金、白银放在同一架天平上。就是现在,顶尖的陶瓷艺术品仍是少数人才玩得起的产品。

不过,现在科学技术发展了,历史上曾在皇宫用的瓷器,现在百姓也能看得到,仿制品也能买到。对于普通消费者来说,我们不提倡投资收藏,而是根据自己的实力,喜欢的就买,爱好的就买。

陶瓷艺术品的艺术价值不是用钱来衡量的,是用我们自己的热爱度来衡量的,热爱度越高,艺术价值也就越高。陶瓷艺术品的价值才是用钱来衡量的。有时,花的钱越多,我们不一定是自己最喜欢、最热爱的东西。也就是说,花钱不一定能买到自己最喜欢的东西。这世界上,有时不用花太多的钱,就能得到自己最喜欢的东西。明白这个理,我们普通百姓就懂得如何消费陶瓷艺术品了。

二、我国陶瓷艺术品市场前一二十年消费主体心态分析

对于近几年在陶瓷收藏市场上人们一度说的乱象,我认为,这是正常的现象,这是中国经济特有的现象,其他行业也存在。只是,各有各的"乱",陶瓷艺术品行业,有它的特色。不过,我们也不能用一个"乱"字来总结前期市场的一切,这不公平。这一二十年,我们国家陶瓷艺术品市场能快速,甚至是超速地发展,很快走过西方国家艺术品市场几百年走过的路,这一方面与我们国家是个文化大国、人文素质高、文化底蕴深厚有着巨大的关联,另一方面就是与我国市场的巨额需求有关。

我们知道,发展市场经济,特别是艺术品市场经济,这是一条我们从未走过的路,不是靠几个陶瓷艺术家就推动得了的,也不是靠国家相关部门发几个红头文件就能解决问题。它是靠消费,只有消费才能真正拉动一个市场的发

图7-3　陶瓷艺术家刘伟瓷画作品　《万山红遍》

展。那么前几年,我们陶瓷艺术品市场是一个什么样的社会消费心理呢?为什么现在不再具有这种消费能力呢?

我们只能说,前一二十年的陶瓷艺术品消费不是一种正常消费心理,而是一种对历史、对自己过去的一种补偿消费性行为。市场经济下,投资者追求资产安全、超值心理贪腐人员利用陶瓷艺术品进行敛财的心理。这三个心理状态,推动着我国陶瓷艺术品市场的超前消费,快速发展。这几种心理,各自表现在以下几个方面。

1. 社会补偿性消费心理

一是近代中国,近百年的战争,造成我国陶瓷历史文化资源的大量破坏;

二是"文革"十年给我国社会造成的文化沙漠;

三是改革开放后,快速富裕起来的中国,对文化生活的需求,特别是对陶瓷的喜爱,在"居无瓷不雅"的观念下,人们对瓷器艺术品的渴望,一度达到疯狂的地步;

四是我国经济转型中,一些暴富的人,他们需要用文化来证实自己资产来源的正当性、合理性;

五是一些缺少文化和学历的官员,他们也需要用文化来证实自己。特别是找到与自己职位相当的文化人士和作品来证实自己。而陶瓷艺术品市场,大师云集,这一点,正好满足了他们的需求。

图 7-4 陶瓷艺术家李文跃墨彩描金瓶

2. 投资性心理

改革开放后,我国民间资本市场充裕,由于受到国内政策的相关限制,大部分民间资本找不到适合的出路,资金时常呈现堆积的现象。它们被存放到银行,由于存款利率低于市场的物价上涨水平,财富存在自然缩水的问题。

为了给自己的资金寻找出路或一个安全的避风港,富商们曾投资过邮票、钱币、房产、股票,但是,都有一定的风险,而这一二十年,我国商品市场增长过快的、价格一直上扬的产品,就是我国艺术品市场的书画、陶瓷、玉制品等。特别是艺术陶瓷特有的物理性能,保存时间长,加上国内外市场大,接受的人多,投资者把投资陶瓷作为自己资产保值、增值的首选产品。

这一民间投资心理的释放,使得社会各界大量资金涌向新兴的陶瓷艺术品市场,推高了陶瓷艺术品的价格,也加快了陶瓷艺术品经济向前发展的步伐。

3. 贪腐人员利用陶瓷艺术品进行敛财的心理

在我国艺术品消费市场,包括陶瓷艺术品,一些高档陶瓷艺术品消费流行一种怪现象,即"买的人不收藏,收藏的人不买"。古瓷及当代陶瓷艺术品,常常成为贪腐官员敛财的手段和漂白自己的武器。他们这一行为,也无形中推高了陶瓷艺术品市场的产品价格,促进陶瓷艺术品价格脱离其价值,成畸形发展。

案例一

房地产商张某到内地三线城市进行房地产开发，在城中心区的一块土地竞标中，他找到收取过自己不少好处的当地土地局局长，表示自己希望得到这块地。土地局局长对他说，他的权力有限，做不了主，并主动把对方介绍给了分管土地的刘副市长。

张某虽然与刘副市长相识，但是没有交情。他问局长要送多少，才能办成大事。

局长说，现在领导都不敢收现金，一是显得俗，二是担心有风险。

张某问他怎么办。

局长提醒他，刘副市长平日爱好收藏，喜欢名人字画、古玩，特别是当下流行的景德镇国家大师瓷器。

张某马上明白，说这个好办，随后一个晚上，他备了一件瓷器送到了刘副市长家中。

刘副市长一晚都与他谈瓷器，说这位大师的市场价位虽高，但是东西不是他的代表作，实价不到市场价的三分之一。他说，他的小姨子搬家，正缺一件东西，这个他用得上。

张某知道，此件大师的瓷器也是自己托人花费不到20万元在景德镇购得的。现在在刘副市长面前标价150万元，让对方看出来了虚报价格，回来后，带着沮丧的心情告诉土地局局长。

局长告诉他，刘副市长收了就好办，他其实暗示你，就看你下一步怎样做。

张某是个明白人，在土地开标前，叫人带着200万元现款，从刘副市长小姨子手中把他送出的瓷器买了回来。自然，他这次也顺利中标。

以上的故事，并没有说完。有人把张某在土地中标中采用不正当手段的情况报告给了当地的纪委。

纪委领导知道刘副市长涉嫌此事，不敢擅自行动，马上把此事向当地的市委李书记做了汇报。李书记说，我来约谈刘副市长。

刘副市长从书记办公室出来后，马上把土地局局长与张某叫到自己的办公室，未等土地局局长开口，就拍桌骂了起来，说此事惊动了纪委，惊动了李书记，张某要配合土地局局长，把此事说清楚。

张某当时心里确实有点虚。但是见到土地局局长从办公室出来后若无其事的样子，想到自己在刘副市长身上花出的200万元人民币，马上踏实起来。

不过，土地局局长对此事还是慎之又慎，一面让张某把土地开发方案、房屋设计方案尽快做出来呈报给他，另一方面，嘱咐张某规划设计一定要超前，临别时，交代张某，这次给书记的瓷器一定要镇得住对方，一次性打倒对方。

张某知道有钱一起赚的道理，回来算了一下这次开发的成本，预留好自己的开发利润后，托人拿着400万元的支票再次来到景德镇。

还是以前的老套路，不过，这次李书记收下张某的瓷器后，他没有送人，也没有让他收回，而是摆在他的休闲别墅内。

再后来，李书记出了事，刘副市长也出了事，专案组在他们家搜出了张某送的瓷器。李某不承认，说是应酬，东西是托人仿的，并出示了大师的证明材料。他为此得到开脱。但是，事后，张某想不通的是，刘副市长小姨子家中的那根瓷器，自己明明已花200万元买下，为什么对方家中还有一件。

张某不知道，刘副市长收受的名人字画，大多送给他小姨子家，事后通过自己老婆，把所得款要回来，为了避免今后被对方抓到把柄，他会叫人仿制一件放入家中。这样钱到手了，经这一手，自己也漂白了。这就是法院审讯他时，8000万元资金交代不清，来路不明的原因。

总之，书画艺术品，包括陶瓷艺术品，它们经常成为贪腐官员敛财的手段。这也是2010年前后，陶瓷艺术品市场一度炒得沸沸扬扬的"雅贿"一词的来历。

三、当前陶瓷艺术品市场问题症结

对于当前我国陶瓷艺术品市场，商家用一个字来形容——冷。但是，尽管这样，"关门"的还是不多。因为他们心中明白，中国市场还是很大，人们对陶瓷的热爱程度并没有因此受到影响，国家经济仍在高位运行，近两年又提出了发展文化产业的大战略，瓷器作为中国文化的一个重要元素，世界文化史的一部分，具有优先发展的条件。因此，他们都认为眼前的困难是暂时的，我国陶瓷艺术品市场经过短期的调整后，一定会迎来一个更大的发展时期。

可是，一年过去，人们并没有看到陶瓷艺术品市场复苏的迹象。特别是我们传统的产瓷区——景德镇，人们的焦虑不安之情溢于言表。景德镇作为我国陶瓷艺术品的制作中心，当地的商家、行业、政府相关部门都采取一系列救市政策，但都于事无补。

我们为什么救不起这个大家看好的、新兴的陶瓷艺术品市场？究其原因，首先是自己的思维模式出了问题，跳不出原有的框框，高度不够，就事论事，找不到问题的症结，做不到对症下药。那么，我们当前陶瓷艺术品市场问题的症结又在哪里呢？

我们通过分析调查后，认为：

第一，由行政和行业相关部门建立的陶瓷艺术品价值与价格评估和计算体系，广受社会各界的诟病，已经严重地阻碍了陶瓷艺术品经济的继续发展。

它具体表现为，艺术与行政挂钩，艺术价值大小取决于行政部门发证机关的大小，"有职就能创造艺术，无职就不能创造艺术""艺术成了我国特权阶层的产物"，这严重地违反了艺术创作规律。

在现有的陶瓷艺术品市场，陶瓷艺术品的定价与艺术创作者的职称挂钩，职称高者，产品价格就高；职称低者，产品价格就低；无职称者，产品难以在市场上找到自己的位置。市场不是以产品的艺术价值为导向，而是以作者的职称、高位为导向，创作者在这个市场可以不关心自己产品的艺术含量，但不可以不关心自己的技术职称、行业内官位的大小。这一行为不仅严重违背了社会主义市场经济规律，也让艺术家成为权力的奴隶，成为扼杀我国陶瓷艺术市场进一步发展的罪魁祸首。（由于这一议题在本书上一章节曾有详细的论述，此处从简）

第二，陶瓷艺术品市场上原有的消费结构主体已流失，现有的消费主体没有形成。

我国陶瓷艺术品市场近一二十年的快速发展，原因自然是多方面的，但是市场消费的拉动是关键。不过，在目前市场上，原有的消费主体，如补偿性消费、投资性消费、行政性消费和贪腐性消费，这些消费中，补偿性消费市场，经历以上近一二十年的消费过程，市场已出现饱和状态，一些"土豪""新贵"在这一市场认购的省级大师、国家级大师作品，有的不止一件，甚至是十几件；投资性消费领域，经过这一轮市场的调整，产品价格的大幅下滑，大家发现，陶瓷艺术品市场同样存在风险，这里并不是一些媒体、艺术家对外吹嘘的"买到即是赚到""他们的作品每年以两位数，甚至三位数的速度在增长"，相反，他们的资产不仅得不到增值,有的连保值都成为泡影。他们重新开始审视这一市场,投资行为日趋理性,再也没有当初进市时的狂热。行政性消费和贪腐性消费,在近几年的国家反腐"风暴"下得到极大的控制,有的甚至消失得无踪无影。

目前,我国陶瓷艺术品市场原有的消费结构已经分崩离析,一些陶瓷艺术家,特别是这个行业中的国家大师、省级大师、市级大师,出于对自己产品市场的保护,对原有消费群体的交代,他们对自己的产品不敢削价销售,极力维护自己原有的产品价格体系。这就造成市场的脱节,曾经热销的产品渐渐远离这一市场。

第三,陶瓷艺术品市场一些生产、经营者对消费者缺乏敬畏之心,产品品质与消费者支付的价格不相符。

我国陶瓷艺术品市场,成立的时间不长,市场监管、政策指导、理论论述都存在严重的不足。人员队伍也参差不齐,大部分从事陶瓷生产和创作的人员,从技术人员、彩绘人员、学校教职人员而来。前两部分人员,通晓技艺,但是缺乏艺术理论专业知识的培育,个人艺术修养明显不足,作品没有个性,局限在对他人的描摹中,产品的艺术含量不高。他们卖的不是艺,而是技。后者包括陶瓷行业中的教职人员、学生及一些书画行业的从业人员,在市场利润的驱动下,他们加入了我国新兴的陶瓷艺术品创作队伍。但是他们技艺缺乏,难以独立完成一件陶瓷作品。他们虽推出个人的作品,但是知情者知道,整件作品并不是他们独立完成的。这一情况,体现在陶瓷作品上,产品缺乏整体的统一性,作品精细度明显不够。他们做的产品,显然满足不了消费者的审美要求。

过去,在我国艺术品市场,陶瓷手工产品一直没有纳入艺术这一范畴,只列入工艺这一行列。它们进入大美术后,制作者也由陶瓷手工生产从业人员摇身一变,成为艺术工作创作者,他们的作品成为艺术品,本人也成为艺术家。

这一身份的转变,对他们来说,似乎来得太快,在我国传统的"艺术无价"思维模式下,在我国陶瓷艺术品市场处于买方市场、完全垄断的情况下,一些陶瓷艺术从业人员也以艺术家自居,把自己端上神坛,对供养他的市场消费者缺乏敬畏之心,在市场上既做运动员,又做裁判员,强行剥夺市场上本应属于消费者自己的艺术话语权,所做产品粗制滥造,缺乏艺术含量,产品品质与消费者支付的价格不相符,纵使他们一度获得了一定的经济利益,但是最终使自己走向消费者的反面、市场的反面,结果还是害了自己,丢了市场。

第四,陶瓷艺术品市场信息不公开,相关知识普及不够。

在陶瓷艺术品市场,我们可以说,消费者是"受伤"的一族。一些生产商和经营者利用他们对陶瓷的热爱,做假、作弊、代笔。

2005年,英国佳士得拍出一件《元青花鬼谷子下山图罐》后,一些专业机构、经营单位迅速组织人员对它进行极力吹捧,把元青花瓷说得神乎其神,一时间,全国冒出许多元青花专题研讨会、报告会,元青花研究专家、学者,市场到处充斥着大小不一的元青花瓷器产品。

其实,此罐在当时是一个普通的实用器具。元青花瓷在中国陶瓷青花史上,并不是最好的。元青花瓷器在我国陶瓷史上,也不是做得最精美的,与后来的明官窑、清官窑相比,显得十分笨拙与粗糙。

但是,这些实情没有人说起,商家一反瓷器的常识,宣传的不是瓷,而是其中的画面及画面中包含的人物故事。

消费者购买瓷器时,买的是瓷、是器,画面装饰,不过为瓷器服务,凸显瓷的精美。现在,整个陶瓷艺术品市场呈现舍本求末的风气,把根丢掉,附庸风雅,显得十分浮躁。

不过,我想,我们的陶瓷艺术品市场之所以会产生这种现象,是我们的行业部门、管理机构、学术团体、专家教授,没有承担起应有的社会责任,任由一些商家把持陶瓷艺术品市场的发言权,对市场交易的产品信息、陶瓷艺术品专业知识普及得非常不够,以致在我们的陶瓷艺术品市场闹出许多令人"喷饭"的大笑话。

例1:

有消费者问,什么是釉上彩?

经营人员答,上午画的瓷器就是釉上彩。

消费者再问,什么是釉中彩?

经营人员答,中午画的瓷器就是釉中彩。

在此启发下,消费者马上自言自语地说,我现在知道了,什么是釉下彩,是艺术家下午画的瓷器,叫釉下彩。

例2:

某一消费者到江西景德镇买瓷器,他看到货架上每件瓷器都标出上万、十万,甚至百万的数字,于是问,景德镇的瓷器为什么这样贵?

服务员过来回答,我们景德镇瓷器是高岭土做的,现在高岭土被景德镇明清官窑厂做了几百年,早使用完了,是稀缺资源。

是呀,稀缺的自然贵,陶都宜兴紫砂壶不是这样宣传的吗?他如此作想。要是他知道,高岭土是做瓷器的基础材料,紫砂壶必须由紫砂矿土来完成,此消费者又是怎样想的?

例3:

有消费者问江西景德镇某做瓷人,你家的瓷器为什么开价这么高?

他们回答说,是用柴烧的。

又有消费者问此人,你家的柴烧瓷为什么卖这么贵?

他说,我是用复烧的古代马蹄窑烧制的。

其实,我国瓷器在烧造上:北方干旱,树木稀少,多用煤烧;南方多雨,森林茂密,松柴多,多用柴烧,这非常正常。至于马蹄窑,是我国各种窑炉的一种,在古代非常普遍。

景德镇经销者以此来说明自家的瓷器贵,这是没有科学依据的。他们这样做,只是为自己获得超额利润找个说辞。

第五,缺乏一个客观公正的陶瓷艺术价值的评价体系和评价队伍。

我们在艺术领域,设立评论制度,这是由艺术领域的特殊性决定的。艺术讲究个性、自由,推崇唯一,强调自我。他们张扬任性的性格,在市场上难以与消费者进行沟通。当自己的艺术品处于买方市场时,他们会过于强势,对消费者不屑一顾;在市场处于卖方市场时,他们过于弱势。艺术家的行为往往走向两个极端,这时,需要一个"稳定器",市场的"稳定器",以便稳定市场,沟通艺术家与消费者。

由于市场经纪人、销售者受利益的驱动,他们站在生产者一方,缺乏公正性;消费者力量分散,加上受市场信息不公开的影响,因此他们在消费时,为了保护自己的利益,寄希望于市场管理部门,希望管理部门站出来维护他们的利益。

在市场经济条件下,消费者是市场的上帝。维护好消费者正常的消费利益,就是维护了市场经济的健康秩序。市场的监管部门基于这一想法,它们结合艺术市场的特点,会与艺术品生产的行业管理部门,联合推出一个中间机构,这一中间机构,就是艺术品评论。

艺术品评论，包括陶瓷艺术品评论，其评论人员的素质、品行都有特殊的要求。①公正性。他们不能是生产者，也不能是经营者，这之中，任何一种职业行为，都可能影响他们职业生涯的公正性。②对专业知识的要求。没有全面、过硬的陶瓷艺术品专业知识，胜任不了陶瓷艺术品评论一职。③客观性。陶瓷评论要做到客观性，这就要求他们必须对陶瓷艺术品行业的历史、走向、现状、审美及行业政策、相关联艺术品行业的情况，有一个全面的了解。这样才能在他们自己的评论文章中，做到对陶瓷艺术品市场消费的指导作用，而不是一事一评、一品一评，文章显得干瘪、狭隘。

不过，目前，我国陶瓷艺术品评论机制、人员、队伍、机构均没有形成，现有的一些陶瓷艺术品评论员文章，离评论文的要求很远，它们更像作品的宣传稿。他们这些人员常被批为经营者、陶瓷艺术品创作人员在市场上请的"托"。

第六，缺乏一个严格的陶瓷艺术品价格评估体系和评估机构。

当前，一些人认为，我国陶瓷艺术品市场，如果走向成熟，它的一个重要标志就是产品金融化，即当今市场上陶瓷艺术家创作的每件作品，金融、保险都能把它们纳入理财、担保系统。

我们认为，持这一观点的人，他们可能是受到当前一些艺术品经营机构、媒体的影响所致，也可能是受到西方艺术品市场的一些个别行为影响。

事实上，在我国以及世界经济发展史上，陶瓷及当今的陶瓷艺术品，它们充当不了市场交换中的等价物，成不了财富的代表，因此过去、现在、将来的金融机构都不可能对陶瓷艺术家创作的作品直接提供金融担保。

目前，就是艺术品市场非常成熟、监管十分完善的西方社会，对艺术家创作的产品都不提供担保。他们的担保制度建立在国家的金融制度和国家艺术品综合管理制度上，只对过世的、艺术界和全社会普遍公认的艺术家及其代表艺术作品提供金融担保。健在的艺术家，哪怕是行业公推的人物，他们都不将其纳入这一担保体系。此外，对已故艺术家及其代表作品的评估体系非常复杂，程序非常规范，步骤非常严格，信息公开透明。参与的评估机构除了有良好的社会信用外，专业水平为行业所公认，不存在任何不良记录。他们在工作中，一旦出现失误或被指私心时，评审机构除了被取消其评审资格外，同时接受行业及监管机构的严格处罚。

而这点，我们国内评审制度还有待建立，现有的一些业务，参评机构信用度、专业度都做不到行业第一。在参评中出现问题,监管机构处罚也不严,因此他们出示的资信证明,也无人可信。要建立我国陶瓷艺术品价格金融担保体系,我们还有很长的路要走。

第七,艺术品市场缺乏一个正常的监督体系、消费者的消费权益得不到应有的保障。

当前,我国陶瓷艺术品市场最大的特点是乱,市场显得非常无序。如虚假宣传、虚假信息、产品生产重复、代笔等现象屡屡发生。现在我们一些产瓷区,出于自身的利益,只强调给艺术家维权,却从来没有想到在陶瓷艺术品市场上如何为消费者维权。面对市场的作假、代笔、以次充好、虚假宣传、重复生产、反复复制等现象,破坏艺术品市场规则,对此,我们的市场几乎采取放任的态度,随市场自我调节,缺乏一个正常的监督体系,确实保障消费者应有的权益。

案例一

某陶瓷艺术品创作人员在销售自己的作品时,对消费者承诺,购买他的作品,每年确保其价值增长20%,买到即赚到。

第二年,他在销售自己的作品时,无论市场行情如何,把自己作品的价格往上调高30%,然后,再次对外宣称,购买他的作品,买到即赚到。例如,去年他作品的价值是多少,今年他作品价格是多少,他再次对外保证,如果消费者觉得他的产品价格达不到这个市场增长速度,消费者可以向他退回自己所购产品,而且是连本带息,一起计算。

在市场过热时,消费者看到他所购产品的销售情况不断呈现增长之势,因此,大量投资,但是市场不好或过冷时,一些消费者就会提出退货,并要回他的本金和这几年资金存在银行的利息。

这时,情况就出现了:当初承诺的陶瓷艺术品创作人员不同意退货,而消费者告对方诈骗。艺人说,我不存在诈骗,我的作品现在的价格还在增长。消费者说他是作弊。艺人说,前几年我的技术职称是市高工,后来是省高工,去年又是中国陶瓷设计大师,我职称每年都在提高,我的陶瓷艺术作品价格自然要跟着上扬。

消费者说,我现在也不要你这几年的利息,我把你的作品退回去,你把我购瓷的本金退还给我就算了。

这位艺人说,我没有违规,我不会收回自己的作品。

(注:这位艺人在市场过热时,确实这样做过,而且登报,公开加价收回自己销出的作品。但是,当时消费者捂着不放。陶瓷艺术品创作人员知道,消费者心里买涨不买跌。现在市场不景气,艺术品价格大幅下跌,自己这时只要一松口,就将走向破产之路,转眼回到"解放前"。因此,他一定要死咬着,打死不退款。)

案例二

一消费者在飞行途中,看到某杂志对做瓷人陈某的介绍,后面附有一连串的证书和大师头衔,这位消费者顿时对陈某产生仰慕之心,后来终于有机会直接来到陈大师的工作室。他花30多万元,买了对方一件作品回家。

消费者向朋友炫耀,说此大师在陶瓷艺术界号称兰花王子、花鸟大王,一瓷难求。

有朋友说,此大师言过其实,首先胎就不对,手感差,摸上去凹凸不平。

消费者笑着说,你这就不懂,这才是手工,纯手工胎。手工的东西,能达到机械水平?太平整了,就没有特色和个性。

朋友再说,你这瓷器釉面开裂,质量出了问题。

消费者说,陈大师当时向我介绍,瓷器画得好,还要烧得好,高温下,开片是正常的现象。我看中的这件瓷器,可遇不可求,特别是釉里红,烧出绿色,非常难得,世界上出不了第二件。

朋友们笑着,不置可否。

毕竟30多万元,不是一个小数目。待朋友走后,这位消费者认真琢磨起来,且买了不少书籍,仔细查看,事后他发现,自己的朋友提的意见是对的,于是把家中买的这件瓷器带回到陈大师工作室。

陈大师很热情,不过,没有退款,而是在自己的仓库调换了一款同样的瓷器给对方。

消费者也是个细心的人,这回他发现,在大师的仓库中,像他所购的这款瓷器,至少有20件。他这时才知上当,他买的不是什么艺术品,而是一堆工艺产品,一时不知如何为自己维权……

第二节 如何做好陶瓷艺术品市场的工作

我国陶瓷艺术品市场的情况大家都看到了,生产的原因,我们在书中的上章节做了一个详细的分析。我们知道,陶瓷艺术品市场不是没有前途,它仍然是大有可为。出现的问题,是暂时的,是发展中的问题。但是,我们也应看到,问题不少,而且有的非常严重。一句话,就是基础没有打好,消费者对我们,对我们陶瓷艺术家及其创作的作品产生怀疑,对一些行政部门对市场设定的市场规则,产生反感,对当下市场失去信心,感到自己的消费权益得不到合理的保护。

我们现在要拉动这一市场,要做的事自然很多,关键是重新树立消费者对市场的信心,对市场另一主体,即陶瓷艺术品生产与经营者的信任。

一、陶瓷艺术家要加强学习,提高自己作品的艺术含量,在创造出更多更好的陶瓷艺术作品的同时,要加强正面的宣传和推介活动

1. 市场的生产者要加强理论学习

我国陶瓷艺术品市场的生产者主体是从陶瓷手工艺人员转岗而来。他们历来重技不重艺,习惯于传统思维,创新能力差,而艺术的追求是不断创新,追求的是作者个性在其作品中的张扬,追求的是作者的思想、情感在自己作品中的表达,追求的是不断自我否定的新思想,而这点,我国传统手工艺陶瓷艺术家却不具备,具体表现为创作的作品器型单一、画面传统、生产重复,临摹的东西多,作品中自己的东西少,与其说是陶瓷艺术品,不如说是工艺产品的范畴。

此外,他们这些人在创作作品时,由于个人难以独立完成,因此生产出来的陶瓷产品精细度不够,达不到消费者的要求。为此,我们建议陶瓷艺术品市场的创作者要加强学习。

2. 创作者要加强技艺的学习

加入陶瓷艺术品创作的另一路艺术大军,即我们通常说的学院派、外地书

画艺术家,他们在进入陶瓷艺术创作时,虽有美学知识、美学理论、绘画基础,但是陶瓷是集材料、造型、烧造、装饰为一体的综合艺术。陶瓷艺术品,首先强调的是瓷美,而瓷美的基础是材料美、造型美、釉色美,陶瓷装饰只是陶瓷艺术的一部分,它必须与整体协调。由于陶瓷材料主要是一些矿物料合成的釉料,它与我国传统的书画的水墨料、油画的油料不同,各自绘画的手法也不同,而且最大的不同是陶瓷最后的成功,必须经过窑火烧造。瓷器生产创作的成本相对比书画、油画的成本高,而且创作时,充满了不确定性。在我国古代瓷器行,常有谚语,"六年才出一个画红师傅,十年才出一个烧窑的把桩老板",这就是说,普通人要熟练地掌握陶瓷技艺,不是一年半载的事。

正因为如此,在陶瓷这一行,消费者历来也注重作品的技艺。技好的陶瓷作品价格就高,技差的就次,产品也卖不起价。

学院派、书画艺术家加入这一行后,应加强对陶瓷技艺的学习。只有把技术学好,加上自己的美学知识,才能把自己手上的瓷器做好,才能创造出一些令人耳目一新的陶瓷艺术作品。

不过,目前一些学院派、外地书画、油画界的人员,他们受利益驱动,利用自己在学术界的影响,极力回避这一事实,引导人们忽视陶瓷审美的主体——瓷,把大家带入陶瓷彩绘这一行业,这是对社会极不负责任的人。他们最终也必将受到社会的谴责和艺术界的唾弃。

当然,外地也有一部分聪明的书画艺术,他们发挥自己的优势,走自己的路,即当前我们常说的瓷画艺术,但是瓷画艺术也必须懂瓷、懂陶瓷材料,只有这样才能创造大家喜爱的作品。这在点上,我们近代"珠山八友"这一瓷画团体,就是大家学习的榜样。

3. 社会及陶瓷艺术家要加强对自己陶瓷艺术作品的正面宣传和推价

陶瓷艺术品市场和书画、油画等艺术品市场一样,这是一个特殊的市场,由于艺术家精力有限,一生所创作的作品也有限。因此,它们在市场上永远处于一个垄断地位。

在西方经济学中,这一特殊产品的价格,通常根据市场需求曲线的走向来决定。而在我国经济理论中,则根据供需关系来决定。其实,它们二者表现的思想是一致的,即陶瓷艺术家创作的产品价格,取决于市场的需求量。需求量大,价就高,反之则低。

需求量是怎样产生的？这除了取决于陶瓷艺术品的艺术含量之外，另一方面，与社会和陶瓷艺术家对自己和自己作品的推介有很大的关系。通过宣传和推广，市场了解的人越多，需求量也就越大。

有资料显示，我国著名的油画家、教育家徐悲鸿先生年轻时，在抗战首都重庆，生活极度困难，无米下锅时，他每星期都要挤出一块大洋在当时的《新华日报》做一个广告，用来宣传自己。

艺坛上著名的大家尚且如此，我们陶瓷艺术家在刚兴起的陶瓷艺术品市场更应如此。在这个市场，谁的宣传做得最好，谁就走在陶瓷艺术品市场的前列。当然，这种宣传必须建立在陶瓷艺术家的作品上和人品上，像过去出现的虚假宣传，只能害人害己。

二、政府管理部门要尊重艺术创作规律和市场经济规律，退出并取消"评职"活动，加强陶瓷艺术品知识的普及力度，强化市场监管力度，打击不法行为

目前，在我国陶瓷艺术品市场，大家反应最集中的是政府相关部门为这一市场确立的当代陶瓷艺术品艺术价值评定系统、艺术品价格的定价原则。这一价值系统和定价原则，在我国陶瓷艺术品市场的初期，对于凝聚一批陶瓷艺术家、满足市场对产品的期待确实起到一定的作用，但是长期推行，问题不少，它扼杀了陶瓷艺术品作者创作的生命力，扼杀了市场应有的活力。陶瓷艺术家成了现行权力的奴隶，陶瓷艺术品成了一些人敛财的工具。这是艺术在我国历史上以及世界人类文明史上的一次大倒退。

我国当前陶瓷艺术品管理及监理部门要做的是给这一领域的评职机构降温，甚至取消或退出我国各种陶瓷艺术行业的评职机构，把这一职责归还给消费者、陶瓷艺术品评论机构、职业评论家队伍。他们应当肩负起陶瓷艺术品市场应有的监管职责，加强陶瓷艺术品知识的普及宣传力度，制定符合我国社会主义陶瓷艺术品市场特色的法律法规制度，完善市场体系的建设，强化市场监管力度，打击市场内作假、诈骗、代笔、虚假宣传等不法行为，净化市场，切实维护消费者的利益，树立消费者的消费信心，促进我国陶瓷艺术品市场健康有序的发展。

三、成立陶瓷艺术品文化发展基金,加强理论研究,做到理论先行

在我国社会主义经济建设中,由于建设社会主义是一个新兴的事业,没有现成的理论可循。我们常常在工作中采用边做边学,边做边研究的办法。陶瓷艺术品经济的发展,陶瓷艺术品市场的建立也是这样。我们工作中可依赖的知识主要是我国古陶瓷研究机构提供的一些陶瓷考古、鉴定知识,我国书画艺术品知识,古玩行长期积累下来的一些经验之谈,还有就是西方艺术品市场的相关知识。可以说,在这些知识中,书画艺术品知识对我们影响最大。

但是我们也看到,在我国艺术品市场上,西方的影子不少,但是西方内在的东西却没有,它们对艺术品、艺术品市场严格监管的要求,我们又看不到。市场规范的运行程序,严格的准入、退出机制,我们也没有。公证的权威的艺术品评论制度,也没有形成。在这个市场,谁都有发言权,谁都可以对自己的说话不负责任。任何行政机构、行业部门都可以对这一行业进行管理、干涉,但是他们又不对自己的行为承担任何责任。

由于缺乏统一的理论做指导,我们的路走不远,艺术品市场是如此,陶瓷艺术品市场亦如此,它们经历一场乱哄哄的发展后,高调开场,低调收场,结果损害的是这一具有巨大发展潜力的市场,破坏的是这一充满生机的经济体。

即便如此,我们一些管理决策机构并没有引起足够的重视,它们把我国陶瓷文化仍放在生产和创作上,没有放在理论体系的建设上,没有放在市场功能的完善上,没有放在消费者市场的培育上。

任何企业,任何经济实体,任何产业,没有市场,没有消费,一切努力都是零。

今天,我们国家陶瓷艺术品消费并不是没有市场,并不是没有消费群体,为什么会出现现在这种情况?它应当引起大家去认真地反思。有的说,今天这个局面是由近几年国家推行"反腐"造成的,"反腐"一

图7-5 佛山石湾陶瓷
《喜讯传来-父女学社论》 作者 佚名
图片来自陶瓷文化网

结束,市场就会迅速好起来。如果一个人这样想,我们可以说,他这是在为自己的市场失败行为开脱。如果大家都这样想,那么这个市场就真的可怕。但是,无论我们现在面对的情况如何,当前国家有必要设立相应的陶瓷艺术品文化发展基金,加强市场对陶瓷艺术价值、艺术品价格、陶瓷艺术价值评价体系、陶瓷艺术品定价体系进行必要的研究,梳理一些观念,明确一些"什么是陶瓷文化、什么是陶瓷艺术、什么是陶瓷艺术价值、陶瓷艺术价值与陶瓷艺术品价值的关系、陶瓷艺术品内在的运行经济规律是什么等"基本概念,这对迅速厘清我们目前市场存在的问题,制定相关的应对措施,完善行业法规政策,摆脱市场疲软状态,迎接下一个市场购买力高峰到来,促进陶瓷艺术品经济的大发展,进而带动我国传统陶瓷文化产业的复兴,都具有重大的现实指导意义。

四、着力建立一支陶瓷艺术品艺术价值评论队伍

我国陶瓷艺术品市场虽然起步晚,但是经历近几十年的大发展,目前我国陶瓷艺术品领域从业人员已近千万。同时,陶瓷艺术品收藏和爱好队伍已接近上亿人。

首先,缺乏艺术价值评论队伍。这样一个庞大的艺术品市场,目前我们还没有建立一支真正的陶瓷艺术作品评论员队伍,更没有一家真正从事陶瓷艺术品的评论机构。陶瓷艺术品价值的话语权仍掌握在某些官员手中,解释权在生产者和经营者手中。他们受市场利益的驱动,言行早已不具备公正性。在这一环境下,消费者经常不能取得正确的市场消费信息和艺术品价值信息,产品价格扭曲,消费利益受到极大的伤害。他们伤害消费者,同时也伤害了这个市场,丢失了自己的"粉丝"群。

其次,缺乏经纪公司。大部分经营者缺乏必要的陶瓷艺术品相关知识,他们不能理解艺术家创作的意图,不能向消费者充分展示艺术品内在的艺术价值,有的甚至曲解了作品的含义。由此,一些陶瓷艺术品从业人员不得不从生产创作第一线走到经营第一线,陶瓷艺术创作者更多是充当商人的角色,艺术创作受到干扰,产品艺术含量不高,难以创作出时代的精品。

最后,缺乏一支专业的、客观公正的、行业内公认的陶瓷艺术品价格评估队伍和评估机构。由于此机构和队伍人员缺乏,我们国家现在一些重要

的陶瓷艺术品价格在计算其价格时,大都参照同期或近期国内外拍卖机构春拍、秋拍中同类或者相近作品的价格来核算。这种方法核算出来的最后价格,因缺乏严谨的科学态度,所依据的数据不具有代表性,只是一个风向标的数字,它往往不能反映该陶瓷艺术品在当前市场的真实价格,因此几乎不为消费者所接受,更不能为金融机构所接受。

陶瓷艺术品市场对自身的产品价格不能做出一定权威的反映,这就阻隔了陶瓷艺术品的金融化进程。

因此,从规范市场、完善市场功能的角度看,加强陶瓷艺术品艺术价值评论队伍建设、加快陶瓷艺术品经纪人队伍的建设、建立一支陶瓷艺术品价格评估队伍和评估机构,刻不容缓。

五、纠正当前在收藏中的几个不正确概念,促进消费者理性消费

中国民间有些谚语:"居无瓷不雅""屋无瓷不平""房无瓷不贵"。可以说,陶瓷一直是我国人民的钟爱之物。"盛世收瓷,乱世典藏黄金",现在我们国家又进入了一个盛世时期,对陶瓷的收藏,也进入一个高涨期,但是,在现代中国,陶瓷收藏市场形成的时间却不长,买卖双方都表现稚嫩,买家对陶瓷收藏的认识,仅停留在相关收藏杂志宣传的几件明清皇家官窑器上和当代一些名家作品上。

由于前期陶瓷艺术品市场过快的增长,市场价格出现严重的扭曲,投资消费者失去对当下陶瓷艺术品市场的信心。因此,在当前市场,我们要重筑新的陶瓷艺术品市场消费结构,把过去的市场消费主体转向我国的工薪、白领阶层上,结合我国陶瓷艺术品的功能特点,提倡艺术作品生活化,生活作品艺术化,对市场消费者,把他们重新拉回到消费收藏的主轴上,建立他们的消费信心。

在重建消费者对陶瓷艺术品消费的信心中,我们必须同时厘清当前在收藏中的几个不正确概念,促进消费者理性消费。

1. 唯古论

唯古论,指的是当前收藏消费中一些人存在的"厚古薄今"思想。其实,唯古论不是陶瓷收藏的原则,"文化收藏"才是陶瓷收藏中应遵循的一条基本法则。当前,由于技术的进步,材料的革新,审美的提高,工艺艺术瓷普遍

好于历史各个时期,历史上曾经封锁在皇宫大院中,只有皇亲贵戚才能享受的陶瓷奢侈品,今天普通阶层也能享受得到,享用得起。

心存"唯古论"的人,是对陶瓷发展历史没有全面的理解和正确的解读。如果这种思想继续下去,收藏的路子就会越走越窄。我们不提倡这一观点。

今日之物,就是明日之古器。陶瓷收藏品如果跳出实用性,就必须寻求附着在它身上的文化故事,作品的典型性、代表性。而且,对于一个器物件来说,必须要求它具有精美性和完整性。

2. 官窑概念的错用

官窑在中国陶瓷行业中,它是一个特指的概念,主要指明清这一时期,在江西景德镇皇家御窑厂所产的瓷器。这些瓷器,美观大方、精细、高贵典雅,市场上打着官窑之名而有裂纹和斑点的产品,均是假官窑产品。因为,明清景德镇皇家皇窑器厂制度严格,残次品不可能面世。如果有人说这一定是官窑,只能是后期的仿品。

在我国宋代,分别在日本东京和浙江杭州设立过窑官,但历史时期都不长。陶瓷界,特别是陶瓷收藏界,人们把此时期所产的瓷列入高古瓷之列。与我们现在所说的明清官窑有巨大的区别。

至于"文革"时,有人把当时江西景德镇和湖南醴陵为毛泽东主席生产的日用生活用瓷,也叫官窑瓷,甚至新中国成立后国有瓷厂所产的瓷器也叫官窑瓷,这叫偷换概念。

历史上官窑一说,早有定论。目前市场上一些人出于各自的目的,混淆这一概念,实则是想达到自己牟取暴利的目的。

3. 过高估价名人名作,盲目崇拜大师名头

目前之所以出现这一现象,严格地说,是我国权力寻租心态下在这一领域的具体体现。陶瓷生产由于工序复杂,一个人难以完成,其作品往往是大家共同劳动的结晶。陶瓷大师在这一特殊行业中,不可能把每件陶瓷作品制成艺术精品;相反,一些没有大师名头的陶瓷艺人,在特定的条件下,也可以把普通陶瓷做成陶瓷艺术精品。陶瓷工艺精品和陶瓷艺术不能和大师画上等号。在西方,陶瓷艺术的价值来自人们对他的经济寻租价格。没有寻租,大师没有市场,也就没有价值。

4. 端正投资与消费的观念

我们要把正常的陶瓷艺术品消费与投资理财概念区分开来。其实,这个市场真正的利益获得者不是投资收藏的人,而是消费收藏者:他们根据自己对陶瓷知识的了解和自己的喜好,花合理的钱,买自己喜欢的瓷器,在欣赏之余,把它们珍藏下来,有时获得意想不到的惊喜。如近十年拍卖市场上拍出的天价陶瓷《元青花鬼谷子下山图罐》《明成化鸡缸杯》等,当时只是用来消费,消费者和生产者一样,根本也没有想到今天会卖出如此价格。

今日之新,就是明日之古。今日黄毛小子,也许就是明日的陶瓷艺术大家。我们消费,不要太局限在大师作品上。这样,陶瓷艺术品市场上,可选择的对象及其作品就非常多。

据不完全统计,截至2012年,在江西景德镇陶瓷名人录上的名人,有真实记载的就有2700名。其中,由国家级相关单位授予的中国工艺美术大师,授予五批共23名;授予的中国陶瓷艺术大师,二批次,共27名;由省级相关单位授予的江西省工艺美术大师,授予四批,共119名;由市级相关单位授予的景德镇市工艺美术大师,授予四批,共26名;市级政府授予的陶瓷美术家,授予五批,共55名;当地市委,市政府授予的"陶瓷世家",24户,等等。这之中还不包括外地到景德镇从事陶瓷生产和制作的艺术名人,更不包括那些身怀绝技,长期从事陶瓷生产和制作的老艺人,以及全国各大专美院涌向景德镇从事陶瓷创业的学生。

当前,从事陶瓷艺术品创作人员,全国有上百万,在这一市场上,拥有国家

图7-6 瓷画《美丽家园》
作者 陶瓷艺术家罗小聪

相关专职评职机构,评出的陶瓷艺术品从业人员不到总量的百分之二十。这二成拥有职称的从业人员,他们曾是这个市场利益的最大受益者,由于利益固化,这群人中虽不乏精英,但整体创新能力普遍显得不足,产品品种单一。此外,装饰画面也单一。倒是没有取得职称的,其他八成陶瓷艺术品创作从业人员,他们为了生存,紧靠市场,创新强,价格不高,这种陶瓷工艺艺术品,可给消费者带来更大的实惠。

  此外,还有一些对当代中国陶瓷画艺术的发展深远影响的瓷。一是我们通常所说的民国瓷。其初期的仿古品,有的几乎可以达到以假乱真的程度;二是洪宪瓷,这些瓷器多数是仿造雍正、乾隆时期的作品,有"居仁堂""居仁堂制";三是"蒋介石官窑",由当时江西瓷业公司烧制,它的前身是明清御厂,瓷器均有相当高的水准;四是以瓷业艺人王琦等"珠山八友"为代表的瓷画艺术。他们从清末到新中国成立初期,前后在中国陶瓷历史上活跃几十年,对当代中国陶瓷瓷画艺术的发展具有深远的影响。

  制瓷史上,明清官窑瓷仿古中的精品;我国各朝各代、各地各时期的手工"民窑"陶瓷精品、完整件;新中国成立后最具文化特色,能充分满足收藏者猎奇的"文革"瓷;国营瓷厂所产的工艺美术瓷,也就是时下所称的"七九八"瓷,工艺技术含量有的直追明清官窑瓷。以上这些都值得我们去关注,值得永远去玩味。

第八章 正确处理消费与投资的关系

第一节 正确处理消费收藏与投资收藏的关系

今天,我们观看历史上各时期的陶瓷,它们犹如散落在人类文明史上的一颗颗七彩珍珠,非常明亮,十分耀眼。陶瓷这一人类社会活动的衍生产品,自诞生那一刻起,就伴随人类科技的进步,宗教、哲学的发展,大众审美情趣的提高,从低到高,一路见证了人类自我发展的全过程。日常,无论是陶瓷群体,还是陶瓷个体,从它们身上,我们都能从中找到它们当时的工艺技术特点,以及所反映的人们的审美喜好等。在远古时代,当人类还没有发明文字记事时,当时出土的陶瓷,常是我们打开那个时代文明的"金钥匙"。陶瓷身上所展现的特有人文信息,无论是科技材料、宗教历史、人文审美、社会伦理、政治经济等的哪个方面,人们都能找到自己的需要点。也正是因为陶瓷身上包含着人类社会不同阶层所需的信息,千百年来,人们才对它一直孜孜以求,甚至到达痴迷的境地。

改革开放短短几十年,特别是近二十年,陶瓷收藏市场产品的价格和利润暴涨了近百倍,生产和经济规模也水涨船高,增长了近百倍。陶瓷收藏在当代中国由一种经济现象变为一种经济体,成为中国市场经济不可分割的一部分。

不过,在市场经济的驱动下,长期以来,我国人们固守的陶瓷收藏观念,此时已经发生了质的变化。

一、收藏及收藏观念在我国历史上的演变

收藏,在日常,通常被人们神秘化,被视为王公贵族和有钱人的一种行为。其实不然,它不是他们的专有,从字面来解释,"收藏"一词,包含两层意思,一是收殓埋葬,即收殓封存,永不示人的意思;二是收聚蓄藏,即收集保存,以备后用的意思。今天,我们讲的收藏,大多把它们理解为后者,即收集、典藏的意思。它是一个动词。

对于收藏,在日常百姓生活中,人们首先考虑到的是它的实用,即物件的使用价值。它们涵盖着人们衣、食、住、行等各个方面。比如,到了春夏之季,老百姓常会把他们秋冬之季的衣物收藏起来,以备来年之用,到了秋收季节,他们更要为第二年的春荒食物做储备,把多余的粮食收藏起来。

雨天用伞,热天戴草帽,这是人类日常生活的普遍习惯。这些生活日用品不用的时候,都得进行收藏。这一行为,成为我们生活的一个重要组成部分,小到平民百姓,大到王公贵族,莫不如此。

不过,人们除了收藏日常的生活必需品外,同样也收藏他们手中积聚下来的多余的货币。由于日用品容易过时,使用价值消失快,大家更热衷于收藏手中的货币。但是,各王朝的纸币,在其政权更迭后,它们更会失去它们应有的价值。为了考虑自己手中的货币不至于贬值,大家便会把目光重新投向商品价值中,投向原始的等价物,比如金、银上面。

历史上,百姓收藏金、银的最初用意,是为了自己手中的财物不至于贬值,他们并没有想到收藏物会给他们带来意外增值的效果。

不过,市场仍有一类产品,诸如铜器、玉器、字画、瓷器等工艺艺术品,它们和其他普通商品不一样,因其使用价值的特殊功效性,随着时间的推移,精品量越来越少,在人们怀旧的消费心理驱动下,市场对它们的需求量不降反升。这些商品价格在原有价值基础上,除达到保值的作用外,还能够增值。

这种消费与收藏结合,消费者不仅消费了自己手中的产品,而且由于铜

图 8-1　紫砂壶

器、玉器、字画、瓷器等工艺艺术品的特殊使用价值,使产品的价值能够有效地保存下来,意外地收到自己资产的溢价,达到增值的目的。这一特有的经济生活现象,在当今陶瓷为首的手工艺艺术品市场上已催生出一种新的经济行为,即消费收藏经济学。

至于让自己手中的收藏物,作为自己财产的投资对象,用作长期的保值和增值作用,则是近十几年的事情,一般的平民百姓则涉及较少。这种经营行为,已经超出了传统的收藏范围,已经成为一种商业投资,即平价买进,高价卖出。由于是买卖行为,自然就有风险。从传统的市场角度分析,除金、银等硬通货外,收藏产品的原有使用价值消失,其价值也将消失。但是,从收藏投资家角度来看,新兴的商品市场,除普通产品外,书画、油画、陶瓷艺术品都能达到投资者的目的,我们把这种对艺术品的投资收藏行为,叫投资收藏经济学。

二、消费收藏与投资收藏的共同点和不同之处

1. 在陶瓷艺术品市场,消费收藏与投资收藏的共同点:

(1)两者都有达到资产保值和增值的可能;

(2)消费收藏与投资收藏的产品都一致,如铜器、玉器、字画、瓷器等工艺艺术品。

2. 消费收藏与投资收藏不同之处:

(1)目的不同

消费收藏的目的是消费,收藏的目的不是为了资产的保值和增值,而是为

了保存产品的功能不受到破坏,达到手中产品的使用价值在今后得到延续。产品的资产保值和增值,对消费者来说,是一种意外收益,并没有列入消费者的计划中;

投资收藏的目的,不是为了消费,而是为了投资。他们通过对货物的买进卖出,达到一种奇货可居,待市场产品涨价时,再抛出,从而达到自己资产保值和增值的目的。

(2)手段不同

消费收藏与投资收藏,两者同样是收藏,但是,消费收藏可借助收藏这一手段,把自己没有消费完的产品保存起来,以备来年继续使用。投资收藏不是为了保存产品的功效,而是通过收藏等待市场产品的涨价,收藏产品成了投资的工具。

(3)对产品要求不一样

消费收藏,只要产品性能优良、完整,不出现缺陷,性价比高,自己满意,消费能力能够达到,就会出手消费,而对产品以外的其他因素,如名家制作、名人品牌、名人的文化程度、名人的知名度等,没有过多要求。

投资收藏品则不同,他们有时对产品的性能不十分讲究,除产品完整外,对产品性能以外的因素,如产品知名度,行业的影响,是否出自名家制作,名人的个人品牌、文化程度、艺术成就、职称、社会关注度等,有时会提出很苛刻的要求。他要的不是产品性能、使用价值,而是产品身上包含的人文特质及人文故事。

(4)产品经营方式不一样

消费收藏者希望市场处于一种完全竞争的状态下,这样他们就能得到市场因竞争给自己带来的价格红利。

投资收藏则不一样,他们希望自己经营的产品处在垄断状态下,这样自己就能操控市场,操控产品的价格,进而谋利。

(5)最终收益不一样

消费收藏,是为了提高自己的生活水平,收益的是一种享受和愉悦。

投资收藏,由于是进行资产投资,市场变化有时不受投资者个人控制,因此,存在风险,甚至出现投资失败的情况。在这一过程中,他必须经受各种心理起伏,这其实是一个痛苦的过程。

三、陶瓷文化在收藏中的重要性与必要性

在陶瓷消费收藏与投资收藏这两种经济行为中,我们比较偏重消费收藏这一理念。花钱买消费,值。在消费后,在获得服务后,还能获得一种意外的收获,即对自己的资产进行保值甚至增值。

但是,陶瓷商品市场发展到今天,人们已经不再满足以上这一经济行为,我们直接对陶瓷进行投资,通过一段时间的囤积,即收藏,以获得自己资产更快更好的保值和增值。

针对这种行为,市场上一些生产经营投机者随即推出"某名家作品市场价格每年百分之几十的增长,买到即赚到",甚至有人低价卖出,高价收回,或每年按百分之几十的产品价格增长率,连本带息收回往日卖出的产品。这一商业行为,更加激发了市场对陶瓷产品的投资收藏热情。

那么,陶瓷投资收藏,到底能不能保证自己资产的保值和增值?

从理论上分析,以上投资行为是错误的,推出的理念也是错误的。这是因为,在市场上陶瓷与其他产品一样是普通的劳动产品,它不仅数量多而且分布十分广泛。世界上大凡有人居住,有瓷土和黏土的地方,就有陶、有瓷。作为商品,它是使用价值和价值的统一体。随着陶瓷使用价值的消失,陶瓷的价值也随即消失。陶瓷在市场上,作为普通产品,它没有保值的功能,更没有增值的功能。在商品市场上,能给投资者的资产带来保值的产品,只有金、银这样的硬通货。金、银,它们作为一般等价物存在,在市场上,不仅具有等价交换的功能,而且具有财富贮存的功能。陶瓷这种普通的商品,重复生产性强、容易破碎,更不存在分割的特性,因此,在货币史上,从未被列入商品市场一般等价物之列。

图 8-2　潭窑作品
牡丹描金小碗

目前,在投资市场上,金价、银价也不稳定,时常波动。那么,投资陶瓷产品,投资者要想达到自己的资产保值和增值,几乎不可能,甚至是天方夜谭。过去,一些百姓和文人雅士、达官贵人,也收藏瓷器、玩瓷器,但是,它们却从未被收藏专业人士和收藏家作为保值的手段,仅是一种兴趣和爱好。

那么,我们又如何解释近十几年我国方兴未艾的陶瓷收藏事业,在全国及世界各大拍卖行,传出的一个个振奋人心的大好消息?

哲学家黑格尔说过,存在即合理。

既然在陶瓷市场出现投资收藏这一经济行为,而且被不少陶瓷爱好者、收藏家接受,就一定有其合理之处。

因这种经济行为的合理存在,它必须在陶瓷市场上找到一种能给做投资陶瓷收藏的人带来资产保值、增值的特殊产品,且这种特殊产品,比市场一般等价物如金、银等更具有财富的代表性。

这种代表性产品是什么呢?

它不可能是我们日常陶瓷品市场的普通陶瓷品,而应是一种特殊陶瓷产品。这种特殊陶瓷商品又会是什么产品呢。

历史上,被誉为"国之瑰宝"的宋代钧窑,在当时就享有"黄金有价钧无价""纵有家财万贯不如钧瓷一片"的盛誉。2014年4月,在香港苏富比春拍上,以2.8亿港元成交的《明成化鸡缸杯》,明万历年间《神宗实录》就有载:"神宗时尚食,御前有成化彩鸡缸杯一双,值钱十万。"

从以上事件中我们可以看出,在当今陶瓷市场,能够给陶瓷投资收藏者的

图 8-3　黑地描金盖碗

图 8-4　陶瓷艺术家兰子作品瓷板画《说唱的女人》

资产带来保值和增值的产品,是文化 + 陶瓷,即陶瓷文化产品。

陶瓷文化产品之所以能够保值,甚至增值,主要由以下几个方面的因素来确定:

1. 陶瓷的物理特性

陶瓷经高温烧成,特别是瓷器,经高温瓷化后,胎质坚硬细密,耐酸、耐腐,保存时间长,如果使用得当,不碰伤,不摔打,保持完整,其使用价值可以长期得到延续。陶瓷使用价值存在,凝聚在它身上的劳动力价值也就存在。这就是陶瓷在消费时或获消费后,消费者投资的资金得以保值的根本原因。它取决于陶瓷这种普通商品的特有物理性能,而市场上,其他商品却不具备这一功能。这是陶瓷投资收藏保值的基础和前提。

2. 陶瓷产品的社会属性

陶瓷是人类历史上第一个属于自己开发,拥有独立知识产权的劳动手工产品,它通过泥塑成型并经过高温烧造而成。由于其可塑性强,在生产制造中,人类能够根据自己的需要,制造出不同风格、不同样式、不同用途的各式各样的产品。在这一创作过程中,他们会带来人类不同时期的情感、审美需求,同时,把当时最先进的科学技术、材料、观念注入其中,这就是陶瓷这一商品不同于其他市场产品的原因。在它身上,凝聚了人类文化进程中的不同成果,它是开启人类文明的"金钥匙"。

3. 市场消费者长期对它形成的偏好

陶瓷生产工序复杂,据《陶录》等相关资料介绍,陶瓷从采矿到碎石成土,再到变成陶泥、成型、上釉、装饰、烧造、画红、写款、烘烤、包装——有72道工序。它是世界上做工最复杂的产品,也是工序最多的产品。

人们在这一生产过程中付出的劳动多,对它热爱也多。自古以来,人们对陶瓷的生产和收藏,都寄予了极大的热情,形成独有的偏好,市场非常广泛。

4. 市场上高端、顶尖产品一直稀缺,造成产品的供不应求

陶瓷产品工艺非常复杂,大致可分为材料制作、成型、烧造、装饰四种工艺。任何一件产品的制造成功,必须由这四道工序的工作人员通力配合。这其中,一道工序好,出不了好产品,两道工序好也出不了好产品,三道工序好,同样也出不了好产品,只有四道工序都好,都优秀,才能做出一件好陶瓷。特别是一件极优陶瓷产品,它要求每道工序都做到极致。这在过去的工手时代,基本上是非常艰难的一件事。它除了需要技术做后盾,人才做后盾,还需资金做后盾。

要做出好瓷器,过去的普通民窑很难,只有皇家背景的宋代五大名窑做得到,还有就是明清皇家直接投资的窑厂做得到。即便如此,明清景德镇皇家御窑厂所贡瓷器,十有九八被落选。

因此在陶瓷市场上,高端、顶尖的陶瓷产品很少,加上陶瓷易碎,日常搬动、运输、战争等各种因素都可能造成它的减少,这就是市场供应紧张,价格一路高涨的原因,甚至皇家官窑的一块瓷片都受到后人的追捧。

基于以上认识,当前,我国瓷器投资收藏市场上,大多投资者以历朝的皇家官窑器为标本。其他陶瓷制品,虽然也有人把玩,但从严格意义来说,并没有进入投资者和陶瓷收藏家作为自己资产保值,甚至增值的视野。所以,陶瓷投资收藏者投资的范围非常局限,他们除官窑器外,其他陶瓷产品,或当代陶瓷工艺品,只限于其中的精品或代表作品。

坚持文化优先的原则,追求陶瓷身上体现的文化特质及背后的故事。总之,投资者坚信,没有文化的陶瓷产品,没有投资收藏的价值;而任何一件陶瓷收藏品带来的保值和增值概率的大小,则取决于陶瓷收藏品中内含的文化元素的多少,以及它在同期各文化元素中体现的典型性、先进性、代表性;典型性、先进性、代表性越高,则保值和增值的概率就越大,反之,保值和增值的概率就越小;没有典型性、先进性、代表性的陶瓷产品,则没有保值和增值的价值,也就是说,保值和增值的概率为零。

陶　瓷

艺术品

经济学

第二节　陶瓷艺术品消费五大原则

当前，我们日用陶瓷品市场产品非常丰富，品种达数十万甚至百万；市场分布在各国各大区域，城区、市郊和边远的乡镇及边境口岸，都能看到它们的身影；产品生产分散在世界各地；陶瓷品牌企业、历史上各种大小窑口星罗棋布，不胜枚举，陶瓷产品价格从几元到几千、几万元甚至百万、千万、亿元不等。

面对这样一个陶瓷日用品市场，在陶瓷艺术品概念不清，手工品与艺术品界限不明，陶瓷艺术品市场被过度操作，艺术、艺术家被娱乐化的今天，陶瓷艺术品爱好者、消费者、投资收藏者如何购得自己满意的陶瓷产品？在回答这一问题之前，我们有必要把自己所需的产品从市场其他产品中分离出来，且坚持以下五大原则，也就是我们说的，收藏的陶瓷艺术品必须具备五大要素，从而把不相关的产品排除在自己的视线之外。

一、陶瓷艺术品必须是手工和半手工工艺品

陶瓷与其他产品不同，它是人类首个劳动产品，但是，陶瓷不是一个静态概念。随着科技的进步，人类对材料开发的深入，它不断地注入了新的内容。今天我们说的陶瓷概念，与原有的陶瓷概念相比已发生了巨大的变化，它已不是传统意义上的手工制瓷。在西方国家，凡是具有审美意识的陶瓷产品，都是陶瓷艺术品。他们的观念与中国人的观念有很大的不同。《泉》是法国艺术家马塞尔·杜尚把到处可见、日常生活用的抽水马桶做出的一件陶瓷艺术品。

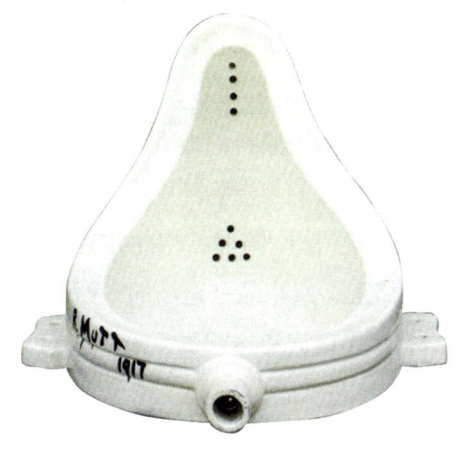

图 8-5　马塞尔·杜尚　《泉》

《泉》在西方被誉为后现代主义的代表之作。不过,在我国,除一些先锋艺术家能认同外,大多数人并不认同它。中国是一个陶瓷历史悠久的国家,上下几千年,品种和门类非常丰富,产品数量巨大,面对这一情况,陶瓷收藏的概念也只能定格在手工和半手工的传统手工制瓷上。现代机械化大工厂条件下,生产和制造成的陶瓷日用生活用瓷,虽然也是一个美学产品,有时甚至比传统手工条件下生产和制造的陶瓷产品精美、漂亮,但是,它们并不能纳入陶瓷收藏和爱好者的收藏范畴。

　　日常陶瓷爱好和收藏者,他们追逐陶瓷,除了对陶瓷爱好之外,还有一个重要的因素,就是他们眼中的陶瓷艺术品个体之间相互的差异变化。世界上同一时间、同一地点,不会出现同一件陶瓷产品,而那些没有变化,同类同质的陶瓷产品,它们在陶瓷收藏和爱好者眼中,只是产品,不是艺术品,激不起他们独占的欲望。产品有价,而艺术陶瓷品艺术无价。在陶瓷收藏者心中,只有后者才能满足自己资产保值和增值的投资目的。

　　手工瓷,就是在陶瓷产品制造过程中,陶瓷制造的每个工序都是由人的手工完成。

　　半手工瓷,具体指陶瓷在成型工序中,由注浆和机械压模代替手工拉坯的过程,这种生产形式产出的产品,称之为半手工产品。

　　机械制瓷,指在陶瓷制造过程中,用机械代替人的手工而生产的产品。

二、陶瓷艺术品必须是有出处的陶瓷文化产品

　　在我国手工陶瓷发展过程中,陶瓷的使用价值经过生活用具、陪葬品、祭祀品、生活陈列装饰品、陶瓷艺术品的过程。通常,生活用具分布广,数量多,全国各地有陶瓷原料的地方,均可以发现它们的残物和碎片。除了典型的遗址和窑口中发掘的陶瓷物件中的代表器外,一般收藏和爱好者不会把它们列入自己的收藏清单。陪葬品,有的陶瓷收藏爱好者嫌此物阴气太重,不吉利,他们也不碰此物。祭祀品是道场的东西,一般人也不会过多把它们据为己有。收藏品只有古代皇宫和达官贵人家中遗存下来的陶瓷陈设品、现代精美的陶瓷工艺品、陶瓷艺术品,它们才是今天陶瓷收藏和爱好者追逐的对象。

　　历史上陶瓷产品都是手工制作,由于当时技术不发达,因此要获得一件满意的产品比较困难。现在,诸如采矿、掏洗、釉料配方、烧练这些技术难题都得

到很好的解决，因此，做一件满意的陶瓷产品不是难事，而且成本比以往大大降低。我们说，陶瓷与玉器不同，它是一种再生产品，由于材料广泛、技术门槛不高，生产成本也不高，一件好的陶瓷产品也不过一千元。因此，人们收藏陶瓷，看中它的保值和增值，不是陶瓷的本身，而是陶瓷身上附有的文化。

收藏普通日用陶瓷没有价值，收藏有文化的陶瓷才有价值。带有宫廷文化色彩的陶瓷产品，比具有民间文化色彩的陶瓷产品价值高，宋五代名窑比当时著名的民窑陶瓷价值高，一个地区的陶瓷代表作品比普通的陶瓷价值高，有文化故事的陶瓷产品比没有故事的普通陶瓷产品价值高。为了说明这个问题，我们可以举例做个分析。

一种施以紫金釉的紫砂钵，它本是生产厂家为寺庙和尚定制的一种出外化缘的普通钵。由于此钵为此庙主持方丈所用。德高望重的方丈往生后，此庙的和尚和后来的主持，便把它收藏并作为神器供奉起来，并一直延续至今，前后几十年。

如果我们对它定价，此类产品在市场上，可能估价在一千元左右。但是此物在该寺庙内，由于作为神物收藏，因此它们在此处的价值则无从用金钱来衡量，在这个寺庙众和尚心中，它是无价的。

因此，陶瓷收藏的第二个要素就是，陶瓷藏物无论是名瓷还是普通的陶瓷工艺品，它们要有出处。产品为谁而做，是在什么样的条件下生产的。没有出处、没有文化的陶瓷产品不宜花大价钱收藏，否则，既不可能为收藏爱好者带来愉悦的心情，也不可能为他们带来保值和增值。

三、坚持陶瓷收藏中产品的完整性

陶瓷的完整性应指器型完整，没有破损裂痕，瓷面没有惊釉、擦伤，装饰与器形相协调。当前市场上，广大的陶瓷爱好者喜欢玩赏陶瓷残片，甚至有些人对它的追逐达到了迷恋的程度。人们也许会问，收藏陶瓷残片有没有价值？

这一节我要说的是，陶瓷残片的价值在于史料价值和研究价值。例如，当你遇上一件古陶瓷，当你看不准它的真假时，这时你手上的陶瓷残片能帮你发挥巨大的作用。这是为什么？我在这里要告诉大家的是，在仿古行，形好仿，但是神难仿，也就是说，一件古瓷的釉面，现代人很难达到它的效果。究其原因，一是古代瓷器釉料用的是矿物料，现代釉料是化学配料；二是古瓷经过几百甚至上千年的风化,釉面会发生相应的生化反应,这点是任何作假者难以逾越的。

"假李逵遇上真李逵",当假的瓷器遇到同时代的实物瓷片时,假冒者立即"现出原形"。

这就是古陶瓷残片最大的价值,陶瓷初学者和爱好者通过大量的观赏和研究,可以大大缩短鉴定的时间,进入专家行列。

古代陶瓷残片作为学术和研究价值,有不可替代性,但是作为收藏价值则不大。陶瓷易碎,日常生活中一个完整件,破了就使价值大大缩减,甚至被人当作垃圾处理。在我们的陶瓷收藏市场,由于古瓷或名瓷十分珍贵,持有者一般不会把它当垃圾抛掉,会想办法把它修复起来,不过,修复后价格却不到原价的百分之一甚至千分之一。在收藏界中,追求藏品的完整性,也就成了一项铁律。

追求陶瓷藏品的完整性,在古陶瓷收藏中非常重要,那么,从现代陶瓷艺术品的角度来看,它们还有另一层新的内容,即陶瓷造型的完整性、陶瓷釉面发色的充分完整性、陶瓷装饰的完整性,以及三者的统一性。

我们说,中国是一个有着悠久历史文化的国家,在陶瓷的发展过程中,窑工们用自己的智慧制作出一件件独具特色的陶瓷器型,有炉类、尊类、壶类、罐类、瓶类、杯类、碗类、盘类,以及盆、砚、合、烛台、花觚等各种雕塑类。在同一种产品造型中,不同时期,由于人们生活方式和审美情趣的变化,造型也会做出相应的调整。

在陶瓷造型中,每种造型的产生都有一个来历,表达一种思想和想法。如果在我们生活中,造型出现缺陷或呈现一种不完整的状态,就会让人感到一种思想欲表达时,有如鲠在喉的感觉,极为不爽。为此,我们在选择自己喜欢的瓷器时,为了不留下遗憾,一定要做到一看二摸三敲,保证自己选择的完整和完美性。

在陶瓷艺术价值的评价体系中,如果说一件陶瓷作品的造型决定此件作品质量的高度,那么陶瓷表面的釉色及装饰,决定着一件陶瓷艺术作品的厚度视觉冲击效果。一件瓷器,不用任何彩绘修饰,它瓷面上的窑色,经过窑火煅烧过后形成的变化,就可以把人带进一个梦幻的世界。早在一千年前宋代的钧瓷,因其窑变色釉,自宋徽宗起被历代帝王钦定为御用珍品,入住宫廷,只准皇

家所有，不准民间私藏，享有"黄金有价钧无价""纵有家产万贯，不如钧瓷一片"之盛誉。而景德镇湖田窑的影青瓷，汝窑的青瓷，龙泉窑的梅子青瓷，虽釉色单一，没有钧窑入窑后产生的万千之色，但是也可使瓷器达到"如冰似玉"的境界。

陶瓷的艺术是陶和瓷的艺术，陶瓷的彩绘装饰只是在陶瓷上进行艺术再加工，达到进一步提高其艺术效果的目的。脱离了陶瓷本身而谈艺术，就成了无源之水，无本之木。

当前，在陶瓷装饰上技术和手法很多，它可在施釉前对坯体进行，也能在瓷面釉上、釉中进行。常用的具体方法有单色釉、杂色釉（窑变釉、花釉）、结晶釉、裂纹釉、釉上彩、釉下彩、釉中彩、金银彩、斗彩、贴花、喷花、印花、刷花、刻花、划花、剔花、雕塑等。以上各种装饰方法，既可以单项运用，也可以综合运用。

不过，在陶瓷装饰图案上，除了我们要求饰物色釉和图案所表达的内容与陶瓷造型的语言一致外，我们对装饰色釉的发色情况，图案的工艺勾线的熟练程度和原创性也要进行分析，有创新则可以在原有的艺术基础上加分，否则起不到提升原有陶瓷艺术品档次的作用。

总之，陶瓷是门综合的艺术，一个好的陶瓷艺术品，它要求在造型、色彩、装饰三方面达到完整的统一，这其中任何一项的缺席，都将使一件陶瓷艺术品的价值大打折扣。

四、坚持陶瓷收藏品的真实性

在中国陶瓷手工发展历史上，陶瓷作品的仿制，历来是这一行业的特点之一，它不仅没有得到遏制，而且在当今得到了进一步发展。特别在江西景德镇产瓷区，陶瓷手工仿古业占据该瓷业手工制瓷行业的三成以上。在目前市场上，由于仿古市场利润空间大，仿古行不仅有官窑仿品，也有仿制的名家制瓷产品。由于科学技术在瓷业中的广泛推广和运用，仿造者仿制的水平，几乎能达到以假乱真的效果。这些作品的问世，有效地满足了一些陶瓷爱好者的需求。但是一些不法商人看到其中的商机，用仿冒陶瓷作品充当真品出售，甚至一些有名的藏家也参与其中，他们利用先进的高仿手段把真产品留下，卖出去的都是做旧后的仿品。这给陶瓷爱好者和刚进入陶瓷市场不久的人造成极大的伤害。

判别一件陶瓷的真假,历来是中国陶瓷古玩市场一个永久的话题。消费者在长期的实践中,他们先后总结了不少的识别方法,如掂量、摸胎、敲音、观型、看釉色、察看装饰的画工,一些研究者就陶瓷的制造工艺、烧煅工艺、陶瓷材料、装饰风格提出了一系列鉴证方法,国内文物研究机构甚至引进先进的同位素光谱仪对陶瓷真伪进行测试。

但是,由于作假者手段不断翻新,从对仿制后的陶瓷产品作色到烟熏、土侵,从氢氟酸、高锰酸钾去光做旧到用古陶瓷底款接底,从在古瓷上抛光重新加彩到用古瓷重新粉碎加工以及"补货"复烧等。五花八门的做旧方法,让古陶瓷专家和文物签证机构防不胜防,工作中不时出现失误。

收藏者都把古瓷行视作"深水"领域,他们之所以有如此的看法,都是古瓷器这个行当不少产品真假难辨,不少人看走眼,买过假货,上过当。有些人在这之中,不断总结,成了古陶瓷行内的行家里手,也有的因噎废食,就此告别古陶瓷市场,转向关注现代陶瓷名家的作品。一些人拿着政府相关部门公布的技术职称获奖名单,按图索骥。进入现代陶瓷收藏行业较早者,他们大都因为作者职称的提升获得不少收益。但是,在这个买卖市场,随着相关部门"造职"运动的加快,每年不断呈几何级数涌现的陶瓷艺术家,目前也已让陶瓷收藏爱好者眼花缭乱。

在市场巨大的需求面前,造假者自然也不会放过这样一个市场。由于有成熟的古瓷造假经验,加上现代名人陶瓷市场工艺简单,名人只完成陶瓷画装饰这一道工序,作假者只要把这道工序的画面通过相机截图,再借用计算机高科技手段,把截用的图案扫描到等同的瓷器上,或做成一种特有的印染纸张上,然后附在陶瓷表面上,通过拍图的方式,把图案印染在加工的瓷器上,再经过熟练的画工,便能把相关名家的作品几乎一丝不差地复制出来,投放到市场上。

以上的结果,造成了当下现代名家陶瓷市场不是卖作品,而是卖陶瓷作者签名的怪现象。有些高职院校受市场利益的驱使,他们也参与其中,与作假者联手,形成一种作假者生产,名家本人负责作品照相签字的利益链,严重地损害了消费者的利益。

在众多的艺术领域中,陶瓷艺术品的手工生产工艺与其他艺术品生产制作工艺有很大差别。一幅国画或油画作品,一人便可独立创作完成,而在陶瓷行业,一件陶瓷的制作有几十道工序,一人完成就有一定的困难,它是一件集体创造的结晶,特别是一件好的陶瓷艺术作品的问世,除各工序的工作人员都必须是最棒的,他们在创造中思想还须高度统一。

在陶瓷行业,官窑与名窑、名窑与民间、团队与个体,他们做出来的瓷器各自都有很大的差别。由于团队素质不一样,品牌不一样,相应的价格有高低不同。仿冒就是以次充好,牟取暴利。制假者得利,消费者受到损失。特别是陶瓷艺术品收藏行,除了经济利益受损外,心中追求的陶瓷艺术作品被一件劣质的陶瓷产品冒充,身心必将受到巨大的伤害。因此,求真是我们陶瓷艺术品收藏行业的基本要素之一,也是我们反复强调的重点。我们以上讲述的市场上各种制假的方法,目的是告诉陶瓷收藏爱好者要有求真意识。

陶瓷的真实性是指作品出处的真实,是真品,不是仿品,更不是赝品。但是,如何做到求真,我们在上一节讲到古陶瓷残片时的作用略有所叙,这方面文字虽然不多,但还是道出了陶瓷艺术品收藏家这一特殊行业的规律,只有到产地,到窑厂,到名家工作室了解他们的生产工艺制作过程、生产现场,多看实物,同时大量阅读、积累相关信息,包括残片,这才是求真的最佳方法。过分相信理论权威,相信圈内的权威,常容易走弯路。

这里有一个很好的例证,大家可以从中体味。

2012年5月的某个中午,安徽省合肥市有个刘姓企业家通过关系,带着一批瓷器找到笔者,请求帮忙鉴定,并为他出一份鉴证书。

他带来的瓷器有清代的官窑品,也有民国的瓷板画,但一眼看去,就是江西景德镇产瓷区的仿品,而且是普通的仿品。我告诉刘先生真实情况后,对方错愕了很长时间,请求我帮忙再看一看,其意思很明显,他不太相信眼前的现实。

我说,不用再看,像你带来的这些东西在景德镇陶瓷仿古市场到处都是。他听后果真到当地景德镇仿古市场了解,回来告诉我,自己长见识了。

我问他,为什么会出现这种情况,以前到过景德镇没有。

刘先生说,他虽然热爱瓷器,也收藏了十多年,且大多是江西景德镇产的瓷器,可他从来没有来过景德镇。

我问他平时是怎样收藏的。

他说,看书。

我只有笑,并说出收藏行不能"唯书是从"的原因。

事后,刘先生一定要拜我为师。

我说,实物才是书。他明白后,才满意地离开。

五、坚持陶瓷收藏中的产品求精性

中国是个产瓷历史悠久的国家,而且是个产瓷的大国,品种多,数量巨大,而且分布十分广泛,全国各地都有生产。有的地区方圆几百里,分布的大小窑厂无数,而且生产的种类大多雷同,如炉、尊、壶、瓶、盆、杯、盘、碗、碟之类。面对以上种类众多、数额巨大、生产重复,而且是可持续的手工再生产品,陶瓷收藏爱好者只能收藏其精品。

陶瓷的精品,到底是一个什么概念?

我们把它定为"三个代表",即,一行业技术的代表,指窑口;二文化审美观的代表,其审美代表性是全国性的,还是地方水平,或是个人水平?三众多产品中好中选优。所谓的精品,就是指一个时期或艺术家一生的代表作,它与特定的某件作品自身品质无关。

几千年来,我们祖先正是遵循这一特点,在陶器这一行业,推出秦俑、唐三彩,在瓷器这一行业,南北朝时有柴窑,宋时的五大名窑(汝、官、哥、定、钧)以及六大民窑(北方的耀州窑、磁州窑、邢窑,景德镇窑、龙泉窑、建窑)及地方窑吉州窑、德化窑、湖南的铜官窑、南昌的洪州窑等。元代,各方窑口受战争的影响,相继衰落,这时景德镇瓷业进一步兴起,出现了陶瓷历史上的装饰革命,复烧和创烧了青花瓷和青花釉里红瓷;明清时,中国的瓷业中心集中到了江西景德镇;民国时期,景德镇瓷业虽然受到内战的影响,但是瓷业在全国的领导地位并没有动摇,并在内部刮起了以"珠山八友"为代表的文人瓷画新风。新中国成立后,中国的陶瓷工业得到了很大的恢复,在全国范围内逐渐形成了以江西景德镇,湖南醴陵,山东淄博,江苏宜兴,河北唐山、邯郸,福建德化,辽宁海城和广东佛山、潮安、大埔、饶平等12处主要陶瓷产区,全国各省、自治区、直辖市除西藏外均有陶瓷生产。改革开放后,随着陶瓷收藏经济的快速发展,传统的手工业得到了进一步恢复和发展,他们借用快速发展的高新科学技术,有的传统手工业制瓷在某些方面甚至超越了历史最好的制瓷时期,并在原有的基础上推陈出新,制造出符合时代特色的新产品,涌现了像江西景德镇王锡良、周国桢、张松茂,宜兴的顾景周,龙泉青瓷的徐朝兴,河南钧瓷界的卢广东等制瓷名家。

在中国历史上，最好的制瓷技术和陶瓷制品归历朝皇宫所有，其次为达官贵族所垄断，精美的瓷器成了他们身份和财富的象征，平民百姓无缘这些东西。在当今，过去为皇家制瓷的技术，早已向社会开放，富裕起来的中国人开始重拾古人那种"居无瓷不雅"的生活风格，他们在日常所购的生活陈设瓷器中，既能够做到装点自己的生活，又能给自己的财富带来保值和增值，成了他们日常经济生活中时尚的追求。因此，他们在日常陶瓷选购中特别注重陶瓷品质的选购。

在陶瓷艺术品市场中，能收藏到当前市场的陶瓷精品，这是所有陶瓷爱好者最开心的一件事。那么，如何才能买到陶瓷精品？

首先，对当前的陶瓷工艺做一定的了解。目前，随着材料工艺的革新，高新技术在陶瓷手工制作业的广泛运用，现在烧煅技术与过去已经发生了巨大的变化，已不是过去的柴烧、煤烧，而是气烧，陶瓷釉面的杂质减少，甚至没有杂质，光亮度大为提高。由于计算机技术在烧造过程中的推广运用，陶瓷釉面出窑后，釉色非常均匀，器型能够保持创造者所需的风格，这是其一。其二，在胎质方面，由于瓷土质量进一步细化，好的瓷土出窑后，细腻、坚硬、色泽更加纯正。

其次，不同的产瓷区，有不同的工艺品牌特色。在我国产瓷区中，景德镇的瓷器为青白瓷，白中泛青，显示出一种玉质感，素有"白如玉、明如镜、薄如纸、声如磬"之称，品种有青花、玲珑、粉彩、颜色釉四大系列。

醴陵瓷器的瓷质细腻，图案画工精美，尤其釉下五彩见长，色釉方面有中国红。

福建德化瓷器的象牙白，又名奶油白、中国白，其瓷塑佛像在元代已经进贡朝廷，得到帝王的赏识。

宜兴紫砂壶已有两千多年的历史。从明武宗正德年间以来，紫砂开始制成壶，名家辈出，它的特点是不夺茶香气又无熟汤气，壶壁吸附茶气，经日久使用，空壶里注入沸水也有茶香。

广东佛山石湾的陶瓷雕塑工艺，胎釉浑厚朴实，各种造型达到了"百物百形，千人千面"的艺术境界。

黑陶文化因在山东章丘龙山镇发现而得名，是龙山文化中最引人注目的制品，距今约四千年。分布于黄河中下游的山东、河南、山西、陕西等省。黑陶，其源自人们的生活用器,而后由于质脆易碎,逐渐走出日常生活。黑陶采用轮制,器形浑圆工整,造型优美,装饰精巧,"薄如蛋壳,表面光亮如漆",如今被作为艺术品供人们欣赏。

浙江龙泉青瓷始于五代,盛于南宋,极具典雅、端庄、古朴、青淳之特色。以瓷质细腻、线条明快流畅、造型端庄浑朴、色泽纯洁著称于世。龙泉青瓷分哥窑和弟窑:哥窑瓷品以紫口铁足、釉裂成纹、变幻见长,釉层饱满丰厚,釉色清灰淡雅,素有"金丝铁线"之美称,古色古香,庄重典雅,被视为瓷中珍品。弟窑则以晶莹润泽的青釉闻名天下。白胎厚釉、光泽柔和、温润如玉,其有棱线处,微露白痕为"出筋",脚呈红色为"朱砂底",被誉为"青瓷之花"。

历经元、明,到了清代,龙泉青瓷窑场所剩无几,衰落下来。新中国成立后,在周恩来总理关怀下恢复生产。现代的龙泉青瓷忠实地继承了中国传统的艺术风格,在继承和仿古的基础上,更有新的突破。

钧瓷,以"雨过天晴云破处,夕阳紫翠忽成岚"的窑变效果,一改自汉至唐以来"南青北白"的单色釉发展脉络,自此中国瓷器开始进入五彩斑斓的时代,宋代也成就了第一个瓷器烧造的艺术高峰。宋代钧官窑瓷器雅致、温润的艺术效果,窑变花釉,色彩丰富,釉层晶莹,釉中红里透紫,紫中藏青,青中寓白,白中泛红,五彩争艳,辉映竞芳。

陶 瓷

艺术品

经济学

宋钧官窑与北宋王朝的灭亡同时解体。明之后,因为生活需要,钧瓷烧造得以逐渐恢复,但作为观赏瓷的钧瓷却没有复苏。清光绪初年,钧瓷窑变艺术偶然得以重生,但数量极少。新中国成立后,在周总理的关怀下,李志伊、刘保平、任坚、卢广文等老一辈的钧瓷专家最终于1958年,在倒焰形钧瓷窑炉中用还原焰烧制出了绚丽多彩、晶莹如玉的钧瓷制品,至此,钧瓷艺术在原产地神垕镇全面恢复。

此外,陕西铜川的耀州窑八百年后在陈炉镇得以复烧,代表器有龙凤倒装壶、公道杯、良心壶(又名两心壶)、凤鸣壶、倒流壶(又名倒装壶)。

最后,找精品。我们知道,大凡称上产瓷区的地方,窑厂多,从业人员多,生产的产品种类也多,不过,多不代表精,一个地方在全国瓷业界能拿出来叫得响的品种不多,具体到某某窑厂就更少;落实到陶瓷艺人身上,他一生可能生产无数,但是在社会上得到认同的产品也就几件。我们所说的找精品,就是指这些。

为了证明自己找到的是精品,我们上节曾说过,不能依赖理论家,也不能依赖市场给你的信息,你得靠自己,让自己从实践中找到理论支撑。要做到这些,我们消费者就必须独立完成以下工作:①对产瓷区过去、现在、未来的手工制瓷生产、人员从业状况做一个细致了解,找到所在地重点窑厂、重点品牌窑厂、手工作坊、个人工作室地理分布情况,在条件许可下,对他们做一些私访;②把调查得出的结果与当地文化、习俗、制瓷行业特点相结合,分析出当地瓷业人物的性格特点和各窑厂、作坊的特性,他们相互间的优缺点,从而得出本地优秀陶瓷人才和陶瓷工艺艺术品生产分布情况及分布数量状况;③不买现货,以订制为主,确保自己所需精品的质量。

第三节 坚持古品、名品、真品、精品、稀品收藏五大原则

历史上除陶瓷艺术品市场上,我们必须坚持五原则外,古瓷市场上,中国人对自己的"收藏"也大有研究,形成了一系列的可操控的理论知识,追求"古品、真品、精品、稀品"的原则。在现在,人们在前人的基础上进行投资时,为适应市场,规避投资风险,在"古品"后附加上"名品"这一条,即"古品、名品、真品、精品、稀品"。

为了说明这一问题,先看以下几个案例。

例1:

2012年4月4日,香港苏富比拍卖行举行了一场名为

图8-6 北宋汝窑天青釉葵花洗

图8-7 南宋湘湖窑《青白釉花口瓶》

"天青宝色日本珍藏北宋汝瓷"拍卖会,拍品《北宋汝窑天青釉葵花洗》(图8-6)先出拔头筹,最终以1亿850万港元落槌,加上佣金拍品以2.786亿万港元(2665万美元)成交,创造高古瓷宋代瓷器拍卖新的世界纪录。

南宋湘湖窑《青白釉花口瓶》(图 8-7),此瓶釉水白中闪青,莹润亮泽,釉面见有浓淡不一的土蚀痕迹。菱花口,橄榄形腹,圈足外撇。竖向拉线别致自然,饶有情趣。2012 年,在景德镇古玩市场上,以 2 万元人民币成交;北宋江西景德镇湖田《天青釉葵花碗》,在景德镇当地古玩市场上同期的交易价,只有 1 万元左右。

例 2:

2005 年,景德镇名家做的《清雍正粉彩蝠桃"福寿"纹橄榄瓶》仿古件(图 8-8),在当时市面上以 9999 元成交。

2002 年,在香港苏富比拍卖会上,《清雍正粉彩蝠桃"福寿"纹橄榄瓶》(图 8-9)以 4399 万元人民币的成交天价创下了中国瓷器排行的新纪录。

例 3:

当前,景德镇仿古市场上,一些小作坊仿制的《清代乾隆青花缠枝莲纹赏瓶》(图 8-10),价格在 600~800 元。

《清代乾隆青花缠枝莲纹赏瓶》(图 8-11)赏瓶瓶身通常以青花绘缠枝莲纹,取其"清廉"之意。其造型、纹样皆有定式。

侈口,长颈,溜肩,鼓腹,圈足,透明釉地青花绘饰,底部"大清乾隆年制"六字三行青花篆书款。口沿外侧饰青花海浪比邻如意云头一周。颈饰蕉叶纹、回纹。肩环凸弦三周,单弦两周、双弦一周分隔两域,分饰缠枝花卉纹与如意云头纹。腹壁缠枝莲各样周环满饰,腹底变形莲瓣纹一周。圈足外壁卷草纹一周。整观,胎体整范,造型

图 8-8　仿　清雍正粉彩蝠桃"福寿"纹橄榄瓶

图 8-9　清雍正粉彩蝠桃"福寿"纹橄榄瓶

图 8-10　仿　清代乾隆青花缠枝莲纹赏瓶

挺拔，青花发色沉丽。

例4：

大明宣德《青花海水云龙纹高足杯》（图 8-12），撇口，深腹，高足，中空，微外撇，杯心绘有"大明宣德年制"青花双圈六字两行楷书款。口沿内外绘青花双圈纹饰，外壁绘海水江崖及行龙，足柄亦绘海水江崖。明代宣德年间景德镇御窑厂烧造的青花瓷器，在中国陶瓷发展史上具有很重要的地位。它以其古朴、典雅的造型，晶莹艳丽的釉色，多姿多彩的纹饰而闻名于世，与其他各朝的青花瓷器相比，其烧制技术达到了最高峰，成为我国瓷器名品之一，其成就被称颂为"开一代未有之奇"。

图8-11　清代乾隆青花缠枝莲纹赏瓶

此明宣德《青花海水云龙纹高足杯》在2011年11月"中国古董珍玩专场—2011年秋季艺术品拍卖会"中以345万人民币拍出。

下图，明永乐《釉里红龙纹高足碗》（图 8-13），它做工复杂，工艺高于明宣德《青花海水云龙纹高足杯》，但此器是一个修复件，市场的价格目前估价最高在30万元左右。

图8-12　明宣德　青花海水云龙纹高足杯

图8-13　明代永乐宝石蓝釉釉里红龙纹高足碗
景德镇官窑遗址博物馆修复收藏

177

以上四个例子可以让我们准确地理解到官窑与名窑、名窑与非名窑、仿品与真品、真品与精品、精品与稀品的相互差别。

当前,收藏学家常常根据陶瓷的"古、真、精、稀、名"五个标准来衡量某件物品的价值。这里的"古",日常的解释是古董,古代产品;"真"就是古瓷显示的制作时间、地点、制作单位是真的,不存在假冒;"精"所表达的概念中,此品为当下真品中的精品;"稀"则表述为此件精品在当今社会的存世量极为稀少,"名窑",则是当时著名窑口生产的瓷器,或陶瓷名家制造成的产品。

例5:

2005年7月12日,一件《元青花鬼谷子下山图罐》(图8-14)在伦敦佳士德以折合人民币约2.3亿拍出,创下了当时中国艺术品在世界上的最高拍卖纪录。

《元青花鬼谷子下山图罐》的成功拍卖,在当时中国收藏市场上掀起元青花热。特别是在京城,一段时间内,大家一见面开口闭口都是"元青花"。"元青花"成了当时京城最热的词。人们对元青花的热爱,除了《元青花鬼谷子下山图罐》特有的艺术魅力外,还有这次拍卖物件背后的故事。

《元青花鬼谷子下山图罐》是20世纪初荷兰人范·赫默特男爵(Aaronvan Heberttot Findings)在中国购得。当时正值第一次世界大战,他于1913~1923年在荷兰海军服役,被派驻北京担任荷兰使节护卫军司令,且负责德国及奥匈帝国等使节及领地的安全。赫默特爱好艺术,有趣的是,他购买这个罐时,元代还

图8-14 元青花鬼谷子下山图罐
现为英国古董商埃斯肯纳兹先生收藏

未被认定能做出如此精品瓷器,因此他一直以为此罐是明代作品。

西方收藏家一直到1968年克里夫兰美术馆举办蒙古统治下的中国艺术(Chinese Art Underthe Mongols)展览后,才开始青睐元代瓷器。20世纪60年代时瓷罐曾被赫默特的第一代后人拿去估价,但专家也误以为是明代青花瓷。传至第三代时,他的家族又让佳士得拍卖行估价,瓷罐的珍贵价值才被发现。有趣的是,该罐在大将军家里一直未受到重视,多年被放在墙角处当作容器,用来盛放杂物等。

由此,有些人抱着"捡漏"的心理,在各大古玩市场的边边角角到处寻找元青花,1万元至100万元间,看到就掏钱交易。买着买着,他们后来发现,市场上的元青花永远买不完。这时,有专家站出来说,真正的元青花完整件存世不过50件。大伙一听,才知上当,买的都是仿品。但是,古玩市场上,历来是"傻子买,傻子卖,还有傻子在等待"。元青花经某专家这次大声一呼后,大家对它追逐的热情就此降了下来。现在,在京城一些古玩市场,有人拿着一件真元青花,反而说是假的,出现"谈元青花色变"的现象,走向另一极端。以上情况,关键是一些人不懂它的规律,盲目跟风的结果,这种对陶瓷收藏规律的轻视,除自身受到伤害外,也破坏了市场的正常运行。

当前,市场一些人居于对收藏古瓷害怕上当受骗的心理,因此转向收藏现代名家瓷。

例6:

《香风艳影图》(图8-15)是景德镇民国"珠山八友"刘雨岑绘制的粉彩作品,当今市值估价在150万元左右。

图8-15 民国刘雨岑 香风艳影图

图 8-16　粉彩花鸟图

《粉彩花鸟图》(图 8-16)瓷板画,由景德镇民间一艺人绘制,市价售价在 8000~12 000 元。

例 7：

现代陶瓷工艺大师宜兴顾绍培的作品《小福君壶》(图 8-17),当今市价标 30 万元左右。

《石瓢壶》(图 8-18),市面一把普通工艺师做的壶,市价在 1000~3000 元。

图 8-17　顾绍培作品《小福君壶》

图 8-18　《石瓢壶》

第九章 如何买到自己满意的
    　　　陶瓷艺术品

第一节　价格扭曲给市场带来的误导

  在陶瓷艺术品市场上,当前,由于我们很多人因对陶瓷艺术品不甚了解,经常被一些不法经销商所忽悠,他们要么以劣充优,要么以赝品充当真品,要么以"泥制火烧""艺术无价"为由,向我们消费者漫天要价。遇到这种情况,怎么办?

  在这种情况下,有的人因消费知识不足,或刚涉入这一行,缺乏实战经验,因此,常会遇到一些人故意设局,用古瓷仿品做旧蒙骗消费者,造成他们在消费过程中难以判别真假,从此告别古瓷市场,转向当代名人名作陶瓷。有的消费者自知吃亏上当后,最后干脆远离它。基于以上各种现象,当前一些陶瓷收藏爱好者一谈到陶瓷工艺品市场,就感到此行道行深,陷阱多,不敢再碰,转向字画等其他行业。但是,无论消费者如何选择,陶瓷作为收藏市场"三大主体"产品之一,让人很难绕开。

  本书上两章节中,我们对陶瓷消费知识、收藏原则做了一个阐述,告诉大家,什么样的陶瓷才能列为我们日常生活中的消费(或投资)收藏对象。本章中,将在以上基础上,进一步阐

图 9-1 陶瓷艺术家 李祥东作品 《渔家女》

述陶瓷艺术品市场上的陶瓷爱好者、消费者、收藏者如何买到自己心目中满意的陶瓷,并且做到自己所购陶瓷产品保值甚至增值。

为了做到这一点,必须了解当前市场因价格扭曲对市场带来的误导和造成的危害。在这个市场上,陶瓷艺术品由于它的稀有性,市场常处于垄断销售中。创作者,他们在这一市场不仅要追求自己价值的实现,而且要求获得更高的超额价值。创作者与消费者博弈的结果,有时使陶瓷艺术品创作者的必要劳动量、劳动时间所创造的价值几乎可以忽略不计。

如,过去几元、十几元的紫砂壶,现在卖到千元、万元,甚至几十万、几百万元。对以上这种陶瓷艺术品价格的超速增长,我国现有的社会消费心理水平一时难以承受。

在古代,文人字画和高档的陶瓷艺术品,是有钱人的消费,为有钱人服务,但是,即便如此,它们的价格有限,文人墨客和陶瓷生产制作者所得也只是他们的润笔费和工钱。若有意外的收获,遇上一个欣赏他们作品的人,利润空间最多也不超过日常产品价格的三四倍。如今,无论是字画艺术,还是陶瓷艺术,价格动辄几万元、几十万元、几百万元,甚至上千万元、上亿元,难以让人理解。同样是这些作品及这批创作者,几年前,甚至几十年前,他们手中作品的价格才几百元,最高也不过上千元。就算是被西方人所推崇的现代野兽派大师莫奈，生前画作的价格都十分低廉。为什么短短几年、十几年，他们的作品价格出现如此巨大的变化？

有人说，社会发现他们的价值，艺术无价，随着作者仙逝，作品存量稀少，自然增值。这是我们国内目前普遍持有的一种观点。

市场上的另一种观点，是资本炒作的结果。炒邮票、炒股票、炒房子、炒字画，只要有资本进入的地方，马上水涨船高。任何陶瓷产品，选好一个主题，在资本的轮番托盘下，自然有价值。相反，要是没有社会资本的参与，再好的陶瓷艺术品也没人光顾。在这种市场观念下，我们国内的艺术品市场便衍生出以下一种观点："无论作者产品的好坏、存量的多少，作者知名度决定他产品的价格和价值。"此观点在当前不仅实用，而且非常流行，它不仅影响买家，也影响创作者。

目前，我国社会功利思想严重，大家都追名逐利，艺术质量倒成了次要的东西。在这种风气下，在我国陶瓷艺术品市场，逐渐形成这样一种特殊的奇怪现象：作品只有让艺术家抱着签名才值钱。同样是此件作品，没有作者的证书，没有作者合影，它在市场便得不到大家的认同，便没有价值。

陶瓷艺术品市场上，现在资本炒的不是作品价值的本身，而是创造者的名号，诸如职称级别等。这种中国官场行政化陋习，在这一行业不仅量化，而且表现得十分露骨。以上这些东西，在书中说出来荒唐、可笑，但现实却实实在在地存在。

我们都知道，这种有悖于艺术品规律的事情，自然不会长久。随着广大陶瓷艺术品爱好者和收藏家知识水平的提高，市场规则的健全，以上不合理的荒诞现象一定会改变。不过，大家都知道会改，但是如何改，什么时候改，改后的运行规则又是如何，是不是仍由少数巨头玩家操纵这一市场？大家不得而知。

目前，我国大力推行文化大发展战略，把恢复中国传统文化放在优先发展的位置，大家在期待。

图9-2 陶瓷学生创意市场
吴安中摄

"盛世收陶瓷,乱世藏黄金"。在我国无论是字画、青铜、陶器、玉、玻璃、绢织画,它们都是大家喜欢的东西。但是这些东西遇到战争和动乱,它们就丧失消费基础,表现得可有可无。因此在过去,消费者对待以上产品用完就丢,用破用旧也丢,没有通过它达到保值和增值的概念。

应当说,艺术品投资、艺术品升值、艺术品市场,这一系列概念的出现,是近期不久的事,甚至最多不过二十几年。在这二十几年,中国的艺术品市场却发生了翻天覆地的变化,交易的总量已进入世界的前列。单件产品中,增幅最快的是玉,增长一万倍;字画、油画市场增加近千倍;陶瓷、青铜也紧随其后,巨大的利润,当今不仅吸引了中国人目光,也吸引了全世界人目光。

人们把中国艺术市场当作一座金矿,艺术品投资成为当今中国最具保值和升值的首选产品。这之中确实制造了不少一夜暴富的神话,但是,真实的情况与现象还是有些差别,有价无市、货到地头死,高额所购产品,在我国金融机构难以得到套现,这些真实情况的出现,让人感到我们国家的艺术品繁荣仍是一种虚假的繁荣,我国距离一个真正的艺术品大国,还有相当一段距离要走。

艺术品市场,在我国时间虽短,但是,已成为我国国民经济中的一员。既然存在市场发育不全,如市场准入制度、退出制度、市场监管制度、质量评价体系、金融担保体系等,都没有建立,更谈不上制度健全,因此,今天我们进行艺术品市场交易的时候,就应采取谨慎的态度。

这个市场,在西方国家发展了几百年,他们已经拥有成熟的经验,我们要把自己的陶瓷艺术品市场工作做好,只有向他们学习。

在西方,西方的消费者学对艺术品的消费,常采用功利主义的办法,对一件艺术品的艺术价值,注重自我的感受,对它们的价格运用边际理论进行认真推算,逐渐形成一套行之有效的管理办法。

那么,功利主义对艺术品的评价是什么?

功利主义对一件作品的评价,他们讲究的是这件艺术品给消费者带来的精神的享受。他们是建立在艺术品自身的艺术价值上,而不是我们国家对它劳动力价值的计算上。艺术品给他们带来的艺术价值越高,欣赏和喜欢的人越多,那么它的价值就越高。

按以上理论出发,我们在进行艺术品消费时,用我们中国人现有的说法,就是养眼、心动,喜欢的程度决定一件产品的艺术价值,喜欢的人越多,越

图9-3 嘉靖 黄釉描金双兽耳罐

值钱。

为此,我们在进入陶瓷艺术品消费市场时,要达到我们投资的目的,就必须打破我们原来所固有的消费观念,比如首先考虑这件产品是谁创造的,出自谁手,或者,这件产品当前标价是多少,等等。我们要做的是,首先是买自己喜欢的、满意的陶瓷艺术品。这一步做到了,就成功了。反之,就是消费投资的失败。

进入陶瓷市场,我们要买什么样的陶瓷艺术产品?前一章,已经讲了"陶瓷艺术品消费必须具备的五大要素",但是,依照陶瓷艺术品收藏五大原则,又如何确保消费者买到自己最满意的陶瓷作品?我们将在本章第二节做进一步阐述。

第二节 功利主义在陶瓷艺术品投资消费中的具体表现

一、让自己最心动、最养眼的陶瓷作品作为自己交易的首选

俗话说,"居无瓷不雅"。陶瓷艺术作品买回来就是用来欣赏和陈设的。如果一件陶瓷作品买回来后,我们把它锁在保险柜中,那么我们就失去了购买它

的乐趣和价值。

此外,我们选购一件艺术作品时,更多是因为对它喜欢不喜欢。自己喜欢作品就有价值,喜欢度越高,价值就越高;不喜欢的作品,花费再多的钱,买回来也只是丢到一边。

我们日常所说的"艺术无价"是指艺术作品不是用钱来衡量的,而是以满足我们的审美需求来衡量的。通常,我们大多喜欢的陶瓷艺术品,我们身边的人群也会喜欢;反之,自己都不喜欢,身边的人大多也不会喜欢。这种喜欢,与作品作者的知名度没有关系。

至于作品作者的知名度,一是他所创造的陶瓷艺术品确实好,得到行业内的公认,有名气和知名度;另一个就是,此人创造能力一般,但在陶瓷艺术圈内人缘好,活动能力强,善于炒作自己,形成很大的名气。

前者知名度虽高,名气虽大,但他们每件作品不可能都是精品,都让人喜欢,爱不释手;后者,名气很大,但是作品普通,没有艺术感染力,因此,我们在购买时,选择对象一定要走出世俗的窠臼,要买就买自己最喜欢的、让自己心动的陶瓷艺术作品,这是一条定律。

二、在众多的产品中,我们推荐官窑制品中的仿制精品

为什么在陶瓷行业,我们大家首先考虑官窑的作品?这里有几个理由:

中国历代官窑瓷器,都可以堪称中国制瓷史上的经典。之所以成为经典,常有以下四个方面的原因:一是材料最好;二是窑工的技术在当时最好;三是全国最先进的工艺、技术优先在皇家官窑厂得到推广和运用;四是陶瓷文化审美水平高,代表当时审美的主流,在诸多因素制约下,当时其他民窑,只能望其

图 9-4 蓝料彩山水图碗

项背。就是这样,在封建社会,当时还有若干制度规定,民间窑厂不能仿制官窑,民间陶瓷窑器厂甚至将有些装饰画面、色釉,也定为禁忌,不能使用。

以上这些,就决定了中国官窑陶瓷器皿的特有地位。加上历代官窑直属于皇家,他们不惜工本的制造行为,民间陶瓷与其相比,只能"望瓷兴叹"。

陶瓷作为一门集造型、色釉、装饰于一体的综合艺术,从它的工艺制成来看,只能是集体制作的结晶,而非个人能独立完成的产品。在这点上,官窑体量庞大,人员众多,组织结构严密,分工细致,财力雄厚,因此,它生产出来的瓷器,精致、莹润、富于生命力,而民间窑厂做出来的瓷器,大都胎体粗糙、釉色厚薄不均、画工不细、呆板,这有其客观的原因,即技术、人力、财力远不及官窑。至于时下流行的陶瓷名家工作室,他们能超过皇家官窑还是民间窑厂? 显然个人力量不及集体。名人名作,从选料到拉坯成型、利坯、吹釉、入窑烧炼、出窑彩绘、书写底款,每道程序都由他们完成,才能称上名人名作。把其中彩绘的一道工序,交由某个具有技术职称的人员完成,就冠于名人名作,这对市场上的消费者是种欺诈行为。

我们姑且不论当代"名人名作"的是是非非,但他们这类瓷器与历代皇家官窑器相比,普遍水平不到,瓷器的形体语言、釉色和釉面的装饰明显不统一,缺乏整体美感。在他们的作品中,能称得上一件上等的陶瓷艺术作品的其实很少。

从几千年的陶瓷工艺史看,陶瓷实行的是师傅带学徒的"学徒制",他们技艺的继承,主要来自对师傅和前人产品的模仿、仿制。

图 9-5　清官窑青花山水罐

图 9-6 清 窑窑变釉弦纹撇口瓶

仿制前人的东西,也就是我们现在俗称的"仿古",这在中国陶瓷手工行业是非常常见的一件事情。民间如此,皇家体制内的窑器厂同样如此。在这方面,清"康雍乾"三朝,达到顶峰。他们对前人所造瓷器几乎仿了一遍。而且,他们不是简单的仿制,在摸清和掌握前人的制瓷技术之后,又有创新。如清《窑变釉弦纹撇口瓶》(图9-6),此种窑变釉一直延续烧制至晚清。这件窑变釉瓷器将铜红釉与月白釉紧密结合,形成了自然流淌的钧釉效果,长期以来被视为仿钧佳作。

此器造型端庄规整,色釉变化丰富,色泽绚丽明快,有红、黄、蓝、月白等色,釉面光润,装饰效果鲜明,为雍正时的创新品种,乾隆以后延续烧制。此外,他们在此基础上,做出自己的产品,如清《粉青釉尊》(图9-7),更是一个鲜明的例子。

此尊线条优美流畅,隽秀娴雅,在造型上颇具艺术韵味。雍正时期的粉青釉瓷器是模仿明代永乐时期的同类产品,但与永乐时期的产品相比,雍正时期的粉青釉釉层更显纯润厚实。

《青花竹石芭蕉纹玉壶春瓶》(图9-8),康熙、雍正及咸丰时期都有烧造。此瓶造型优美,线条流畅。颈变粗短,腹部加大,是清咸丰官窑青花的代表作品。虽不如康熙、雍正朝之青花优美,但也精工秀丽。

我们从以上几个例子可以

图 9-7 清 粉青釉尊

图 9-8　清咸丰　青花竹石芭蕉纹玉壶春瓶

看出,官窑仿制品同样具有价值。目前,国内市场上出现的明清官窑产品,大多为民国初期大清皇窑御窑厂解体后,一些原御窑厂的窑工所仿造。由于历朝历代皇家官窑制度严格,流传到民间的产品本来就稀少。

当然,我们提倡陶瓷爱好者在众多陶瓷工艺产品之中,首选官窑产品或官窑仿制品,这一是由于对它们的文化考量,再就是出于对他们严格的制瓷工艺水平和制瓷态度的认同。目前,国内一些媒体节目,他们出于提高收视率的目的,把一些仿品砸碎,这是不对的。今天,我们提倡对历代官窑制瓷技术和产品的仿制,当然,与当前一些不法商人充当真品,牟取暴利不同,这是另一个概念。

三、在众多作品面前,要买就买各门派中代表窑口、代表人物的代表作品

1. 瓷画艺术及代表人物

当前,我国在陶瓷收藏市场持续走高及其利益的推动下,从事陶瓷工艺生产和制造行业的人员越来越多。近几年,随着在国有厂退出陶瓷产业后,传统产瓷区景德镇的手工制瓷技术得到迅速恢复和发展。一些原国有陶瓷的美术设计人员,除一部分转向民营陶瓷企业外,很大一部分人员干起了个体户,创办了自己的陶瓷作坊,开起了工作室。这些人个

个都有一定的技能,他们依附当地一些作坊,对其半成品进行再加工。

但是,小作坊虽然给他们带来方便,但是也制约了他们产品的质量。不过,在名人经济的推动下,这些人却得到了意外的收获。纷纷由一个个民间艺人蜕变成了陶瓷艺术家,犹如新中国成立前,戏院的伶人演变为人民艺术家。他们顶着大师、高工等职称头衔,个个赚得钵满盆满。

有了一定积累之后,这些陶瓷艺人用不着为生计奔忙,他们开始静下心来,钻研自身的技艺,扬长避短,从陶瓷立体领域装饰转到陶瓷瓷板的平面空间。这一转变,看似仍然落在一个瓷字上,但本质已经发生改变,他们已从陶瓷的装饰艺术转变为陶画创作艺术。前者侧重瓷,后者侧重画的本身,瓷板犹如纸张、绢布、木板一样,成了一种载体。

应该说,瓷板画大量兴起于民国,它们过去的用途主要是装饰其他实物,如椅子、木床等生活用品。把它们上升为陶瓷艺术的一个品种,源于清御窑厂画师金品卿、程门等这些浅绛彩派画家,后景德镇以王琦为代表的一些人,对他们进行了完善,因此,此画种存在一百余年,只是没有人为其正名。

陶 瓷

艺术品

经济学

但是,我们应看到,就算是早期王琦这些瓷画大师,他们的作品,原创也不是来自自己,而是来自前人,如"扬州八怪"中王慎等人画稿中的内容。因此,严格地说,他们的作品,不能称为艺术品,只能说是工艺艺术品。

目前,中国陶瓷艺术品市场,瓷画行业从业人员最多,增量最快,所占比重在市场总量也最大。但是,我们应看到,现在的原创与民国时期的相比,总体改变不大。就是当代一些被人推崇的陶瓷艺术大师,他们的作品仍是拿古代和近现代书画画谱做参照,其现状并没有得到改变。

在知识产权日益受到重视和保护的今天,由于当代书画家的原创受到保护,这些不具有原创精神的陶瓷名家只有在古代书画作品中寻找自己的作品素材。这也是我们今天在中国陶瓷工艺艺术品市场看到的名家作品,为什么古代的形象多,现代生活体裁的作品少,根源就在此。

因此,对于当前陶瓷名人名作市场上的收藏,我们应侧重于他的技艺,把绘画内容放在次要位置上,这样才能不让我们失望,购到我们满意的陶瓷艺术产品。

2. 陶瓷艺术大师一职的来源

在新中国成立之初,我们对在陶瓷艺术界做出贡献的人,当地政府曾给他

图9-9 民国 王琦粉彩瓷板画 《糊涂即是仙》
资料图片（来自陶瓷文化网）

们授予陶瓷艺术家的职称。对在国有、集体瓷厂的技术工厂，从初、中、高三个方面给予职称评定，并与工资挂钩。在这一系列评聘中，对于那些年纪大、文凭不高、从旧社会走过来、在陶瓷行业内又享有一定名望的艺人，当地一些评议机构便给他们授予大师称谓，以示鼓励。并规定，大师的头衔是个虚职，在当时不与职称工资挂钩。

进入市场经济后，一些生意人出于对"大师"一词的商业考量——看出其中的商机，把他们包装为业务最精，文化、理论和艺术水平修养最高的一个群体，这其实是种误解。但是，由于商人操作舆论，推波助澜，大师俨然成了陶瓷行业艺术创作最高水平的代表。

由于利益的驱使，目前我国各地、各级政府都推行名人经济、大师效应，相关各种评职机构也五花八门。大师人员数，每年都按两位数增长。但名人经济不仅没有促进陶瓷工艺水平的提高，相反，造成整体陶瓷工艺水平的下降，这值得社会各界的注意。

目前全国具有职称的人数，仅江西景德镇产区当地相关部门公布的数字，已过五千名，再与其他陶瓷产区的人员综合起来，这是一个很庞大的数字。

在这种情况下，我们陶瓷消费者如果从追求陶瓷工艺——艺术收藏品的保值和增值，从西方功利主义出发，站在边际效益的角度上，应当从以下几个方面，挑选自己的选购对象：

主要根据名家陶瓷制造工艺特性，从名家最擅长的装饰入手，按陶瓷装饰工艺角度,对陶瓷名家分类。第一大类:色釉瓷,其中有单色釉、杂色釉(窑变釉、花釉)、裂纹釉;第二大类贴花、喷花、印花、刷花、刻花、划花、剔花等传统装饰工艺;第三大类是彩瓷,分为釉上彩、釉下彩、釉中彩、金银彩、斗彩等;第四大类是以上各种装饰方法上的综合运用,俗称综合装饰瓷;第五大类:雕塑。

①在第一大类色釉瓷中,虽没有装饰图案,只有单色和综合色釉。我们把单色当一行,把杂色釉(窑变釉、花釉)当另一行,裂纹釉再当一行,总计门类中三大行。

在这个行当中,除了看釉色的厚薄、莹润、自然,另一个就是看胎形,是否完整、流畅、胎质细腻。其次是看以上釉胎结合得是否完美,完美者应推为这个行当的代表人物。如果只注重前者,虽把它们做到极致,也只能居次,划入这个行当的重量级人物,至于其他,不用过多考量。

对于单色釉瓷,历史上,宋代汝窑、官窑、钧窑、浙江龙泉等最好;明清时期色釉做得最好的是皇家官窑厂。当代,色釉做得最好的单位是江西景德镇建国瓷厂。现代,色釉做得好的代表人物——江西景德镇的邓希平。

②在第二大类中,有贴花、喷花、印花、刷花、刻花、划花、剔花,行当特别多。我们是否同样把它们各当一行,如贴花行、喷花行、印花行、刷花行、刻花行、划花行、剔花行。

这类中,除刻花、划花、剔花是全手工操作外,其他如贴花、喷花、印花、刷花,发展很快,它们今天几乎处于机械化或自动化操作阶段,突出表现在日用生活用具和居家装饰陶瓷材料上。

目前市场上,除一些传统产区,如耀州窑、定窑,注重刻花、划花、剔花技艺外,当代陶瓷,特别是现代工艺美术陶瓷,除北方的黑陶作为一种主要装饰表现手段外,南方雕塑使用其技法较多,其他则较少。而且,这类作品价格都不高。我们陶瓷爱好者在收藏时,主要注重刀法的流畅和层次,其中,刀深、釉厚、线条流畅者为好,其他则不值得过多关注。

③在第三大类中,釉上彩、釉下彩、釉中彩、金银彩、斗彩等,它们是当今市场主流。这一门类非常庞大,每行业中,又分各派。如釉上彩这一行,又分五彩、素三彩、古彩、粉彩、新彩、珐琅彩、墨彩、描金、广彩等九大派系;釉下彩分青花瓷、釉里红瓷、青花釉里红、釉下五彩瓷等四大派系。青花派系中,又生出青花五彩、青花红彩、孔雀绿青花、黄地青花、豆青釉青花、哥地青花六个子系。至

于,釉中彩、金银彩、斗彩这三大门类倒很简单,没有大的变化。

在一门类,除各派、各子系外,所选题材也非常丰富,有画人物的,有画山水的、有画花鸟的,有画走兽的,有画文字画案,它们之间争奇斗艳,各有特色,如山水一类,有青花山水、粉彩水山、古彩水山、素三彩山水、新彩山水、墨彩山水,等等,我们不能说哪个最好,哪个最爱,这要看消费者各人的喜爱。

图 9-10　当代邓希平窑变花釉双耳尊

但是,要保持陶瓷艺术品收藏时的保值和增值,正如我们在第一大类中所阐述的那样,行当中的代表人物、重要人物,派别和子派别中的代表人物、重要人物,则是我们的首选对象,没有纳入的人员名单及作品,则不用过多关注。

④第四大类,综合类,是近期兴起的一个装饰新名词。

⑤第五人类,雕塑,有圆雕、捏雕、浮雕、镂雕、银雕等。

在我国,陶瓷雕塑历史悠久,始自秦、汉,盛于明、清。雕塑所选题材丰富多彩,按制品可分素雕和彩雕两大派系。通常,德化窑素雕居多,石湾窑釉下彩是其特长,景德镇釉上彩则是特长。关于其代表性、重要性,由于前几类多有述说,我们就不再重复。

总之,中国陶瓷工艺艺术品市场上,产品琳琅满目,常让人看得眼花缭乱。陶瓷爱好者往往不知如何下手,有时面对的商家不是说自己具有唯一性,就是说自己产品有巨大的增值空间。面对一个个陷阱,他们是揣着钱来,揣着钱回去,最后没有任何消费。他们临时看书,检索资料,常是零散的,没有系统性,最终难有长进。今天,我们把市场上的陶瓷按装饰特点来划分,分类、分行,再分派、分子派,为我们陶瓷收藏爱好者画了一张陶瓷艺术品产品分布图系,这样是否有利于消费者做好参考?

四、陶瓷市场上出现的新行当、派别，他们的代表人物、作品，值得我们关注、消费

陶瓷市场上出现的新的行当、新的派别，它们的代表人物值得我们关注，产品值得我们购买，市场有很多例证，如中国晚清时浅绛彩瓷器。

清晚至民国初期，在景德镇出现了一种釉上彩绘瓷——浅绛彩瓷。新中国成立后，各级博物馆对它们拒之门外，在大师热兴起后，人们寻根，把文人瓷画的前辈江西景德镇"珠山八友""挖"了出来，"珠山八友"文人瓷画的根又在浅绛彩瓷上。当大师陶瓷工艺艺术作品大幅升值、"珠山八友"作品被收藏界大为推崇时，浅绛彩瓷也身价百倍。

图 9-11　青花山水

新行当、新派别中的代表人物、代表陶瓷作品，值得我们关注。关注的原因，贵在一个"新"字。这个"新"，不是一些人所指的陶瓷界新秀（即通常说的"中青年"，现在处在省高职称上，今后很可能评为省级大师、国家级大师的这批人），而是指那些在实践上，对陶瓷工艺技术有重大革新和改进的人。在今天工艺艺术品市场倡导的大师时代，这些人在当前市场上可能不出名，他们的作品缺乏关注，

图 9-12　民国浅绛彩山水瓷板画
江西省博物馆

形成不了气候,但是,由于他们的贡献,形成的这一领域工艺技术创新的改革,给陶瓷艺术领域带来新的审美效果,给消费者带来更强烈的艺术感染力,他们创新的产品却是当代同类陶瓷工艺品不可比拟的。

他们是工艺技术的革新和创新,是在原有陶瓷工艺技术基础上的继承与发展。由于创新技术的运用,提高了陶瓷艺术的价值,相应地,产品的价格也将提高。

例如,近几年市场上出现的陶瓷麦草画工艺瓶(图9-13),从出现市场到现在短短几年,产品价格从几百元、上千元,到现在市场单价为几十元,市值缩小了10倍,原因是技术含量不高,品种单一,创新力缺乏,市场放量过多、过滥。以上事例,却与我们说的陶瓷工艺技术创新,有巨大的差别。前者包含着制造者的个人创造,而后者则是工艺品,作品内缺乏生产者自我的创造力,没有知识含量。

在陶瓷收藏市场上,我们关注和收藏一些在传统技术上创新的一些工艺艺术产品,他们虽然不是出自名家之手,但是,这些具有几十年的陶瓷生产经验的创造者,他们潜心陶瓷绘画和创造,用自己的实践,积累起丰富的工作经验,我们耳闻目睹的一些书画作品,在他们的彩笔下,有一种耳目一新的效果。

例如,传统的青花红彩,过去窑工用的是天然的玛瑙红料,这种彩料,在青花晕染下,高贵、热烈,又不失清秀、端庄和典雅。但是,现在这种天然的彩料基

图9-13 麦秆牡丹纹瓶
资料图片

本消失。市场上,所用的替代品,让人观看后总感到漂浮,没有以往的效果。瓷板画《风情》(图 9-14)的创造者,用中国红取代了过去的玛瑙红,在保留天然的玛瑙红用料效果外,还增添了陶瓷瓷画人物的质感,它与青花相匹配,相互映衬,让普通的一幅书画作品移植到瓷板上,达到让人百看不厌的效果。

图 9-14　陶瓷艺术家作品
青花红彩瓷画作品　《风情》

这种用料的大胆创新,必将为我国传统的青花红彩装饰技术带来一个新的艺术效果,具有旺盛的生命力。此种用料的革新和改创,一旦为人们熟知后,很快会传播开来。开创者目前名头虽然不大,产品的价格也不高,但是一旦获得社会的认同和尊重,他所创造的陶瓷工艺艺术作品,必将为人争相收藏,价格也将迅速提高,收藏家在早期收到的产品,不仅能够保值,而且能够做到增值。

此外,在陶瓷工艺艺术品市场,关注陶瓷艺术行内冒出的创新人物和收藏他们的产品,除了以上我们在书中所述的,收藏者今后能获得一个意外的、不错的投资收益外,同时也可以改变收藏品的艺术结构,增加生活的情趣,获得更多的收获,使自己收藏的陶瓷艺术作品的艺术价值,在自己心中做到升值无限,这点,不是用市场货币多少来衡量的。

五、在陶瓷艺术品市场上,任何一件制作完美的陶瓷产品都值得被我们珍惜、珍藏

我们提到的第五个方面的问题,也许有人会提出质疑,他们不是官窑,也不是名家,大部分是民间陶瓷艺人。但是,他们的作品是经过多年的实践,在对传统的挖掘和创新下独自创作的产品。

这种陶瓷产品最接地气。一般陶瓷爱好者和收藏者只看重眼前利益,都不愿花费精力留意这部分产品。只有爱瓷、懂瓷的人,他们看到一幅好作品,犹如看到古代一幅精美的书画,虽没有落款,不知作者是谁,但是他们仍然爱不释手。为什么? 因为只有懂的人,才能看出一件作品的艺术价值。有艺术价值的

作品,必有市场价值。

例如:《雪竹寒雏图》(图9-15),寒雪中,竹林中的几只小鸟,它们依然快乐地嬉戏,开心自乐,神态悠闲。作者用寒雪,来暗喻时下自己生活的环境,用竹来表现自己内心的高洁,用几只小鸟来隐喻自己,面对困难,恶劣环境,自己并不屈从,仍表现出自己乐观向上、怡然自乐、超脱的心态。

《雪竹寒雏图》虽画鸟,却在写自己。作者没有留下自己的姓名,可作品已把对世俗的态度表现出来。《雪竹寒雏图》的艺术表现力和内在的价值,虽然没有落上同时代那位大家的名字,但是,作品自身的价值不落后于同时代任何一件作品。

《夜宴图》(图9-16)取材于唐代十八学士夜宴的典故。在繁花似锦的庭院内,文人雅士们秉烛夜饮,有的不胜酒力,有的酒兴未尽,犹在豪饮,神态尽现风流倜傥。此画用线细匀、流畅,人物清俊,为历代权贵争相珍藏。

书画市场如此,陶瓷艺术品市场同样如此。

在民国时期,中国明清官窑在景德镇消失后,大批御窑厂的窑工为了谋生,就地开厂,他们因作风严谨,技艺高超,做出的作品,堪称一流,有的直追明清官窑瓷。这些瓷器生产后,全部流入我国陶瓷收藏市场。今天,一些陶瓷爱好者和陶瓷收藏家,拿到这些产品后,他们不会去追问它们出自哪个窑口,哪个窑工或作坊之手,他们统统把它们当作明、清皇家官窑瓷系列,以晚清光绪或同治年仿制论处,市场价格高的上千万元,低的也几万、上十万元。

图9-15 《雪竹寒雏图》
原载《宋人集绘册》绢本设色

图9-16 宋《夜宴图》局部
原载《宋人集绘册》

图 9-17　民国粉彩仕女纹盖罐
吴安国藏

陶瓷市场上，行家历来按年代来划分瓷器，如宋瓷、元瓷、明清官窑瓷、民国瓷、"文革"瓷、现代瓷。这是因为瓷器和书画作品不同，它们有明显的时代特征。任何一件瓷器制造时，都受到当时的技术、文化审美制约。好的作品，则是那个时代综合工艺技术的集中体现，不问出处，都值得我们珍惜、收藏。

总之，无论是过去，还是现在，我们在书中把一件制造精美的瓷器单独提出来，作为一个话题，这是因为陶瓷工艺品在制作时，工序比其他任何工艺艺术品都要复杂，有采矿、掏洗、综合调拌、练泥、拉坯、利坯、成型、阴干、上釉、进窑、烧窑、出窑、彩绘、落款，等等。任何一个窑工，难以完成整个工序，也就是说，我们日常看到的任何一件陶瓷产品，都不是某个人的能力能完成的，是众窑工合力的结果。

陶瓷作为一门集材料、型、色、装饰为一体的综合艺术产品，它应是众工艺艺术家合力打造的结果。在陶瓷这个领域，由于窑火烧造中的特殊性、不可控性，作品的好坏，有时陶瓷创造者自己都难以控制，它们有很大的偶然性。为此，我们看到的任何一件上乘的、好的、精美的陶瓷作品，都是可遇而不可求的。在市场上，我们一旦遇上眼睛一亮的、精美的陶瓷工艺品时，一定不要错过，因为，此次能看到，下一次我们不一定能看到，购买后，就是我们喜欢。而要求窑坊主重新复制一件同样的产品，他们也不可能向我们保证把一件一模一样的产品送到我们面前，这就是我们今天要讲的第五个话题。

图 9-18　明　青花缠枝莲纹执壶
北京故宫博物院藏

第十章　如何判断所购的陶瓷艺术品是否保值和升值

在我国艺术品市场上，陶瓷历来是投资的三大主体之一。在目前官窑陶瓷艺术品拍卖市场持续走高下，人们感到当下陶瓷艺术品市场上一些艺术产品的价格，不及所拍产品的百分之一，甚至千分之一。他们感到陶瓷，特别是当代陶瓷艺术品，仍然有着巨大的增值空间。

但是，本书要告诉广大陶瓷收藏爱好者，任何投资都有风险，现在我们所讲的陶瓷艺术品市场也不例外。特别是在当前市场缺乏规范、缺乏必要的监管、鱼龙混杂、信息欺诈现象频繁发生、金融服务不配套、货到地头死等情况下，风险更大。

此章就针对以上情况，为规避投资者的风险，我们将重点讲述。陶瓷收藏爱好者在陶瓷工艺品市场上，若遇到一件自己中意的陶瓷艺术产品，或家中已有的陶瓷工艺品，如果需要交易，我们将如何计算它们的价值，我们以何种价格购买到自己手中才合算？当我们出手时，又以什么价格卖出合适？如果我们将手中陶瓷工艺品作为自己的投资对象，面对书中上节所讲述的内容，在众多的窑口、人物作品中，我们将选谁的作品，才能达到保值和升值的目的？

第一节　推算作品的社会基本价值

在我国,陶瓷艺术品价值通常分为三部分,即文物价值、艺术价值、社会基本价值,其中,社会基本价值又是整个陶瓷艺术品价值的基础。

当前,任何一件陶瓷艺术产品都不可能做到以社会基本价值销售,更不能低于成本价格出售,他们通常不仅溢价销售,而且溢出原价几倍、几十倍,甚至上百、上千倍。

面对一件陶瓷艺术品,它的社会基本价值是多少?溢出部分又是多少?溢出的部分与原价的比是多少? 对这一系列比值,作为投资者,以上几个问题是否做到心中有数。如果这一点做不到,投资的陶瓷产品要做到保值甚至增值,就是一句空话。就算是投资了,最后也只有跟风炒作,做行业内大佬的陪衬。像这样的人,不具备做投资陶瓷艺术品的能力。

一件陶瓷艺术品,其内在的社会基本价值又是如何进行计算的? 我们以下列官窑系列与名家系列产品为例。官窑产品中:《釉上彩锦鸡千秋瓶》(图10-1)是一件现代窑仿品;釉上五彩《秋色》(图10-2)是某国家级大师作品;《青花山水灯笼瓶》(图10-3)是一件某省级陶瓷高工作品。

当前,它们的市场价格大致如下:

釉上五彩《秋色》,某国家级大师作品8万~120万元;

《釉上彩锦鸡千秋瓶》,清官窑仿品4万元;

《青花山水灯笼瓶》,省级陶瓷高工作品8000元;

图 10-1　釉上彩锦鸡千秋瓶

把它联想到某些不切实际的炒作上,如某些从业不到两年的人,就给自己贴上某某艺术家的头衔,不到三年,便把自己说成是画牛大王、画鸡大王、画马大王。其实,这些人在其画作中,基本的绘画线条、构图、人物关系、审美都没有说透、画透。他们这种无知的张扬,人们对此早已反感,甚至到厌恶。

然而,陶瓷艺术界并非一片黑暗,针对行业内这些不良情况,有些艺术家出于对自己艺术纯洁性的维护,反对宣传。他们除对自己和自己作品不做任何宣传外,也拒绝外界对自己的宣传。

一、陶瓷艺术品价格与投入广告宣传度成正比

其实,社会对陶瓷艺术家关注力度和陶瓷作者自身的推介能力,历来对其作品的交易量起到非常重要的作用。在我国尤其如此。由于人口多,从事陶瓷艺术创作者,在众行业内各门各派十分繁荣,一些从艺人员如果不借助媒介的宣传和推广,消费者很难发现他们,即使陶瓷艺术创作水平高,如果不借助媒体,也将一生默默无闻,最终淹没在艺术中。他们只能永远处于最底层的三阶陶瓷艺术品市场内,自产自销,很难冲到一个更高的社会销售平台。而如果借助一定量的媒体宣传和推介,当社会开始关注、了解他们和他们的作品时,他们的作品价值才能被更多的人关注,才能增大自己的消费群体,拉长自己产品的市场需求曲线,这时陶瓷艺术品创作者或经营者,才能在市场上根据自己陶瓷艺术品需求曲线的变化,获取高于他们自己劳动价值数倍的回报。

在陶瓷艺术品初级交易市场如此,在二级陶瓷艺术品市场,竞争同样激烈。陶瓷艺术品和艺术家在经纪人包装宣传下,经常以新的面孔出现在消费者面前;原本在市场拥有一定消费群体的艺术家,经过包装宣传,除了能稳定自己原有的消费群体与市场需求曲线外,还将凝聚更多的消费者人群。陶瓷艺术品交易价不降反涨,"一件艺术作品交易价格的高低,不是作品画得多好、存量多少,而是取决于社会对它关注的人数"。这一句通俗易懂的语言,似乎道出了陶瓷艺术品市场营销行业的一条基本规律。

居于这样一个观点,我们现在就不难理解,江西省工人出身的大画家李秋园在没有成名之前,因对其了解的人少,其艺术品市场价格低,而在李苦禅等艺术大师的推荐下,李秋园和他的作品,无论是人气还是价格都得到快速增长。也正是居于市场对艺术家的要求,这就不难理解我们的艺术大家徐悲鸿先

图 10-2　釉上五彩《秋色》

图 10-3　青花山水灯笼瓶

那么,如何算出他们作品的社会基本价值?

在计算这一价值之前,我们必须弄清楚什么是社会基本价值及其计算公式。

通常在我国经济界,把艺术家所创作品中的社会基本价值定义为:作者在创造某一产品过程中,所费的社会必要劳动所创造的价值。

一件陶瓷工艺艺术作品中的社会基本价值,从严格的意义上说,它应包括从采矿、选料、搓泥、拉坯、利坯、吹釉、彩绘、烧窑、出窑等全过程。现代名家陶瓷(除陶艺和雕塑外),他们通常只完成色釉或装饰的一部分,把其他的劳动交给其他人。因此在计算一件陶瓷艺术品的价值,就应分别计数,最后取其加权数。

以上所涉及的一切,实际上就是对一件陶瓷产品进行生产成本核算的问题,用公式表示:w=c+v。

陶瓷艺术品社会基本价值及其计算公式的运用

基于对陶瓷艺术品社会基本价值的清楚认识,我们现在对上面的陶瓷产品的价格,即它们内在的社会基本价值,比较容易计算出来。

1. 釉上五彩《秋色》

某国家级大师作品的社会必要价值,假定材料费:素胎一个,市价 200 元/只。

大师创作时花费的工作日三个,其中:构思两个工作日,勾线、添色、吹釉为一个工作日。我国大师待遇参照副教授(副研究员),综合收入按月收入 30 000 元计算,平均工资日价格 1000 元,三个工作日的费用,就是 3000 元,所耗笔墨 5 元,烧窑费 30 元,以上生产成本总计 3035 元。产品成功率按八成计算。

也就是说,釉上五彩《秋色》,某国家级大师作品的社会基本价值,用货币衡量,它的价值为 3794 元。现在市场售价 80 000~1 200 000 元,社会基本价值占其售价的比例为 3.3%~5%,溢价 19.8~29.7 倍。

2.《釉上彩锦鸡千秋瓶》

现代清官窑仿品,假定泥料费 300 元(主要的生产原材料市场没有,现厂家配制成本高),拉坯、利坯、修坯工时,合计一个工作日,按现代窑工高级技师月收入 10 000 元计算,3 个工作日,价格是 1000 元;素胎入窑烧造,成本 50 元(气窑烧造);白胎加工:勾线一个工作日,彩绘两个工作日,总计 3 个工作日,我们仍按月综合工资 10 000 元计算,3 个工作日 1000 元;烤花窑烤制费 20 元。成品率为八成,合计 2900 元,加 10% 的生产管理费,总计 3190 元。

《釉上彩锦鸡千秋瓶》,现在清官窑仿品的综合生产成本 3190 元,即社会基本价值 3190 元。现在市场售价 40 000 元,社会基本价值占其售价的 7.9%,溢价近 12.5 倍。

3.《青花山水灯笼瓶》

省级陶瓷高工作品,假定材料费:素胎一个,市价 300 元/只。

高工所消费的工作日 3 个,其中构思两个工作日,勾线、添色、吹釉为一个工作日。我国省高工待遇参照副教授(副研究员),综合收入按月收入 10 000 元计算,3 个工作日的费用,就是 1000 元,所耗笔墨釉料费 5 元,烧窑费 30 元,生产成本总计 1335 元。成功率按八成计算。也就是说,《青花山水灯笼瓶》省级陶瓷高工作品的社会基本价值,用货币衡量,它的价值为 1668 元。现在市场售价 8000 元,社会基本价值占其售价的 20.8%,溢价近 4.8 倍。

从我们对上述 3 件陶瓷工艺作品的社会基本价值计算及占市场售价的比例来看,我们可以找到其中一些规律,无论是过去陶瓷工艺艺术品市场,还是现在陶瓷工艺品市场,高端产品,社会基本价值所占产品的市场售价比例,与技术难度、职称成反比,与溢出的价格成正比。

第二节 测量作品自身的艺术价值

一、陶瓷艺术品价格的大小与该作品的艺术价值成正比关系

陶瓷艺术品价值和陶瓷艺术品艺术价值是两个不同的概念,它们评议标准不同,核算方法也不一样。陶瓷艺术品价值是以市场的货币量来衡量,而其中的艺术价值则是由受众的心理满意度或观后心理的兴奋愉悦度及认同的人数来衡量。满意度或愉悦兴奋度越高,认同它的人数越多,价值就越高,反之越低,如果是零,则艺术价值也趋于零。

陶瓷艺术品,其价格之所以大大超出作者投入的社会基本价值,就是基于自己对所创作的作品的自信上,也是基于社会对他作品认同的人数上。没有这一基础,他们所创造的陶瓷作品与市场上普通的陶瓷产品没有区别。即使是垄断经营,利润也不超过100%,即产品社会基本价值数的一倍。

因此,如何计算出一件陶瓷艺术品内在的艺术价值大小,对投资者来说,至关重要。它也是西方经济学效益论中边际效益价格计算的基础。

二、陶瓷艺术价值的测算

如何测算人们对一件陶瓷工艺艺术品的偏爱度和人数?我们可以从艺术品内在的艺术价值中寻找答案。

《粉彩桃花直颈瓶》(图10-4),它内在艺术价值的内涵包括以下几个方面:产品造型、规格尺寸、体积重量、胎质、釉面厚薄、釉色通透度、釉面的色泽莹润度、装饰类型、装饰图案中作品的人物关系、制作风格、艺术突破性等11个方面。我们把

图10-4 粉彩桃花直颈瓶

它总计设定为 100 分,其中形设定为 30 分,色设定为 30 分,装饰为 40 分;其材料把造型和规格组成一组,设定为规格造型,它可以与瓷器体积重量、胎质各占 10 分;釉面厚薄、釉色通透度、釉面色泽莹润度各占 10 分;装饰选题风格 10 分、主题的人物关系 10 分、装饰艺术选题的突破性 20 分,合计 40 分。

用公式可表示:

$W = X_1 + X_2 + X_3 + X_4 + X_5 + X_6 + X_7 + X_8 + X_9 + \cdots X_{11}$

一件作品的价值大小,我们可以取参与评定人的平均值,用公式可表示:

$W = \sum W/N$。

日常,为了做到数值的准确和透明,我们可以把参评人可划分为 3 个组,即专业组(也就是我们常说的陶瓷艺术品专业评论家,人员可随机抽样,设定 12 人左右)、陶瓷收藏者和爱好者(人员可随机抽样,设定为 100 人)和群众组(人员仍采用随机抽样法,设定为 100 人)。

专家组,占总价值的比重数为 40%;陶瓷收藏者和爱好者,占总值的比重为 40%;群众组,占总价值的 20%。最后,我们取他们 3 个组的加权数,则是我们测试的《粉彩桃花直颈瓶》比较真实的艺术价值。

用公式可表示:

$W = 40\% W_{专家组} + 40\% W_{收藏组} + 20\% W_{群众组}$

一件艺术品的价值,常在 0 到 100 分之间,即 $0 < W < 100$,它小于 100 或接近 100,大于 0 或接近 0,不可能等于 0,也不可能等于 100。分数靠近 100,艺术价值越高,越接近 0,艺术价值越低。

在我国,习惯性地,把 0~30 划为差;30~60 为较差;60 为及格,60~70 为中等;80~90 为良;90 以上为优级。如果我们把它套用到上述陶瓷艺术品价值评定行业,我们可以做出这样的结论:价值数值在 30 分以下的作品,为艺术品中质次产品;在 30~60 分,为不合格的陶瓷艺术品;60 分,为一件合格的陶瓷艺术品;70 分左右,为一件中档艺术品;80 分左右,为一件好的陶瓷艺术作品;90 分以上,为陶瓷艺术品领域中的优秀代表作品。

对人数的测定,通过作品给人带来的心理功能效用,我们运用消费心理需求值,便可以得出其数据。如果上述《粉彩桃花直颈瓶》的艺术价值数可以得到 100 分,人们自然会争相购买。

第三节 市场艺术品价格的测定

在日常消费品市场上，陶瓷工艺品或陶瓷艺术品既是人们生活中的奢侈品，也是生活中艺术工作者为人类创造出来的一种特殊的心理学消费品，它虽有别于其他产品，但它同时又是一件商品。

在商品市场上，陶瓷艺术产品必须遵循市场规律，受供求规律的影响，价格上下实现浮动，在达到供需均衡，即需求价格和供求价格达到一致时，市场交易便产生。

一、陶瓷工艺艺术品定价原则

过去，我国陶瓷工艺艺术品销售，市场价格通常在该生产成本的4倍左右。国外的一些工艺奢侈品，针对中国巨大的市场需求，利用中国消费者对外产品盲目崇拜的心理，以及信息不公开的特殊心态，对中国消费者往往采取价格歧视的政策，为寻求市场利益的最大化，产品的价格高出生产成本的8倍左右。目前国内生产商和经销商看到这一特点，在陶瓷工艺艺术品价格制定上往往向他们看齐。

二、陶瓷艺术品定价原则

陶瓷艺术品是个社会稀缺资源，市场处于垄断中。我们细分下来，这种垄断，依据艺术品等级的划分，可以分为三种，即垄断竞争市场、寡头垄断、完全垄断。

国内或国外，陶瓷顶尖艺术品，市场常处于完全垄断中，顶尖陶瓷艺术品至一级陶瓷艺术品市场，处于寡头垄断状态，一级以下的陶瓷艺术品市场则处于竞争垄断状态。

在陶瓷艺术品处于完全垄断市场中，陶瓷艺术品市场价格更多的是博弈，通过市场拍卖这种简单便捷的方式来进行；在寡头垄断的陶瓷艺术品市场，他们通常不会采用降低陶瓷艺术品价格的方式来促销自己手中的产品，而更多的是通过对产品的宣传、包装来达到自己产品利润的最大化；在垄断竞争市场，陶瓷艺术品往往遵循市场供需规律，产品价格有升有降，但是，降价销售仍非常有限。因为，我国处于一个陶瓷艺术品需求旺盛期，而陶瓷艺术品毕竟量少，供求弹性系数高，社会资源有限，市场大面积降价机会很难出现。

三、当前一些非价格因素对陶瓷艺术品市场价格的影响

在目前我们陶瓷艺术品消费市场上，由于一度公款消费的大量介入，陶瓷艺术品消费者不是以终极消费为目的，而是把手中的陶瓷艺术品作为理财甚至投资产品，面对市场巨额利润的诱惑，创造者也参与对价格的博弈中，寻求自己利润的最大化，因此，在这个特殊的市场上，正常的供需关系遭到扭曲，陶瓷艺术品的交易价格不能真实反映市场需求的状况，投瓷风险系数高。由于市场供需被扭曲，正常消费同样受阻，所以，只有(1)艺术品生产者退出市场博弈，专心创造自己的产品，把业务委托他人经营；(2)公款消费退出这一领域；(3)消费者把陶瓷艺术品作为终极消费目标，而不是通过它们进行投资经营，从中牟利，这时，我国陶瓷艺术品市场才能回归正常的市场常态，效用边际理论才能在市场上发挥其正常的作用，并实现对市场陶瓷艺术品资源的调节配置作用，陶瓷艺术品交易价格才能真正体现市场交易的真实情况。

第四节　评估作品在行业中的艺术水准

在市场经济下，各行业各行政职能机构推出的陶瓷技能大师、陶瓷民间艺术大师、陶瓷设计大师、陶瓷艺术大师、陶艺工艺大师等名头不少，加上专业学院陶瓷教授、陶瓷副教授及研究机构中陶瓷研究员、陶瓷副研究员的加入，中国陶瓷制造名家不少。

如果我们再把省高级陶瓷工艺美术师、省中级陶瓷工艺美术师、市高级陶瓷工艺美术师、市中级陶瓷工艺师，学院的讲师、助教涵盖在内，我国陶瓷行

业已经拥有一支宏大的陶瓷专业制造队伍。

工艺陶瓷,日常以陈设品出现,市场价格不高。作为型、色、装饰为一体的综合劳动产品,其造型多种多样,规格大小不同,其色有红、黄、蓝、绿、青、白、紫,每种颜色中,又有深、中、浅之分,以青釉为例,就有豆青、粉青、梅子青、冬青之分。关于装饰,我们前面说过,有单色、雕刻、釉上、釉下、釉中、综合装饰,它们之间若组合起来,形成的陶瓷产品有上千、上万,甚至百万种。其品种、规格、型号,能够充分满足不同地区、不同人群的需求。

但是,作为陶瓷艺术品,特别是陶瓷收藏品,它们在出售时,已经溢价,超出自己劳动价值的几倍,甚至几十倍,有的甚至高出一百倍。消费者如果从消费角度考虑,根据自己的偏好和心理满意度,在自己消费能力下,占有自己满意的陶瓷艺术产品;如果从投资的角度出发,在艺术品高出自身价值几倍、几十倍,甚至上百倍情况下,投资者要达到自己保值甚至增值的目的,除了要求自己选购的陶瓷艺术品价格投资建立在自己的艺术价值之上外,另一个方面,则必须考虑到该艺术价值外在的价值,即该陶瓷艺术品艺术价值在行业内所处的一个艺术水准。

这个艺术水准有两个标准,一是历史标准,二是当今的艺术标准。也就是说,同类艺术产品,与历史上某一时期最好产品比,与当代最好产品比,从比较中,投资者找到所投向的陶瓷艺术产品在工艺与艺术上是否出现超越,或接近,或低于它们的水平。

超越,是陶瓷的造型、色釉,还是装饰?或者二者、三者乃至总体艺术都越过历史或当代人的水平?如果发现所投资产品不如历史时期或当代最好的陶瓷产品,要分析它们不如的原因,具体表现在哪个方面?如陶瓷的型、色、装饰,到底在哪一项存在不足。

至于接近历史上或当代最好作品的水平,我们有上述一番论述,则比较容易理解。

当然,我们在投资中,陶瓷艺术品投资者会遭遇以下情况,随着当代科技的进步,产品在材料、烧炼上会好于前者,但是,在工艺精细度方面,则不如前者。遭遇这种情况,就需要我们进行综合评估。

对以上几个问题,当前,我们一些专家学者,或者陶瓷评论家,在进行论证时,往往概述的东西多,量化的东西少。

我们知道,过多的概述,在实际工作中不好操作,只有量化,才能给作者所创陶瓷艺术作品做出准确的评价。

例:《王步青花垂钓图》

民国时期的《王步青花垂钓图》(图10-5)表现出初夏江南风和日丽、水草丰茂的情景。古树旁水池边,流浪汉手握鱼竿,盘腿而坐,身往前倾,聚精会神注视着水面,随身的小猴也忍不住探出脑袋,帮上主人一把。此画构图饱满但不凌乱,主次分明,虚实相生,以旷野中苍雅的古树、弯曲的古道和丰草水池来衬托流浪汉怡然自得的惬意。

图10-5　民国时期　王步青花垂钓图

我国青花瓷,始于唐,成熟于元,明代永、宣时期,发展到高峰,清康熙时以"五彩青花",再次把我国青花瓷推到了巅峰期。与康熙时期挺拔、遒劲的风格迥然不同,清雍正时期的青花,代之以柔媚、俊秀的风格,其艺术水准,清代其他各朝都无法比拟。清乾隆以后因粉彩瓷的发展,青花瓷逐渐走向衰退,在清末(光绪时期)一度中兴,但最终无法延续康熙、雍正时期的盛势。

民国时期,王步青花作为一个特类,广受大家的追捧,也影响着当代青花陶瓷艺术的走向,成为这一时期的标杆。他讲究青料与瓷釉色泽及器型的协调性,王步所使用的青料多由自己配制,青中微带蓝黑,给人以庄重、浑厚、宁静之感。作品创作中,青花经常大片分水,从浓到淡一气呵成,料分五色,浑然一体。除"分水"之外,以线为骨,其生平好用铁线描与折芦描,用笔圆润苍劲,青花作品艺术感强,它源于国画,又有国画书法作品中不可比拟的效果。

现代陶瓷艺术,目前学术界、市场,均没有给出一个评定标准与体系。我们在评判它的艺术价值和收藏价值时,市场通常以创作者职称的大小为标准或最新同类产品拍卖价作为一个标杆进行参照。这种参照方法,有一定的道理,但是常常不能服众。

研究现代陶瓷艺术品在同类作品中所处的地位,不仅要评估作品价值的内涵,也要计算其中的量,同时必须评价作品在同时代产品中所处的位置,这样,对投资者有更具体的参考价值,对判断所投资的作品有没有保值和增值作用,具有科学指导性。

那么,如何来评判眼前艺术作品的艺术价值在同时期的水准或处于相应的位置?我们继续以青花瓷为例。

通过以上对青花瓷器创作水平的疏理,我们在评论某陶瓷艺术家青花作品《撇口瓶梅兰竹菊松石图》(图10-6)时,首先利用书中艺术价值计算与评估系统,计算此件作品的艺术价值,再采用对比法,以历史上故宫所藏《清雍正青花枯树栖鸟图》(图10-7)和近代王步青花瓷《垂钓》为例,他们的艺术价值分别以100分计算,总计11个指标:产品造型、规格尺寸、体积重量、胎质、釉面厚薄、发色通透性、色泽莹润度、装饰、作品的人物关系、制作风格、艺术突破性等。器型设定30分,色设定为30分,装饰为40分。其中,造型和规格组成一组,含规格造型、体积重量、胎料,各占10分;釉面厚薄、发色均匀度、色泽莹润度为一组,各占10分;装饰选题、主题的人物、装饰艺术的突破性为一组,装饰选题风格10分,主题的人物关系10分,装饰艺术的突破性20分,合计40分。

评判员分三组,专家和评论家一组,收藏家一组,陶瓷爱好者一组,让他们参照以上两个产品,给出自己心中的分数,

图10-6　撇口瓶梅兰竹菊松石图

图10-7　清雍正青花枯树栖鸟图

209

在此基础上,分别计算出艺术价值中各指标的平均数。在数据出来后,我们按专家组给出的分数占满分的四成计算,收藏家占四成计算,陶瓷爱好者占两成计算,最后求出各指标的加强平均值。

假设,通过计算,我们得出以下两组数据:

第一组:

与历史比,在故宫所藏《清雍正青花枯树栖鸟图》面前,现代青花作品《撇口瓶梅兰竹菊松石图》的比较值是 65 分,其中,各项具体指标为:

造型:造型 5 分,体积重量 10 分,胎质 10 分;

釉色:釉面厚薄 8 分,发色通透 8.5 分,色泽莹润 8 分;

装饰:装饰选题 5 分,主题的人物 4.5 分,装饰艺术的突破性 6 分。

第二组:

与当代比,在王步青花瓷《青花古溪鹭鸶图》面前,现代青花作品《撇口瓶梅兰竹菊松石图》的比较值假定是 75 分,其中,各项具体指标为:

造型:造型 5 分,体积重量 12 分,胎质 12 分;

釉色:釉面厚薄 10 分,发色通透 10 分,色泽莹润 10 分;

装饰:装饰选题 5.5 分,主题的人物 4.5 分,装饰艺术的突破性 6 分。

根据以上数据,我们对当前作品《撇口瓶梅兰竹菊松石图》在行业中所处的一个艺术水准就可以得出如下结论:现代青花作品《撇口瓶梅兰竹菊松石图》的艺术水准既没有超越历史最好时期的制瓷水平,也没有超过当代最好的制瓷水平。

与历史比,它的在型、色、装饰方面,都有一定的差距,除胎质质量、体积体量达到历史最高水平外,瓷器造型及其体现的语言没有及格,装饰选题不及格。这种不及格,主要表示与陶瓷形体语言不一致;主题人物关系比较混乱;装饰艺术,不仅没有进步,反而出现倒退,为此,评估组只给出 6 分。

与当代最好制瓷水平相比,现代青花作品《撇口瓶梅兰竹菊松石图》在釉色方面有超越,在胎质质量、形体体积、重量均达到它们的水平,但在陶瓷形体设计的思想、形体语言与装饰语言的关系、装饰内容所体现的人物关系都不及格,装饰艺术不仅没有突破,相反,还出现倒退。

总之,随着科技的进步、陶瓷工艺艺术的改进,体现在我们面前的青花作品《撇口瓶梅兰竹菊松石图》上,陶瓷胎质的质量、体重规格、体积、胎体的釉面发色，都达到甚至超过历史和当代最好制瓷水平，不过，产品形体设计、装饰内容、作品主题思想，技艺都没有得到提高，甚至出现倒退的情况。

从收藏的原则出发，此作品不是最佳投资选项，它满足不了投资者企望的保值目的，更达不到增值。

第五节　评估作品及其作者所处的行业地位

陶瓷艺术作品的价值大小取决于它内在的艺术价值，我们计算和判断一件作品在当代同类艺术价值体系中所达到的艺术水准和行业中所处的位置，陶瓷艺术品投资具有重要的参考价值。

此外，作品的作者在行业内所处的相应位置，也不容忽视。这是因为：

第一，当前我国从事陶瓷工艺艺术品生产制作的人员多。在这个队伍中，有据可查的陶瓷名家便数以万计，而且呈快速增长之势。事实上，经过时间的洗礼，他们的名字及作品能流传下去的并不多，而这些流传下来的人，只能是各时期的行业宗师、领军人物、重量级人物或代表人物，至于其他的人，将很快被替代，迅速淹没在历史的长河中。这些人，名字将被忘记，作品也将被人遗忘。

第二，在陶瓷艺术领域中，人名及其作品能流传下去，甚至进入当地博物馆，或更高的艺术博物馆，他们的艺术价值会通过公知形式，肯定下来。可以

图 10-8　陶瓷艺术家赖德全在创作

说,随着时间的推移,这些人的作品存世量会越来越少,而需求的人在增加,作品的市场交易价会随之增长。而对那些作品进不了博物馆,也流传不了的陶瓷创作者,随着新人的不断涌现,他们会慢慢被市场和社会遗忘,消失在人们的视野中,收藏家收藏他们的作品,希望达到保值和增值的这一目的将得不到保证。

第三,作品创作者所在行业中的地位,分以下几个层次:宗师、领袖、重要人物,它不是我们日常说的学院院长、系主任、教研室主任或院士、研究员、助理研究员,也不是我们说的艺术院校教授、副教授、讲师,或当前某行政机关、行业团体评出的国家工艺美术大师、省工艺美术大师、市工艺美术大师。

陶瓷艺术界的宗师、领袖人物、重要人物的评定,不看行政级别的高低,也不看行业职称的高低,而是以艺术修为、艺术理论建树、艺术作品在同时代达到的艺术水准来确定的。

第四,艺术宗师,通常是指那些在自己的艺术领域、技艺上有所革新,甚至革命,并在此基础上逐渐自成体系,形成自己的艺术理论和艺术审美,而且开课授众,广收门徒等这种类型的人;艺术界领袖,是指艺术革新和革命的组织者,同时也是行业内艺术水准公认最高的佼佼者,两者缺一不可;领袖与宗师有一定的差别,主要表现是,宗师主要表现在艺术创作和理论创新上,并自成体系,开创审美新时代,同时传经送道,开课授徒;领袖则仅限于组织、领导带头上。

重要人物,这里我们是特指某行业艺业界的重要人物,而非其他。在现实中,如何界定某某是这一时期某艺术界的重要人物,这里有三个指标:①宗师和领袖所组织或领导的项目的重要参与者;②艺术创作能力强,作品获得圈内和圈外的公认;③在自己的艺术领域,有突破或创新。重要人物与艺术领袖的区别在于,重要人物不是行内艺术革新的组织者、领导者,而只是一个重要的参与者。

第五,在我国,陶瓷工艺品历来被视为手工作品,而且是一个群体共同合作完成的手工作品。因此,在制瓷历史上,宣传团体(即窑口)制瓷工艺水平的文章多,如对长沙窑、耀州窑、汝窑、景德镇窑、御窑的宣传,宣传个人制瓷的事件很少,这是因为制瓷工艺复杂,单个个体基本难以独立完成。

到了近代五四运动后,人们开始张扬其个性,有人把自己的名字印或书写到瓷器上,但是,他们仍限于雕塑陶瓷产品、彩绘陶瓷产品。一件上等的陶瓷工艺艺术产品,它每道工序都需要高素质、高水平的陶瓷窑工通力合作来完成,任何一个陶瓷制造者都不敢独自对其占有,这就是我们陶瓷手工行业的特色。

今天,我们讲的陶瓷名家,通常指的是彩绘名家、雕塑名家,而不是其他。由于这些人受到自己专业技能知识的限制,在他们手中最后完成的每一件陶瓷产品,要达到型、色、装饰的统一,难度比较大。这也就是我们当今的陶瓷产品在工艺艺术创作上,难以超越历史最好时期的原因。

例如,民国时期,在陶瓷青花彩绘领域出了一个王步,他在工艺上大胆地改革,所画青花可以与历史上任何一个时期制造的青花瓷媲美,但是,同一时期的制瓷大师吴霭生死后,为王步提供陶瓷素坯的人没有了,王步没有了表现的载体,也就再也画不出上等的青花瓷。这一例子,就是我们观点最好的印证。

那么,如何判断作品作者及其所在行业内的地位?

我们上文已有一个很好的表述,具体罗列起来,有四个方面:①艺术成就得到行业内外的公认,至少有三幅以上的代表作,达到甚至超越历史和当代制瓷名家的水平;②在技艺上有创新或突破;③技艺创新和革新的组织领导者;④在创作实践基础上,形成自成一家的理论体系。

第①②条是基础,兼有第③④的,是宗师级,兼有第③的,是领袖级,不具有第③和第④条的,只能是重要人物。

按以上标准来评判,近代制瓷历史上,以王琦为首的"珠山八友"瓷画艺术、王步的青花、醴陵吴寿祺的釉下五彩、周国桢的陶艺、顾景舟的紫砂壶、蔡京台的圆雕瓷、徐顺元的捏雕瓷、高铭生的薄胎瓷、何许人的雪景瓷画、张松茂的粉彩瓷、向元华的仿古瓷、邓希平的颜色釉等,他们谁是重要人物,谁是领袖人物,谁是宗师级人物这个课题,我们在这里交给读者来做。

第六节 作者自身的影响力

宣传、包装、参展、竞拍,目前在我国陶瓷艺术界,这些已成为大家听得最多、也最熟悉的字眼。今天,我们说到对陶瓷艺术家的推介和宣传,很多人就会生,当初在重庆最艰苦的岁月,在生计都成问题,甚至朝不保夕时,每一星期仍挤出一块大洋为自己作品做宣传的原因。

二、社会对陶瓷艺术品的宣传要建立在诚信的基础上

陶瓷艺术家和他创作的陶瓷艺术作品,需要社会关注和他自身对自己作品的推介宣传。但是,这种宣传和推介与我们当下一些不切实际的吹嘘和夸张不同,这种宣传是建立在艺术家自身作品的艺术价值内涵和外延上,它不是放大,而是通过一系列的系统宣传,站在美学的角度上,对产品的材料选择、拉坯成型、利坯工艺手法、施釉工艺、装饰构图、图画中的人物关系、彩绘用笔的力度、线条的表现手法、烧制后所表现的总体艺术效果、艺术价值的价值数、此艺术产品中所含的艺术价值在同类产品中所处的艺术水准、艺术创作者所在行业中的位置、现代社会对此艺术家关注的程度等,多方面进行深入的阐述,让收藏者、爱好者增进对作品艺术价值的理解,以便他们更好地欣赏眼前所接触到的陶瓷艺术产品,使该作品的艺术价值功能充分地发挥出来,更好地服务大众。同时,通过社会诸媒体的正确宣传和推介,发挥陶瓷艺术在日常生活中的作用,除弘扬它的美之外,更多的是激发人们对陶瓷艺术的热爱和对日常生活中美好事物的向往,共同推动陶瓷艺术品市场的大繁荣。

第七节 社会经济环境对艺术品市场的影响力

在我国陶瓷艺术品市场上近十年来,无论是产量还是单产价格,都出现爆发性增长,它与玉器、书画、青铜等工艺品一样,增长几十倍,甚至上千、上万倍。这种增长,除了有它们各自的内在因素外,当前国家经济过热、收入分配市场出现严重不公有着直接的原因。

陶瓷艺术品和其他书画艺术品一样,它们不是市场的硬通货,对艺术品投资者不能提供任何保值和增值的保障。由于陶瓷艺术品是社会稀缺资源,在产品市场处于垄断状态下,陶瓷艺术品的价格制定权由生产和经营商控制。他们

根据市场需求,在价格制定上,已经把自己的利益放到最大,因此,投资商想利用陶瓷艺术品做投资,寻求自己的资产增值是困难的,这等于在深山中与虎谋皮一样艰难。

陶瓷艺术品是艺术品,也是商品,它和普通商品没有不同,只是其使用价值的功效给人带来的是精神享受,日常生活中,常受到消费者的追捧。但是,这种消费是建立在社会和个人一定的物质基础之上的。它受到社会经济文化生活发展水平的制约。社会繁荣时,带动公民的文化的发展和消费。社会动荡或经济发展下行时,人们对文化消费的支出自然就低。

社会经济环境对陶瓷艺术品市场的影响力显然是非常巨大的。通常我们说,盛世讲收藏。这一句话,有几层含义:一是生活在一个经济发展、社会和谐的环境中,人们有时间去欣赏艺术,人们有经济能力去购买自己喜欢的艺术品;二是艺术市场的稳步发展,有利于人们去投资。如果说,经济不发展,社会出现动荡,正如人们所说的"乱世收黄金",人们就会把精力放在自己生存的角度去考虑,他们无暇去欣赏、品味眼前的一切。在这样的时代,人们过去收藏的陶瓷艺术品,其增值和保值的基础就失去了政治保障,艺术品将出现大量的贬值。

因此,一个成熟的陶瓷艺术品收藏者,他们除了关心自己收购的陶瓷艺术品艺术价值和艺术品价格外,同时还将考虑自己的机会成本,关注国际国内陶瓷艺术品市场的生态环境。一个良好的、竞争有序的、信息公开透明的、制度规范的、金融政策配套的陶瓷艺术品市场,有利于我国艺术品投资者投资和消费,反之,入市消费要谨慎。

后 记

《陶瓷艺术品经济学》历经七年的创作，终于在2016年2月1日最终脱稿。在这个过程中，我先后经历《陶瓷收藏经济学》《陶瓷收藏经营学》《陶瓷艺术品经营学》与《陶瓷艺术品经济学》四个思考与创作阶段。不同的书名，所表述的内容是不同的。

《陶瓷收藏经济学》我是从陶瓷与收藏的关系，陶瓷收藏的历史演变，陶瓷收藏内在的经济规律等方面分析当前我国陶瓷收藏市场的现状、存在的问题和发展的方向，揭示其内在保值甚至增值的经济规律。

《陶瓷收藏经营学》的角度与《陶瓷收藏经济学》则有所不同，它的研究侧重陶瓷收藏品中的买卖过程，讲究资金的投入与产出。这一领域，陶瓷收藏品不是为收藏而收藏，它已成为资本的工具，与原有收藏的概念几乎脱离。

《陶瓷艺术品经营学》，在国内的版本则非常多，经营行家也不少。通过对这一领域的研究，我发现，我国的艺术家更像商人，商人更像艺术家，他们对一件陶瓷艺术品的欣赏和品鉴能力，有时比陶瓷艺术品的创作者水平还高。就是在这样一个市场环境下，我们陶瓷艺术品市场得到空前的繁荣，陶瓷艺术品和陶瓷艺术家如雨后春笋般冒出来。我想，这也许是艺术走下神坛，全面进入商业市场后获得的巨大成果。

但是，艺术过度的商业化，我认为有它的弊端，陶瓷艺术品毕竟是社会的稀缺资源,少数人生产,少数人享用。艺术品创作时,创作者讲究的是一种感觉,消费者把玩、享受时,讲究的还是一种感觉,它无形之中成为两者之间隔空交流之物,玩的是一种意识流,说的全是精神层面的事情。陶瓷艺术不是普通物,不能在全社会人群中间流通,为此,也就成不了市场上的硬通货。它们中只有极少数通过国家的公信力确定下来,这样,陶瓷艺术品才由少数人玩的精神产品演化为社会公共产品,成为社会公共财富,也只有在这个时候,它们才能货币化。从经济角度分析,艺术品(当然也包括陶瓷艺术品),它们是没有能力替代金、银,成为社会流通等价之物。它们成不了社会流通等价之物,就不能给投资者的财产带来保值,更不能增值。今天有些人明知这个道理,却仍刻意把它弄歪,他们为了达到自己不可告人的目的,提出"艺术品金融化",刻意去误导一些金融知识缺乏的普通百姓,作为有良知的陶瓷艺术品经济理论工作者,我们应当坚决地抵制,甚至对他们提出批评。

其实,我写《陶瓷艺术品经济学》也是一个巧合。2002年,我在居住的城市,有幸策划一处商业楼盘,策划是成功的,可我没有满足,而是在此基础上总结、思考,再总结、再思考,最后写出《市场场地经济学》一书的内容大纲,可是中途自己却放弃了,此书到现在也没有出版,我感到非常遗憾。

《市场场地经济学》写了一个开头,并向省级部门报了课题,有朋友建议我把它改编成剧本。由于在当地缺乏资金支持,电视剧没弄成,倒把自己变成了一个写手,先后写了600多万字,近10本书,目前已正式出版的只有《最后的官窑》《珠山八友》两本小说,它们先后被列入第二届国家新闻出版广电总局"三个一百"原创项目,进入"十二五"规划重点图书,参评过全国、省"五个一工程奖"、茅盾文学奖。有这样一系列的肯定,也是对我20年付出的安慰。

说实在的,我没想到,一生最美好的年华,全部投入对当地景德镇陶瓷文化的创作中。我更没想到,自己写完《最后的官窑》《珠山八友》《大师外传》后,会写《陶瓷艺术品经济学》。这也许是我大学学的经济专业使然,又或许是人生责任使然,催生我对它的思考和创作。在写作过程中,我由不自信到自信,直至最后完稿。这之中,帮助我的人非常多。在此,我要感谢的人也就很多,有刘德意、张犁、王刚、王爱琴、王国华、季宏敏、何正香、张晋源,等等,当然,我也要感谢江西高校出版社的领导及邵碧玉,是他们给我这本新书面世的机会。我要感谢我的编辑肖俊南,以及在其幕后默默支持我的赵伟、李皙(波波)、聂静、李洁。我还要感谢我的夫人凌云,儿子吴安中,是他们一路陪我走过来。没有他们,我没有今天这么自信。在此我想再次对你们说:"谢谢你们,此书能够最终问世,有你们一分功劳!"

《陶瓷艺术品经济学》让我第一次站在纯经济学的角度去看中国的陶瓷艺术,这在国内外学术领域,是第一次。它尽管不完善,但是,它毕竟让我们理性地思考当前陶瓷艺术界出现的各种问题。由于自己认识有限,我在书中提出的一些理论、分析方法不一定完全正确,它若能为今天混沌的市场,找到一些分析问题的突破口,我就非常满足。读者在阅读时,若发现书中不明之处,也可与我继续探讨,可以给我电话,我的电话号码是13507982035,读者还可以记下我的邮箱wuhao1153@126.com,我会及时回复大家,一起分析我们目前面临的新情况、新问题。

吴昊

2016年2月1日,写于江西景德镇书斋